ullstein

Teagan Hunter

Old Love, New Trouble

Roman

Aus dem Amerikanischen
von Christiane Bowien-Böll

Ullstein

Besuchen Sie uns im Internet:
www.ullstein.de

Deutsche Erstausgabe bei Forever
1. Auflage August 2021

Titel der amerikanischen Originalausgabe:
Text Me Baby One More Time (Teagan Hunter 2019)
Umschlaggestaltung: zero-media.net, München
Titelabbildung: © FinePic®, München
Gesetzt aus der Quadraat Pro powered by pepyrus.com
Druck und Bindearbeiten: CPI books GmbH, Leck
ISBN 978-3-548-06453-6

FÜR LAURIE. DIE HÄLFTE MEINER ENTSCHEIDUNGEN TREFFE ICH IN LETZTER MINUTE, UND DU BIST IMMER DA UND SORGST DAFÜR, DASS ALLES GUT GEHT. DU BIST DIE ALLERBESTE. DANKE, DASS DU ES MIT DIESER VERRÜCKTEN NUDEL AUFNIMMST.

1. Kapitel

In dieser Gegend bin ich König.

Nein, ich bin nicht überheblich; ich bin einfach nur realistisch.

Egal, wohin ich gehe, die Leute starren mich an. Sie starren mich an wie einen verdammten Promi. Ein Foto mit mir, mein Autogramm – man bettelt darum. Die Leute machen fast alles, um meine Aufmerksamkeit – wenn auch nur für einen kurzen Augenblick – auf sich zu lenken, besonders Frauen.

Gleich wird es wieder passieren.

An einem Mittwochabend um halb elf mitten im *Smart Shoppe*, dritte Regalreihe.

Ich sehe das Lechzen in ihren Augen, sobald ich um die Ecke biege. Sie richtet sich etwas gerader auf, als sie mich bemerkt, und ihre rot bemalten Lippen verziehen sich zu einem hungrigen Grinsen. Sie wirft ihr perfekt gewelltes Haar über die Schulter, während sie ihre Strategie ausarbeitet.

Sie ist verdammt heiß, das muss ich ihr lassen. Nicht genau das, worauf ich normalerweise bei Mädchen stehe, aber ich bin keiner, der zu einer schnellen Nummer Nein sagt.

Es schadet nicht, dass ihre Jeans wie eine zweite Haut ihren Arsch betont.

Ich wette, ihre Beine würden um meine Taille geschlungen verdammt hübsch aussehen.

Meine Lippen – und mein Schwanz – zucken bei dem Gedanken.

Sie glaubt, das ist ihr Zeichen, und beginnt, auf mich zuzugehen, mit langen, übertrieben betonten Schritten. Ihre Hüften schwingen von links nach rechts, während sie näher kommt.

»Hi.« Übersetzung: *Du bist heiß.* »Ich bin Brandi, mit i.« *So heißen Stripperinnen.* »Du bist Shep Clark, nicht wahr?«

Ich versuche, ihren *Ich-bin-ja-so-naiv*-Auftritt nicht mit einem Schnauben zu beantworten. Sie weiß genau, wer ich bin – jeder weiß das hier.

So wie ich weiß, dass sie möchte, dass ich sie mit nach Hause nehme und sie ficke, bis die Sonne aufgeht.

Obwohl ich sinnlosen Affären abgeschworen habe, ziehe ich es in Erwägung.

Es ist über einen Monat her, dass ich mit jemand anderem als meiner Hand Bekanntschaft gemacht habe, und das wird langweilig – schnell.

»Ich schaue mir jedes deiner Spiele an. Du bist gut.«

»Ich weiß.«

Sie kommt noch einen Schritt näher und lacht. Es ist dieses verspielte, leicht heisere Lachen, das manche Mädels draufhaben und das einfach unecht klingt.

Noch ein Schritt, unsere Schuhe berühren sich.

Ihre Finger streichen über den Arm, mit dem ich mich

an einem der Regale abstütze. »Aber ich habe dich in letzter Zeit nicht mehr auf dem Feld gesehen.« Sie schürzt die Lippen und runzelt die Stirn. »Was ist los?«

Ich knirsche mit den Zähnen und presse die Kiefer aufeinander angesichts dieses Verhörs.

Es stimmt, ich nehme mir eine Auszeit vom Spiel – aber nicht freiwillig, damit das klar ist. Man gerät in eine kleine Kneipenschlägerei, verursacht ein paar schäbige Tausend Dollar Schaden, und plötzlich ist man »problembeladen« und »braucht eine Pause«.

Das ist Quatsch.

»Geht dich nichts an.«

Entweder nimmt sie meinen abweisenden Ton nicht wahr, oder sie ignoriert ihn absichtlich.

»Schade, so ein Talent zu verschwenden. Aber …« Ihr Blick trifft meinen, und wieder zuckt ein Grinsen über ihre Lippen.

Es sind volle Lippen, die zum Küssen reizen. Ich wette, um meinen Schwanz würden sie noch heißer aussehen.

So wie der kleine Shep bei diesem Gedanken anfängt zu pulsieren, würde ich sagen, er ist derselben Meinung.

Sie erhebt sich auf die Zehenspitzen und raunt mir ins Ohr. »Baseball ist nicht das Einzige, wofür du ein Talent hast, nicht wahr?«

Verdammt, nein, ist es nicht.

Ich schlinge einen Arm um ihre Taille und drücke ihren strammen, zierlichen Körper an mich.

Sie schnurrt – im Ernst, sie schnurrt wie eine Katze –, als ich das tue. Allein deswegen würde ich sie am liebsten wegschieben, aber, ehrlich gesagt, mein Schwanz fühlt sich einsam.

»Wie wär's, wenn wir woanders hingehen?«

Sie kichert. »Das fände ich gut, Baby.«

Baby.

Ich unterdrücke ein genervtes Stöhnen bei diesem Kosewort. Verdammt, ich hasse Kosenamen. Um mich ein wenig mehr in Stimmung zu bringen, reibe ich die Nase an ihrer Wange, und sie kichert.

Übrigens, Kichern hasse ich auch.

Nur gut, dass man beim Sex nicht reden muss. Es wird auf jede Menge Gestöhne und Orgasmen hinauslaufen, genau wie ich es mag.

»Ich kenne ein –«

»Im Ernst, Universum? *Im Ernst?*«

Die Worte werden gemurmelt, aber es ist klar, wer hinter mir steht. Ihr Einkaufswagen ist nur wenige Zentimeter davon entfernt, mir in den Rücken zu stechen. Und ich bin mir sicher, das ist total beabsichtigt.

Meine Brust fühlt sich an, als würde sie gleich explodieren. So ist das immer, wenn sie in der Nähe ist.

Egal, unter welchen Umständen, egal, was für Beleidigungen sie mir entgegenschleudert – immer, wenn Denver Andrews in meiner Nähe ist, gehört meine ganze Aufmerksamkeit ausschließlich ihr.

So wie jetzt.

Stripperin Brandi bemerkt weder sie noch mein schlagartig verändertes Verhalten. Sie probiert weiterhin, mich zu betatschen, während ich daran arbeite, mich aus ihrer Umklammerung zu befreien. Ich versuche, zu entkommen, denn worauf auch immer das hinauslaufen soll, es wird nicht passieren. Ich habe jedes Interesse verloren, mit zu ihr nach Hause zu gehen.

Jetzt, da ich gerade daran erinnert werde, dass mir das Schicksal so viel mehr zu bieten hat.

Zum Beispiel Denver.

Das einzig Gute an meiner … Auszeit vom Baseball ist, dass ich zurück nach Hause gekommen bin. Ich wusste, dass Denver nach ihrem Abschluss nicht weggezogen ist, wusste, sie würde immer noch da sein … wusste, wir würden uns früher oder später über den Weg laufen.

Ja, ehrlich gesagt, zählte ich darauf.

Ich habe einiges gutzumachen, besonders gegenüber Denny. Ich hatte vor, sie aufzusuchen, sie um Vergebung zu bitten – mir war bloß nicht klar, dass ich meine *Es-tut-mir-leid-dass-ich-so-ein-Arsch-war*-Aktion heute Abend einleiten würde.

»Wäre es möglich, dass du nicht mitten im Supermarkt herummachst? Das ist widerlich.«

Ich grinse und drehe mich zu ihr um. Dabei halte ich Stripperin Brandi immer noch fest, nur um anzugeben.

»Höre ich da eine gewisse Eifersucht, Denver?«

»Du heißt *Denver*? Wie der Staat?«

Verdammt. Meine Umgangsformen sind das Letzte.

Ich löse den Arm von Stripperin Brandis Taille und mache einen Schritt weg von der dummen Gans, deren Blödheit ich nicht länger ertragen kann.

»Hör zu, Brandi mit i. Heute Abend wird das nichts mehr mit uns.«

Zu barsch? Möglich, aber ich habe das oft genug gemacht, um zu wissen, dass das die einzige Methode ist, eine Frau wie Brandi loszuwerden.

Ihr Kinn fällt herab. Schnell macht sie den Mund zu und strafft die Schultern. »Sie kann ruhig mitkommen. Kein Problem.«

»Was für ein nettes Angebot, *Brenda*«, sagt Denver, die den Namen absichtlich falsch ausspricht. »Aber das wäre zu viel verlangt. Ich würde mir lieber selbst die Zehennägel herausziehen, als mir jemals – und ich meine wirklich jemals – Shep nackt anzusehen.«

Ich grinse über die lebhafte Bildersprache. »Na, na, Denny, wir beide wissen, dass der Lügendetektor das sofort als Lüge erkennen würde.«

»Das hättest du gerne, *Slug*.«

Ich stoße einen angewiderten Laut aus, als sie diesen Spitznamen verwendet, denn von allen Leuten weiß sie am besten, wie sehr ich den hasse, und ich weiß, was es bedeutet, wenn sie ihn verwendet.

»Was machst du überhaupt hier, Andrews?«

»Lebensmittel kaufen. Das ist ein Supermarkt, oder? Das ist es, was man hier so macht – nicht andere Leute befummeln.«

Stripperin Brandi keucht, und ich muss lachen.

Denny ist schon immer direkt auf den Punkt gekommen. Mit ihr gab es kein langes Um-den-heißen-Brei-Herumreden, und das habe ich an ihr schon immer geliebt, sogar dann, wenn ich sie eigentlich dafür hassen wollte.

»Da hast du recht«, gebe ich zu.

»Hat sie?«

»Hat sie«, sagt Denny zu meinem ... hm, was auch immer Brandi ist. Potenzieller One-Night-Stand? Potenzieller Ex-One-Night-Stand?

»Hör zu, Strip...« Ich schaffe es im letzten Moment, den Mund zu halten. »Brandi, wie gesagt, heute Abend wird es nichts mehr.«

Sie schürzt die Lippen. Plötzlich sehen die gar nicht mehr zum Küssen aus wie noch kurz zuvor.

Und das ist verdammt noch mal nur Dennys Schuld.

Ich blicke zu ihr hinüber und vergleiche sie unwillkürlich mit dem Mädchen, das ich eigentlich benutzen wollte, um mich für eine Nacht abzulenken.

Es ist spät, und wir befinden uns im Supermarkt, doch Stripperin Brandi ist aufgetakelt, bis hin zu den Nietenstiefeln an ihren Füßen.

Denny ... nun, ihr Outfit ist cool, aber es ist offensichtlich, dass sie nicht im Sinn hat, irgendjemanden damit zu beeindrucken.

Sie trägt eine helle blaugrüne Yogahose und dazu einen weichen grauen Pulli, der ihr auf einer Seite von der Schulter gerutscht ist. Ihr dunkles Haar ist zu einem unordentlichen Knoten hochgesteckt, auf ihrem Gesicht befindet sich nicht ein Gramm Make-up, und danach zu urteilen, wie sich ihre Nippel unter dem dünnen Baumwollpulli abdrücken, bin ich ziemlich sicher, dass sie auch keinen BH trägt ... was ich völlig in Ordnung finde.

Ein einfaches Outfit, und sie wirkt damit sogar fast ein wenig obdachlos, doch ich kann den Blick nicht von ihr losreißen. Und das hat nichts mit der Obdachlosigkeit zu tun.

Es ist einfach Denny. Das war bei ihr schon immer so. Egal, wie sehr ich es will, ich kann sie nicht so hassen, wie sie mich hasst.

Wirklich, das habe ich nie.

»Kann ich dir wenigstens meine Nummer geben?«, fragt Brandi und versucht, meine Aufmerksamkeit erneut auf sich zu ziehen.

Ich werde sie nicht benutzen, aber ... »Klar.«

Sie streckt die Hand aus und wartet auf mein Handy, aber ich weiß es besser, als ihr mein wertvolles Handy zu überlassen. Als ihr endlich dämmert, dass ich es ihr nicht in die Hand drücken werde, wühlt sie in der übergroßen Tasche, die an ihrem Arm hängt, und fischt einen Quittungsblock und einen Stift heraus. Rasch kritzelt sie ein paar Zahlen, die zu verwenden ich nicht vorhabe, und faltet das Blatt zusammen. Diese Aktion dehnt sie länger aus, als es sein müsste.

»Ich hoffe, wir können noch einmal darauf zurückkommen ...« Ihr Blick zuckt hinüber zu Denny. »Später heute Abend.«

»Es ist schon halb elf – musst du morgen nicht zur Schule?«, spottet Denny.

Stripperin Brandi schnaubt, dann erhebt sie sich auf die

Zehenspitzen und drückt mir einen Kuss auf die Wange. »Ich geh noch nicht schlafen.«

Als sie um die Ecke verschwindet, lacht Denny hysterisch.

»Bitte sag mir, dass sie weiß, dass du sie nicht anrufen wirst.« Sie starrt dem Mädchen nach und fügt hinzu: »Das entspricht schließlich deiner Vorgehensweise.«

Ich ignoriere den Seitenhieb, weil ich ihn verdiene. »Tja, sie hat tatsächlich gedacht, du wurdest nach einem Staat benannt, also sag du es mir.«

»Mein Gott, Shep, du hast wirklich ein glückliches Händchen beim Auswählen deiner Dates.«

Das ist lustig, wenn es von Denver kommt.

Einmal hatte ich sie ausgewählt.

Wir werden still, und es ist nicht das ungezwungene Schweigen, das man mit guten alten Freunden erlebt. Es ist verdammt peinlich, was nicht gerade überraschend ist.

Wenn wir uns nicht gegenseitig Beleidigungen an den Kopf werfen, wissen wir nicht, wie wir uns verhalten sollen. Aus der Art, wie Denny und ich miteinander umgehen, würde man nie erahnen, dass sie und ich eine lange, schmerzliche Vergangenheit haben.

»Hm, diese angespannte Stille sagt mir alles. Schlaft gut, Slug, du und deine rechte Hand.«

Und da ist sie.

Die Anspannung. Die daher kommt, dass zwischen uns nicht alles geklärt ist. Das wissen wir beide, und wenn Denny mir die Chance gibt, will ich das nachholen.

»Damit du es weißt, ich bin flexibel. Heute Nacht wollte ich der Linken mal eine Chance geben.«

»So ein Gentleman«, ruft sie mir über die Schulter nach, als sie ihren Wagen weiter den Gang hinunter- und weg von mir schiebt.

Meine Schultern entspannen sich vor Erleichterung, als Denny sich zurückzieht – aber nur für einen Moment, denn ich weiß genau, was als Nächstes kommt.

Niedergeschlagenheit. Zorn.

Auf sie. Auf mich selbst.

Denver Andrews hat mich früher geliebt. Jetzt hasst sie mich.

Ich habe sie auch geliebt ... und tue es immer noch.

2. Kapitel

Ich glaube fest daran, dass *alles aus einem Grund geschieht*. Ich gehöre zu den Verrückten, die wirklich dem Gedanken anhängen, dass uns vom ersten Tag an alles vorbestimmt ist, auch wenn wir es selbst nicht sehen können.

Aber warum zum Teufel das Universum entschieden hat, dass ich meinem Ex ... nun ja, Ex-was-auch-immer ... mitten im *Smart Shoppe* über den Weg laufen muss, wenn ich gerade *so* angezogen bin, ist mir unbegreiflich. Ich könnte mich ohrfeigen, weil ich wegen des berühmten Menstruations-Trios – ihr wisst schon, was Süßes, was Salziges und Tampons – zum Supermarkt gefahren bin, in dieser Aufmachung.

Oder besser Anti-Aufmachung.

Es ist einfach das, was in meiner total chaotischen Wohnung so auf dem Boden herumlag.

Natürlich hat mich das Universum verarscht und dafür gesorgt, dass mir mein Todfeind begegnet.

Okay, das ist vielleicht ein *bisschen* zu hart, aber die letzte Person, mit der ich gerechnet habe, war *er*.

Shep Clark.

Der Shep Clark.

Der Kerl, für den ich quer durchs Land gezogen bin, um mit ihm zusammen zu sein.

Der Kerl, der mir mein empfindsames Herz gebrochen hat.

Der Kerl, den ich hasse.

Genau der Shep Clark.

Ich musste vier Jahre College mit dem Mann ertragen, der kurzerhand das zwischen uns beendet hatte. Er regierte den Campus, und ich konnte ihm nie wirklich entkommen.

Als er für die Major League Baseball eingezogen wurde, war ich in Ekstase. Er würde verschwinden, was bedeutete, dass ich Shepard Clark endlich hinter mir lassen könnte. Sicher, ich war eine Journalistin in seiner Alumni-Stadt, und ich müsste wahrscheinlich einen Artikel oder zwei über ihn und seine Leistungen schreiben, aber das würde ich verkraften.

Ihm jedoch tatsächlich *begegnen* zu müssen?

Ich nehme *Nein-verdammt-vielen-Dank-auch* im Wert von zweihundert Dollar.

Er mag für alle anderen in dieser Stadt eine Baseball-Legende sein, aber ich werde ihm nicht zu Füßen liegen.

Nicht noch einmal.

Wütend marschiere ich den Gang hinunter und schiebe meinen Einkaufswagen viel schneller als nötig. Ich will nur hier raus, bevor ich noch einmal auf Shep treffe. Ich achte nicht einmal auf die Chips, die ich in den Wagen werfe, was ich später sicher bereuen werde.

Ich mache mir nicht die Mühe, das Eiscremeangebot

nach etwas Neuem zu durchforsten. Ich weiß, ich nehme am Ende doch immer meine gute alte Mint-Chocolate-Chip – die leuchtend grüne, danke sehr.

Ich gehe noch hinüber zu den Damenhygieneartikeln und schnappe mir die größte Tampon-Packung, die ich finden kann, bevor ich Richtung Kasse gehe.

Mein typisches Pech, dass sie die Selbstzahler-Kasse geschlossen haben und nur eine Kasse geöffnet ist, an der die älteste Lady auf dem ganzen Planeten die Waren schmerzhaft langsam am Scanner vorbeischiebt.

F... dich, Universum.

Ich rücke dicht auf die Kundin vor mir auf – ich bin ziemlich sicher, sie ist die zweitälteste Lady der Welt – und lehne mich gegen den Wagen.

Die Kassiererin scannt gerade eine Schachtel mit Frühstücksflocken, und ich könnte schwören, dass sie dafür volle dreißig Sekunden braucht.

Ich werde hier sterben.

Mein Blick gleitet zu den Klatschmagazinen, die die Regale rechts von mir ausfüllen. Normalerweise ignoriere ich diesen Mist, aber ich bin gelangweilt, und da ich wahrscheinlich die nächste Viertelstunde hier verbringen werde, warum nicht, zum Teufel.

Ich greife nach einem Magazin, auf dessen Titelseite mein Lieblings-Sexobjekt prangt, da springt mir etwas ins Auge.

Ist das etwa ...

Verdammter Mist, ja!

Kann ich ihm denn nie entkommen?!

Sheps Verbrechervisage füllt die Titelseite der lokalen Zeitung – noch dazu meines Konkurrenzblatts.

»Lokaler Star wegen Zerstörung von Eigentum verhaftet« – so lautet die Schlagzeile.

Sieht aus, als hätte King Shep eine weitere Dummheit begangen, eine Schlägerei angefangen und für ein hübsches Sümmchen die Inneneinrichtung eines Schickeria-Clubs ein paar Stunden nördlich von hier zertrümmert.

Er hat Glück, dass er nicht auch mit einer Anklage wegen Körperverletzung konfrontiert wird.

Spöttisch betrachte ich die Zeitung. Der Drang, jedes einzelne Exemplar aus dem Regal zu zerren, um es zu verbrennen, ist stark.

Shep verdient *keinerlei* Aufmerksamkeit. Er ist ein Lügner, das größte Arschloch in der Geschichte der Arschlöcher.

Ich hasse ihn mit voller Leidenschaft.

Erbost lasse ich den Blick über die Abbildung seines Gesichts gleiten, widerstehe der Versuchung, danach zu grapschen, um es zu vernichten, und greife stattdessen nach einem der Schokoriegel im Regal unterhalb der Zeitschriften, reiße ihn auf und schiebe mindestens die Hälfte davon in den Mund.

»Wow, ich bin beeindruckt.«

Ich stöhne, als ich seine Stimme höre.

»Geh weg. »

»Kann nicht – nur diese Kasse ist geöffnet.«

»Was hast du überhaupt hier verloren, Slug?«

Ich könnte schwören, dass ich seine Zähne knirschen

höre bei dem Spitznamen. *Gut. Arschloch*. Sein Zahnarzt muss ein Freudenfest feiern, wenn er sein Gebiss begutachtet, so oft wie er mit den Zähnen knirscht.

»Lebensmittel kaufen. Das ist ein Supermarkt, oder? Das ist es, was man hier so macht«, wiederholt er ironisch meine Worte.

»Ich hasse dich.«

»Du denkst, dass du mich hasst, Den.«

Ich verdrehe die Augen, obwohl er das nicht sehen kann, und er lacht leise, weil er weiß, dass ich es tue.

Ich bin sicher, er steht jetzt hinter mir und hat sein berühmt-berüchtigtes Grinsen im Gesicht. So ist das einfach mit Shep – man weiß nie, ob er wütend ist oder nicht, weil er immer dieses falsche Grinsen aufsetzt.

Aber wenn man genau genug hinschaut, kann man sehen, dass seine Kinnmuskeln zucken.

Damit verrät er sich.

Ich nicke mit dem Kopf in Richtung der Zeitschriftenständer. »Wie ich sehe, hast du immer noch nicht dein Leben auf die Reihe gekriegt.«

»Und wie ich sehe, bist du immer noch so verklemmt wie eh und je. Man kann das Mädchen aus seinem behüteten Montana-Dasein herausholen, aber den Stock aus ihrem Hintern, den bekommt man nicht heraus.«

Ich fahre herum, als er das sagt.

Typisch Shep, das Grinsen ist da – aber sein Kinn? Angespannt, und sein Zähneknirschen klingt schmerzhaft.

Sieht aus, als hätte ich dem Gockel ein bisschen die Schwanzfedern zerzaust.

»Ernsthaft, Shepard, warum bist du hier? Ich dachte, du spielst jetzt in der großen Liga.«

Sein Blick wandert zu der Zeitung und verweilt dort für einige Augenblicke, bevor er seine Aufmerksamkeit wieder auf mich richtet.

»Ich … habe mir eine Auszeit genommen.«

Ich ziehe, nicht überzeugt, eine Braue hoch. Er muss sich schon ein bisschen mehr Mühe geben, *vor allem* bei mir. »Von der Major League?«

»Ja, Denver, von der MLB.«

»Aber das ist dein erstes Jahr. Deine Leistungen sind herausragend für einen Anfänger. Du kannst unmöglich das Ende der Saison verpassen …«

Er beugt sich vor, sein Grinsen kehrt zurück. »Mir ist klar, wie gut es mit meiner Baseball-Karriere läuft. Die Frage ist: Woher weißt du das?«

Meine Wangen werden heiß, und ich mache hastig einen Schritt zurück, stolpere über meine eigenen Füße und stoße gegen meinen Einkaufswagen, der sich dadurch mit einer Schnelligkeit weiterbewegt, die ich nicht beabsichtigt hatte.

»Autsch! Meine Hüfte! Sie haben mich angerempelt!«

Mein Herz hämmert gegen meinen Brustkorb, als ich mich zu der älteren Frau in der Schlange vor mir umdrehe.

Da ist mein Wagen, direkt an ihrer Hüfte. Bestimmt hat er sie nicht dermaßen hart getroffen, aber er hat sie berührt.

»Oh Gott, es tut mir so leid, Ma'am! Das war keine Absicht. Ich bin über meine Flip-Flops gestolpert und habe mein Gleichgewicht verloren. Bitte entschuldigen Sie, Ma'am.«

Sie schnaubt und wendet sich von mir ab, meine aufrichtige Entschuldigung ignorierend.

Mir wird heiß vor Scham. Ich fühle mich schrecklich, und das ist allein Sheps Schuld. Wäre er mir nicht so auf die Pelle gerückt, hätte ich mich nicht zu rühren brauchen. Dann wäre ich nicht gestolpert und gegen den Wagen gestoßen, der dann gegen die Frau gerollt ist.

Okay, okay – ich bin selbst daran schuld, dass Shep mir so unter die Haut geht, aber was soll's. Korinthenkackerei.

»Tippen Sie alles auf einen Bon, ich bezahle zusammen«, sage ich zu der Kassiererin. Ich weiß nicht, wie ich es sonst wiedergutmachen soll. Meine Mom würde mir den Hintern versohlen, wenn sie mitbekommen hätte, was gerade passiert ist, und sie würde verlangen, dass ich es ausbügele … sofort.

Die Frau vor mir brummt etwas, was ich nicht so recht verstehe, bevor sie ihre letzte Einkaufstüte vollpackt und hinausmarschiert.

Das war's. Das war alles.

»Im Ernst?«, brumme ich vor mich hin, als ich zusehe, wie sie ohne einen Blick zurück verschwindet. »Ich schubse sie versehentlich mit meinem Einkaufswagen, zahle ihren gesamten Einkauf, und sie bedankt sich nicht einmal? Dieser Abend wird immer besser.«

»Sie klopfen besser auf Holz«, warnt mich die Kassiererin.

Ich ignoriere sie und räume meine Sachen aufs Fließband.

»Ich glaube, ich liebe diesen Abend«, bemerkt Shep.

Ohne zu überlegen, schmeiße ich, was ich gerade in der Hand halte, nach ihm, und er lacht und fängt den Angriff lässig ab.

Zum Teufel mit seinen verdammten Baseball-Reflexen.

»Ah, das erklärt, warum du heute Abend so grantig bist.«

Ich werfe einen Blick auf die Schachtel und, klar, typisch mein Glück – ich habe die Tampons nach ihm geworfen.

Na super.

»Ich wünschte, die Schachtel hätte dich ins Auge getroffen – mit der Ecke, um genau zu sein.«

»Also, das ist ...«, er wirft die Tamponbox in die Luft und fängt sie auf, ohne hinzuschauen, » ... verdammt unfreundlich, Andrews.«

»Ich hasse dich, Shepard Clark«, wiederhole ich mit so viel Gift in der Stimme, wie ich aufbringen kann.

Und wieder sein berühmtes Grinsen. »Das hättest du gern.«

Das Allerschlimmste daran?

Er hat recht.

• • •

»Wie? Wie kann das sein, dass das heute Abend in meinem Leben passiert? Erst sind meine Tampons aufgebraucht, dann begegne ich dem größten Arsch aller Zeiten. Als Nächstes schubse ich aus Versehen eine alte Frau mit meinem Einkaufswagen, gebe sechzig Mäuse aus, die ich nicht ausgeben wollte, um das in Ordnung zu bringen, und jetzt ist auch noch ein Reifen platt. Super. Einfach super.«

Stöhnend werfe ich den Kopf zurück und blicke zum Himmel.

»Was zum Teufel ist dein Problem, Universum?«

Keine Reaktion.

Ich hebe die Hand und zeige dem Universum den Stinkefinger.

»Na schön. Dir auch einen beschissenen Abend!«

»Ich fand schon immer, dass du ein bisschen durchgeknallt bist. Freut mich, dass ich richtiggelegen habe.«

Sheps Schritte hallen über den ansonsten stillen Parkplatz, als er den platten Reifen begutachtet und sich neben mich stellt.

»Verdammter Mistkerl, was?«

»Kommt ungefähr hin.«

»Da hast du nicht unrecht.«

Ich hebe eine Braue, überrascht, dass er einfach so zustimmt.

Ich sehe aus dem Augenwinkel zu ihm hinüber und beobachte ihn, während er den Blick nach unten richtet.

Shep ist wahnsinnig attraktiv – selbst ich kann das nicht bestreiten –, aber es war nie sein Aussehen, das mich zu ihm hingezogen hat. Das wäre sowieso nicht möglich gewesen, da wir am Anfang nur per SMS kommunizierten.

Heute Abend ist er einfach gekleidet, seine langen Beine stecken in dunklen Jeans. Ein weißes T-Shirt bedeckt seine breiten, muskulösen Schultern, und er trägt sogar ein Paar dieser Altherren-Schuhe, die anscheinend gerade angesagt sind.

Sein Haar wirkt auf perfekte Art unordentlich, die

schwarzen Locken ringeln sich in einem scheinbar ungewollten Durcheinander um seinen Kopf. Seine braunen Augen sind umschattet, nicht nur weil der Parkplatz, auf dem wir uns befinden, dunkel und abgelegen ist.

Etwas belastet Shep, und ich bin mir sicher, dass es etwas mit diesem Zeitungsartikel zu tun haben muss.

Ein Teil von mir möchte ihn danach fragen, denn als Journalistin bin ich von Natur aus neugierig. Vor allem aber – auch wenn es mir zuwider ist, es einzugestehen – möchte ich ihn wegen dem Shep, den ich früher einmal kannte, fragen.

Das Dumme ist, dieser Mensch ist er schon verdammt lange nicht mehr.

»Hast du einen Ersatzreifen?«, sagt er schließlich.

»Im Kofferraum.«

»Soll ich dir helfen?«

Seine Worte überraschen mich so sehr, dass ich ihn nur wortlos anstarren kann.

Er stößt ein bitteres Lachen aus. »Tu nicht so verdammt erstaunt, Den. Ich bin kein Monster.«

»Hättest mich fast überzeugt.«

Er schnaubt. »Okay, na gut. Ich habe das verdient, aber letztes Angebot – willst du, dass ich dir helfe, oder nicht?«

Es liegt mir auf der Zunge, Ja zu sagen, denn ich fühle mich müde und aufgedunsen und will einfach nur nach Hause und mein bereits schmelzendes Eis essen. Aber das ist Shep, mit dem ich hier rede. Ich kann ihn nicht wieder hereinlassen, nicht einmal ein klein wenig.

Der Schmerz, den dieser Fehler beim letzten Mal verursacht hat, war genug, um mein Herz auf Jahre hinaus in einen Schwelbrand zu versetzen.

Ich passe.

»Nein.«

Er bleibt stehen, bewegungslos, mit hartem Blick.

»Ich bin nicht irgendein hilfloses kleines Mädchen, Clark. Ich kann alleine einen Reifen wechseln.«

Er blickt sich noch einmal auf dem Parkplatz um – wozu, weiß ich nicht – und nickt mir zu. »Wie du willst. Gute Nacht, Denver.«

»Nacht«, brumme ich, als er auf dem Absatz kehrtmacht und in die entgegengesetzte Richtung geht.

Ich stoße einen Seufzer aus, halb erleichtert, halb genervt, fische meinen Schlüssel aus meiner Handtasche und entriegle die Türen meines Kombis. Ich werfe die Tüten auf den Beifahrersitz, kremple mir die Ärmel hoch und öffne den Kofferraum.

Ich schiebe den ganzen Kram weg, den ich hier lagere, wie zum Beispiel die wiederverwendbaren Tüten, die ich *jedes Mal* vergesse, in den Supermarkt mitzunehmen, und ziehe die Klappe hoch, um den Ersatzreifen herauszuholen.

»Was zum Teufel, Universum? Hast du es auf mich abgesehen?«

Ein riesiger Nagel lugt aus dem Ersatzreifen hervor.

Natürlich.

Ich höre Reifen quietschen, aber ich drehe mich nicht um.

Das brauche ich nicht; ich weiß, wer es ist.

»Soll ich dich mitnehmen?«

Ich werfe den Kofferraumdeckel zu und denke nicht weiter nach. »Ja.«

3. Kapitel

Sechs Jahre zuvor, Anfang September

UNBEKANNT: MAYDAY, MAYDAY. Wir haben ein ernstes Problem.

DENVER: ???

DENVER: Wer bist du?

UNBEKANNT: Shepard Clark, ein Freund von AJ Sutton.

DENVER: Woher hast du diese Nummer?

UNBEKANNT: Natürlich von AJ.

DENVER: Er hat irgendeinem Idioten einfach meine Nummer gegeben? Ich werde ihn umbringen.

DENVER: Geh weg, verdammt.

UNBEKANNT: Das würde ich, aber ... es ist wichtig.

UNBEKANNT: Du bist Denver Andrews, richtig? Beste Freundin von Allie Hanson?

DENVER: ... ja?

DENVER: Woher weißt du das alles?

UNBEKANNT: Wie gesagt – AJ.

UNBEKANNT: Er ist meine Allie.

DENVER: Er ist also dein bester Freund? Warum sagst du das nicht einfach?

UNBEKANNT: Weil Männer so was wie »beste Freunde« nicht sagen. Wir sind alle nur Kumpels. Du würdest das nicht verstehen.

DENVER: Klar.

DENVER: Was willst du?

DENVER: Warte ... woher kennst du überhaupt AJ? Du lebst auf der anderen Seite der USA.

SHEPARD: Hast mich ganz schön schnell gestalkt. Ich bin beeindruckt.

DENVER: Halt die Klappe.

SHEPARD: Ich werde ganz sicher nicht die Klappe halten.

DENVER: Ich kenne dich noch nicht einmal und hasse dich schon.

SHEPARD: Irgendwie habe ich da meine Zweifel.

SHEPARD: Um deine Frage zu beantworten, ich kenne AJ aus dem Baseball-Camp. Wir gehen jeden Sommer ins selbe Camp, seit wir klein waren. Im Lauf der Jahre haben wir uns angefreundet.

DENVER: Warum habe ich dann noch nie etwas von dir gehört? Ich kenne AJ auch schon seit zig Jahren.

SHEPARD: Wahrscheinlich hast du schon von mir gehört.

DENVER: An einen so doofen Namen wie Shepard würde ich mich erinnern.

SHEPARD: Wer im Glashaus sitzt ... DENVER.

SHEPARD: Wirklich, du hast einen echt schrägen Namen.

DENVER: Ich werde meine Eltern informieren, dass er dir gefällt.

DENVER: Habe trotzdem noch nie von dir gehört.

SHEPARD: Hat er nie jemanden erwähnt, der Slug heißt?

DENVER: DU bist Slug? DER Slug?

SHEPARD: Aha, du HAST also schon von mir gehört.

DENVER: Von dir gehört? Während der Baseball-Saison redet er nur von dir. »O Mann, ich wünschte, Slug hätte das sehen können ...« »Mensch, Alter, Slug hat es den anderen wirklich gezeigt in dem Spiel gestern Abend.«

DENVER: Es nervt, wie er dich anhimmelt.

SHEPARD: Was soll ich sagen? Ich bin eine Legende.

DENVER: Ich glaube, ich habe schon mindestens hundert Mal bei der Erwähnung deines Namens die Augen verdreht.

SHEPARD: Du meinst, du hast sie vor Ekstase verdreht, richtig?

DENVER: Versuchst du mich gerade zum Kotzen zu bringen?

SHEPARD: Was immer du dir einreden musst.

DENVER: Warum schreibst du mir immer noch? GEH WEG, SLUG.

SHEPARD: Weil ich dir etwas Wichtiges zu sagen habe.

DENVER: Ich fange an zu glauben, dass das nicht der Fall ist.

SHEPARD: Weil ich mich mit dir unterhalte? WIE KANN ICH ES WAGEN, GUTE UMGANGSFORMEN AN DEN TAG ZU LEGEN.

DENVER: Jetzt endlich raus damit!

SHEPARD: Na schön. AJ will

DENVER: Will was?

DENVER: Zum Supermarkt? Ins Einkaufszentrum? Zur Hölle? Coole Geschichte. Ist mir egal.

DENVER: Das war gelogen. Es ist mir nicht egal. WAS ZUM TEUFEL, SLUG! Du KANNST mich nicht so hängen lassen!

DENVER: Im Ernst. Das sind jetzt fünf Minuten.

DENVER: Das macht dir jetzt richtig Spaß, oder?

DENVER: Du glotzt nur auf dein Display und wartest auf einen weiteren panischen Text von mir.

DENVER: Was soll's. Ich bin fertig damit. Ich blockiere dich jetzt.

SHEPARD: MOMENT! NICHT!

SHEPARD: Mein Bruder ist reingekommen und hat mich unterbrochen. Ich wollte eigentlich noch nicht auf Senden drücken und dich dann hängen lassen.

SHEPARD: Bist du noch da?

SHEPARD: Moment ... machst du jetzt mit mir, was ich gerade mit dir gemacht habe? UNABSICHTLICH, wie gesagt.

DENVER: Kann sein.

DENVER: Jetzt sag schon, was du weißt.

SHEPARD: AJ will Allie beim Homecoming-Ball nächsten Monat einen Antrag machen.

DENVER: Du verarschst mich. Wir sind in der Highschool. HIGHSCHOOL. Das ist hier keine Fernsehserie, wo die Leute heiraten und den Rest ihres Lebens zusammen verbringen trotz Teenager-Schwangerschaft, bekloptem Kindermädchen und allem möglichen Schwachsinn ... so etwas passiert nicht im richtigen Leben!

SHEPARD: Wirklich erstaunlich detailliert, aber ich stimme zu, und genau das habe ich ihm auch gesagt (weniger detailliert natürlich).

SHEPARD: Er ist verrückt. Wir sind viel zu jung für so einen Blödsinn. Aber er ist total verliebt und im siebten Himmel.

SHEPARD: Bitte sag mir, dass Allie ihm einen freundlichen Korb geben wird.

DENVER: Ganz ehrlich? Sie wird das wahrscheinlich total romantisch finden und Ja sagen.

SHEPARD: Unsere Freunde sind bescheuert.

DENVER: Endlich etwas, dem ich zustimmen kann.

• • •

DENVER: Ich habe es Allie gesagt.

SHEPARD: Aber du hast meinen Namen herausgehalten, oder?

DENVER: Ja. Du bist in dieser Freundschaft der Böse, nicht ich.

SHEPARD: Dann sind wir also jetzt Freunde, oder?

DENVER: Igitt. Nein. NIEMALS.

DENVER: Ich wollte sagen Bekanntschaft. Wir sind eigentlich Fremde, die kooperieren, um ihre bescheuerten Freunde davon abzuhalten, einen Riesenfehler zu machen. Außerdem hasse ich dich. Vergessen?

SHEPARD: Ich schätze, das ist die zweite Sache, der wir beide zustimmen können.

SHEPARD: Was hat Allie gesagt?

DENVER: Sie hat gesagt, er ist ein Dummkopf, aber er ist IHR Dummkopf … und sie wird Ja sagen.

SHEPARD: Verdammter Mist … WAS IST LOS MIT DEN BEIDEN?!

DENVER: Sie sind gestört.

SHEPARD: Allerdings. Ich würde meiner Freundin niemals einen Antrag machen.

DENVER: Du hast eine Freundin?

SHEPARD: Eifersüchtig?

DENVER: Nein, es interessiert mich nur, welche Frau, die alle fünf Sinne beisammenhat, mit dir zusammen sein will.

SHEPARD: Hahaha.

SHEPARD: Ich habe eine »Freundin«.

DENVER: Danke. Damit ist alles klar.

SHEPARD: Es gibt da ein Mädchen, mit dem ich befreundet bin. Alle glauben, sie sei meine Freundin. Wir … spielen sozusagen einfach mit.

DENVER: Aber … warum?

SHEPARD: Nun ja, ich versuche, mich auf Baseball zu konzentrieren, also kann ich keine Freundin gebrauchen, die mein Leben unnötig kompliziert macht. Sie ist lesbisch und kann diese Art von Komplikation in ihrem letzten Highschool-Jahr auch nicht gebrauchen. Es hält uns eine Menge Leute fern.

DENVER: Das ist traurig. Aber süß.

DENVER: Tut mir leid, aber hast du deine Freundin gerade mir gegenüber geoutet? Weil das nämlich nicht cool ist.

SHEPARD: Sie sitzt neben mir und sagt, es ist okay, wenn ich es dir sage, da du auf der anderen Seite der Staaten lebst. Sie schätzt dich als »sicher« ein.

SHEPARD: Aber wenn du es IRGENDJEMANDEM sagst, küsse ich dich.

DENVER: Du meinst, du killst mich.

SHEPARD: Ich meine, was ich sage. Du »hasst« mich, also wäre ein Kuss eine angemessene Strafe.

DENVER: Interessante Logik.

SHEPARD: Bin ein smartes Kerlchen.

DENVER: So weit würde ich nicht gehen.

SHEPARD: Jetzt, da du mein Geheimnis kennst, musst du mir eins von deinen verraten.

DENVER: Ich passe, vielen Dank.

SHEPARD: Ich wette, du bist auf Partys richtig lustig, Denver.

DENVER: Äh, was?

SHEPARD: Schon gut. LAUGHING OUT LOUD.

DENVER: Moment mal … hast du meinen BookFace-Account gestalkt? Machst du dich über mich lustig?

SHEPARD: Kann sein.

SHEPARD: Andererseits auch wieder nicht. Ich finde es irgendwie süß, dass du dich mit Internetsprache nicht auskennst.

SHEPARD: Aber auch merkwürdig, weil du auf die Highschool gehst und die Hälfte aller Mädels so redet.

DENVER: Ich … darf keinen Social-Media-Account haben. Meine Eltern wissen nichts davon, und ich kann ihn nur benutzen, wenn ich bei Allie bin oder im Comic-Shop. Dieses Handy, auf dem ich dir schreibe? Von dessen Existenz wissen sie auch nichts. Ich habe mir vom Babysitter-Geld ein Prepaidhandy gekauft. So. Das ist mein Geheimnis.

SHEPARD: Bitte, bitte, bitte sag mir, dass du ein Klapphandy benutzt.

DENVER: Stimmt.

DENVER: Du lachst. Ich klappe es jetzt zu.

SHEPARD: Habe ich mir gedacht.

SHEPARD: Aber du machst mich neugierig ... Comic-Shop?

DENVER: Habe ich das geschrieben? Ich meinte COFFEE-Shop.

SHEPARD: Nein, nein, zu spät. Ich weiß, du bist ein heimlicher Nerd.

DENVER: *zuckt mit den Achseln* Die haben freies WLAN.

SHEPARD: Und die Comics sind auch nicht schlecht, oder?

DENVER: Ich weiß nicht, wovon du redest.

SHEPARD: Was immer du dir einreden musst.

SHEPARD: Wir brauchen einen Angriffsplan, aber ich muss los, zum Training. Bis später, Denver.

DENVER: Mach's gut, Shepard.

• • •

SHEPARD: Können wir kurz darüber sprechen, wieso unsere Freunde Allie & AJ heißen? Wie diese Disney-Mädchenband, die vor ein paar Jahren angesagt war?

DENVER: Ich habe keine Ahnung, wovon du redest, aber das ist witzig.

SHEPARD: Wie kannst du die nicht kennen? Die waren praktisch überall.

DENVER: Ähm ...

SHEPARD: Ich warte.

DENVER: Du darfst nicht lachen.

SHEPARD: Ich glaube, ich muss dir gegenüber ganz ehrlich sein, Denver, und ich kann nicht versprechen, dass ich nicht lachen werde.

DENVER: Wir dürfen nur zu den familienfreundlichen Zeiten fernsehen. Meine Eltern haben den Fernseher in einem Schrank eingeschlossen. Nur an bestimmten »Filmabenden« dürfen wir fernsehen.

SHEPARD: Um deiner eigenen geistigen Gesundheit willen hoffe ich, dass das nicht dein Ernst ist.

DENVER: Ist es doch.

SHEPARD: Ich glaube, ich brauche einen Moment, um das zu verdauen.

SHEPARD: WIE ... WAS ... WER ... Verdammte Scheiße.

DENVER: Fühlst du dich jetzt besser?

SHEPARD: Nein.

DENVER: Ich auch nicht.

DENVER: Ich habe gerade gegoogelt, von wem du redest. Das ist ja lustig.

SHEPARD: Stell dir nur vor – wenn sie heiraten, müssen sie damit leben. Für den Rest ihres Lebens.

DENVER: Noch ein Grund, weshalb wir sie zur Vernunft bringen müssen.

DENVER: Konntest du AJ davon überzeugen, dass er ein Schwachkopf ist?

SHEPARD: Nein. Er ist zu blöd, um das einzusehen.

DENVER: Allie trägt jetzt ein Gummiband um ihren Ringfinger ... um zu »üben«.

SHEPARD: Die beiden widern mich an.

SHEPARD: Wissen sie nicht, dass Liebe kommt und geht?

DENVER: Bist du ein Zyniker, Shepard?

SHEPARD: Ich bin ein Realist, Denver. Ich werde niemals sesshaft werden. Dafür gibt es für uns da draußen viel zu viel zu erleben.

SHEPARD: Außerdem, willst du WIRKLICH für immer mit der gleichen Person zusammen sein?

DENVER: Da fragst du die falsche Person, Kumpel.

SHEPARD: Oh Gott. Bitte sag, du gehörst nicht zu diesen Spinnern, die an

Seelenverwandtschaft und Schicksal und diesen ganzen Schwachsinn über wahre Liebe glauben.

SHEPARD: Der Valentinstag ist ein kommerzieller Feiertag. Den Weihnachtsmann gibt es nicht. Und man stirbt nicht von Cola mit Pop Rocks.

SHEPARD: Darauf wollte ich, nur für den Fall, dass du auch an diesen Scheiß glaubst, hinweisen.

DENVER: Zyniker.

SHEPARD: Realist.

DENVER: Ich glaube, alles geschieht aus einem Grund, auch wenn wir das in dem Moment nicht wissen. Ich glaube, unser Weg ist vorgezeichnet. Es mag so aussehen, als ob wir alle Entscheidungen träfen, aber in Wirklichkeit war alles vorgegeben, von Anfang an. Ich glaube SEHR WOHL, dass man sich für immer an eine Person binden kann.

SHEPARD: Trotzdem bist du dagegen, dass AJ und Allie heiraten?

DENVER: Das habe ich nie gesagt. Ich sagte, ich bin dagegen, dass sie es noch während der Highschool machen. Ich habe nie gesagt, dass ich denke, sie würden nicht für immer durchhalten.

SHEPARD: Ich gebe ihnen Zeit bis zum Frühling. Wenn sie entscheiden müssen, auf welche Colleges sie gehen wollen.

SHEPARD: Das College führt IMMER dazu, dass die Leute sich trennen.

DENVER: Sie könnten diese Prüfung bestehen, Shepard. Man kann nie wissen.

SHEPARD: Shep. Nenn mich einfach Shep.

DENVER: Kann ich dich Slug nennen?

SHEPARD: VERDAMMT, NEIN! Ich HASSE diesen Spitznamen.

DENVER: Und warum?

DENVER: Er ist irgendwie niedlich.

SHEPARD: Du findest Schnecken süß?

DENVER: Hmm ... stimmt auch wieder. Nein.

DENVER: Warum hasst du den Spitznamen?

SHEPARD: Weil er für einen Haufen Mist steht.

DENVER: Du bist sehr talentiert, wenn es darum geht, Dinge zu erklären. Hat dir das schon mal jemand gesagt?

SHEPARD: Das war Sarkasmus, oder?

DENVER: Schlaumeier!

SHEPARD: Es ist nur ... Nein. Den Mist erzähle ich dir nicht. Es ist kitschig.

DENVER: Du erzählst mir ein Geheimnis, und ich erzähl dir eins von mir. Wie beim letzten Mal.

SHEPARD: Na schön. Also ...

SHEPARD: Mein Dad hat mich immer Slugger genannt. Das war sein Ding, und ich habe es gehasst, solange er noch gelebt hat. Aber als er tot war, habe ich es vermisst. Dann kam mein Stiefvater, Jack. Er hat weitergemacht mit dem Spitznamen Slugger. Ich vermisste meinen Dad so sehr, dass ich es gemocht habe, wenn Jack mich so genannt hat, ich hatte nichts dagegen. Ich fand es irgendwie ...

SHEPARD: Ach verdammt, ich kann nicht glauben, dass ich das jetzt sage, aber ... ich dachte, es sei Schicksal oder so was in der Art, so wie zwischen ihm und Rose, meiner Mom.

SHEPARD: Wie auch immer, er nannte mich Slugger, aber dann ... dann haben er und Zach den Namen abgekürzt auf Slug, weil, ich bin jetzt mal ganz ehrlich, ich war mit 14 oder 15 eine Zeit lang ein ziemlich eingebildeter Arsch. Sie meinten, ich wäre ein »echter Schleimbeutel«. Mein Team hat den Spitznamen übernommen. AJ hat ihn übernommen. Er ist an mir hängen geblieben. Ich wurde Slug.

DENVER: Ich hätte da ein paar Anmerkungen.

DENVER: Erstens. Der Name deiner Mutter ist Rose, und der Name deines Vaters ist Jack? Wie in Titanic?

SHEPARD: Deine Eltern haben dich Titanic gucken lassen?

DENVER: Ich habe den Film bei Allie gesehen. Sie ist verrückt nach Leo.

SHEPARD: Ja, sie heißen so. Sie sind sich bei einer Trauer-Selbsthilfegruppe begegnet. Sie sind beide verwitwet.

DENVER: Tut mir leid für die beiden. Und für dich. Auch wenn mich meine Eltern zum Wahnsinn treiben und ich es hasse, mich an ihre Regeln halten zu müssen, ich kann mir nicht vorstellen, einen von ihnen zu verlieren.

DENVER: Zweitens. Ich verspreche, dich nur dann Slug zu nennen, wenn ich dich wahrhaftig hasse. Das wird das Zeichen für dich sein, dass ich sauer bin.

SHEPARD: Ich glaube, du hast gerade gesagt, dass wir wieder Freunde sind.

DENVER: Halt die Klappe, Shep.

4. Kapitel

Hundefutter.

Ich bin verdammt noch mal nur zum Supermarkt gefahren, um Hundefutter zu besorgen.

Aber jetzt sitze ich hier und fahre über die Landstraße, mit einem Ständer so hart wie Stein und mit Denver Andrews auf dem Beifahrersitz.

Sie schiebt sich einen Löffel Mint-Chocolate-Eiscreme in den Mund und stöhnt.

Schon wieder.

Will sie mich verdammt noch mal umbringen?

Sie ist mitsamt ihren Einkaufstüten in meinen Truck gehüpft und hat sofort angefangen, in meinem Handschuhfach zu wühlen, bis sie einen Plastiklöffel fand. Dann hat sie eine Packung meiner Lieblingseiscreme geöffnet.

Sie *weiß*, dass es auch mein Lieblingseis ist.

»Ich hätte nicht gedacht, dass du einen Truck fährst.«

»Ach ja?«

Sie schüttelt den Kopf. »Du kommst mir nicht vor wie ein Truck-Typ.«

»Wie komme ich dir denn vor, Den?«

»Wie ein Arschloch.«

»Und weiter?«

»Wie ein Sportwagen-Typ. Definitiv. Du hast diese *Ich-habe-einen-kleinen-Schwanz-und-brauche-viel-PS-um-mich-besser-zu-fühlen*-Ausstrahlung.«

Ich grinse. »Seltsam detaillierte Antwort, aber ich verstehe, was du meinst. Du meinst, das ist typisch für Sport-Profis, nicht wahr? Die meisten Sport-Profis sind so.«

»Was hat dich dazu gebracht, einen Truck zu kaufen? Das ist irgendwie ... heiß.«

»Hey, hey, hey. Hast du mich gerade heiß genannt, Denny?«

Sie rutscht verlegen auf ihrem Sitz hin und her, bis sie aufrechter sitzt. Sie schiebt sich einen weiteren Löffel Eiscreme rein und sagt dann: »Nein.«

»Was? Du hast so wundervolle Manieren, dass ich dich gar nicht richtig verstanden habe.« Ich reiße ihr die Packung mit dem paradiesischen Inhalt aus der Hand. »Gib das her. Ich habe dir sowieso nicht erlaubt, hier drin zu essen.«

Sie greift danach, aber ich halte die Packung außer Reichweite.

»Es hatte schon angefangen, zu schmelzen, du Idiot. Gib es wieder her!«

»Nö.« Ich ziehe den Plastiklöffel heraus und lecke ihn sauber, wobei ich mir nicht gestatte, allzu lange darüber nachzudenken, dass ich von ihr wohl niemals etwas bekommen werde, das einem Kuss näherkommt. »Das ist jetzt meins.«

Denny seufzt, und ich wünsche mir fast, ich hätte ihr das Eis nicht weggenommen, denn ich vermisse ihr Stöhnen.

Sie verschränkt die Arme vor der Brust, verengt die Augen zu schmalen Schlitzen und blickt mich zornig an. »Man kann nicht gleichzeitig essen und fahren.«

Ich zwinkere ihr zu. »Nicht?«

»Ich hasse dich.«

»Das sagst du andauernd, aber die Tatsache, dass du in meinem Truck sitzt, sagt etwas anderes.«

Sie zieht am Griff der verriegelten Tür. Bestimmt will sie ausprobieren, ob sie vielleicht hinausspringen kann. Also, langsam genug fahren wir ja, sie könnte es überleben.

»Man nennt das Verzweiflung, Shep.«

»Schwachsinn. Du hättest einfach ein Taxi oder ein Uber rufen können. Das nennt man Komfort.«

»Wie bitte? Du willst, dass ich *um diese Zeit* ein Uber rufe? Und ermordet werde? Wow, ich wusste, dass du mich hasst, aber ich wusste nicht, dass du mich so sehr hasst.«

Ich habe dich nie gehasst, will ich sagen.

Und es stimmt.

»Du hast vorhin versucht, mich mit einer Schachtel Tampons zu ermorden. Gerechter Ausgleich.«

»Oh mein Gott. Man kann mit nur einem Auge durchaus leben, Shep.«

»Nicht, wenn man ein berühmter Baseballspieler ist.«

»Ach, berühmt, was?« Sie lacht. »Da ist aber jemand von sich überzeugt.«

»Du hast doch gerade mein Gesicht auf einem Cover gesehen, oder?«

»Es war ein lokales Klatschblatt, und es war dein Polizeifoto. Bist du darauf wirklich stolz?«

Es gibt eine Menge Dinge in meinem Leben, auf die ich nicht stolz bin – was ich Denny angetan habe, ist eines davon, aber die Sache, die mir den Rest gegeben hat? Bei der ich fast alles verloren habe, für das ich so verdammt hart gearbeitet hatte, nur weil ich meine Gefühle nicht im Griff hatte, wie ein verdammter Teenager?

Nachdem ich wegen meiner ungelösten Probleme meine Karriere beinahe verloren habe, habe ich mir geschworen, mich zu ändern und mich am Riemen zu reißen, bevor ich mich so tief in etwas hineinreite, aus dem ich mich nicht mehr herauswinden kann. Ich habe ein neues Kapitel aufgeschlagen, es gibt jetzt einen neuen Shep, auch wenn es beknackt klingt.

Um Denver nicht antworten zu müssen, schaufle ich mir so viel Eiscreme in den Mund, wie ich kann, und halte dabei den Truck in der Spur.

Wir sind ein paar Meilen lang still, füllen die Zeit mit unbehaglichem Schweigen.

»Was ist eigentlich passiert, Shep?«, fragt sie gedämpft.

Die Sache ist im Grunde schnell erzählt. Ich war mit ein paar Kumpels in einem Club im Norden, und wir fingen an, mit unseren besten College-Eroberungen zu prahlen. Sind wir Schweine, unreife Idioten? Wahrscheinlich, aber es war lustig und harmlos.

Bis jemand anfing, von Denny zu reden.

Da habe ich verdammt noch mal rotgesehen.

Auf meinen Händen. Auf dem Boden.

Ich habe dem Kerl die Seele aus dem Leib geprügelt und dabei ein paar Sachen zertrümmert. Glücklicherweise hat er keine Anzeige erstattet, aber der Club schon. Wegen Zerstörung von Eigentum.

Mein Trainer und mein PR-Team haben entschieden, dass ich eine Auszeit brauche, um »mein Image zu bereinigen«. Deshalb, und wegen dem, was meinem Bruder und seinem Mädchen in meinem letzten College-Jahr passiert ist – ein weiterer saudummer Fehltritt von mir –, bewege ich mich auf dünnem Eis.

»Nichts weiter«, sage ich schließlich.

»Shepard ...« Es klingt flehentlich, und ich möchte ihr gegenüber alle meine Geheimnisse ausplaudern, jetzt und hier.

Ich tue es nicht.

»Was machst du bloß? Warum versaust du das jetzt? Es ist alles, wovon du je geträumt hast.«

Ich schnaube. »Ich versaue es? Als hätte ich das alles mit Absicht getan, oder was.«

»Etwa nicht?«

»Nein!«

Sie zuckt zusammen, als das Wort durch die Fahrerkabine dröhnt.

»Nein«, wiederhole ich leise. »Es ist nur ... ich werde manchmal ...«

»Blöd?«

Ich verziehe die Lippen. »Nein. Ich werde ... emotional.«

Sie legt die Hand auf den Mund, den sie in gespieltem Entsetzen aufreißt. »Lieber Himmel, willst du behaupten, dass du, Shepard Clark, Spitzenarschloch, so etwas wie ... *Gefühle* hast?« Sie sticht mir mit dem Finger in die Brust. »Du willst behaupten, dass irgendwo da drinnen ein Herz schlägt?«

Du weißt, dass ich ein Herz habe, Denny. Du weißt das doch am besten.

Meine Haut brennt von der Berührung – was total bescheuert ist, wenn man bedenkt, dass es nur eine Berührung war. Ich wende mich von Denny ab, soweit es geht, bevor es schmerzhaft offensichtlich wird, dass mein Schwanz von innen gegen die Jeans drückt und darum bettelt, berührt zu werden.

Ich werfe ihr ein lässiges Grinsen zu und hoffe, dass sie nicht auf meinen Schoß schaut. »Unter all dem Eis, meine ich.«

»Schichten und Schichten ... und noch mehr Schichten aus Eis«, stichelt sie. »Erzählst du mir jetzt also, was wirklich passiert ist?«

»Wenn ich dir mein Geheimnis erzähle, erzählst du mir eines von deinen?«, versuche ich, zu feilschen.

»Du hast kein Recht mehr auf meine Geheimnisse, Shep.« Ich schaue zu ihr rüber und sehe, dass sie distanziert aus der Windschutzscheibe starrt. »Wir beide wissen das.«

Ich widerspreche ihr nicht, denn sie hat nicht unrecht.

Ich habe dieses Privileg verloren, als ich alles vermasselt habe. Ich füge das meiner sehr langen Liste von Fehlern hinzu.

»Wie geht's Zach? Und deinen *Titanic*-Eltern?«

Ich lächle bei dem Gedanken an meine Mom und wie

glücklich sie mit Jack ist, aber ich spüre auch den vertrauten Schmerz, wenn ich an meinen Vater denke, und es tut verdammt weh.

»Mom und Jack geht es gut. Zach und ich … na ja, Zach und ich reden zurzeit nicht miteinander.«

Sie lacht trocken. »Natürlich redest du nicht mit deinem Bruder. Was hast du angestellt, Shep?«

Ich bin genervt. »Wieso nimmst du an, ich hätte etwas falsch gemacht? Warum kann es nicht seine Schuld sein?«

»Weil ich dich besser kenne. Du bist einfach spitze, wenn es darum geht, etwas zu versauen.«

»Ein Spitzenarschloch – egal, wie man es betrachtet, du nennst mich immer noch spitze, Den.«

»Du nervst.«

»Und doch bist du hier.«

»Verzweiflung, Shep. Verzweiflung, verdammte Verzweiflung.«

»Was auch immer du dir einredest, Denny.«

• • •

»Du kannst hier anhalten.«

»Oha.« Ich fahre bis zum Fenster des Sicherheitspostens einer bewachten Wohnanlage. »Ich war mir gar nicht bewusst, dass wir so nah beieinander wohnen.«

Ihre Augen weiten sich. »Du wohnst jetzt hier?«

»Ja, solange ich … mir eine Auszeit nehme.«

»Oh.«

Ich kann nicht sagen, ob das ein negatives *Oh* ist oder ein positives.

Von Denny? Wahrscheinlich negativ.

Sie lehnt sich über die Mittelkonsole und winkt dem alten Mann zu, der im Inneren des Häuschens sitzt.

Seine Augen werden schmal, als er versucht, einen Blick in die Kabine zu werfen.

»Kurbel dein Fenster runter, Dumpfbacke«, zischt Denny.

Ich füge mich, weil ich wirklich Angst habe, dass sie mich gleich ermordet.

»Kennst du ihn?«

»Natürlich.« Sie rollt mit den Augen. »Was? Glaubst du, er wird mich attackieren?«

»Man kann nie wissen, heutzutage …«

»Ich bin ziemlich sicher, dass er im Zweiten Weltkrieg gedient hat. Er würde keiner Fliege etwas zuleide tun.«

Ich blicke noch einmal zu dem alten Mann. Er trägt eine Schirmmütze mit der amerikanischen Flagge drauf. Na gut, er wirkt harmlos.

Ich kurbele die Scheibe herunter.

»Hey, Captain.« Denny strahlt ihn an.

»Ah, Bucky, ich habe gar nicht gemerkt, dass du das bist. Ich wollte gerade den Panik-Knopf drücken. Habe ja nicht alle Namen und Gesichter parat.«

Mir stockt der Atem.

Captain America und Bucky.

Sie sollte mein Bucky sein, nicht seiner.

Es kostet mich all meine Kraft, mich nicht nach ihr umzudrehen, sie nicht wissen zu lassen, was für einen tiefen Stich es mir versetzt, dass sie sich von jemand anderem so nennen lässt.

»Ich bin's nur, Cap. Ich habe einen Platten und habe mein Auto bei *Smart Shoppe* stehen gelassen.«

Der faltige alte Mann sieht mich mit zusammengekniffenen Augen an. »Du hast dich doch nicht etwa von einem Fremden mitnehmen lassen, oder?«

»Nein. Ich kenne ihn.« Ich fahre mit dem Kopf herum, überrascht, dass sie das laut zugibt. »Leider«, fügt sie hinzu, als ich sie ansehe und grinse.

Ah, das ist Denny.

»Soll ich ihn durchlassen?«

»Du wärst mein absoluter Favorit, wenn du das tätest.«

»Wenn er dir Ärger macht, Bucky ...«

»Schlag ich zu, wo es wehtut. Ich weiß, Cap.«

Der alte Mann hält den Daumen hoch und wirft mir noch einen Blick zu, bevor er den Knopf drückt, um das Tor zu öffnen.

»Cap und Bucky, hm?«, sage ich so beiläufig wie möglich, während ich losfahre.

Sie schürzt die Lippen, geht aber nicht auf meine Frage ein, sondern weist mir den Weg zu dem Gebäude, in dem sie wohnt. »Geradeaus und dann nach links.«

Na schön. Diese Runde geht an dich, Denny.

Ich folge ihren Anweisungen, bis sie mir sagt, dass ich anhalten soll.

»Wir sind da. Man sieht sich.«

Sie schnappt sich ihre Tüten und hüpft aus dem Truck, bevor ich noch etwas sagen kann.

Was zum …

Oh, verdammt, nein.

Ich schalte in den Parkmodus und stoße die Fahrertür auf.

»Denny! Warte!«

Sie wirbelt zu mir herum und sieht mich mit großen Augen erschrocken an. »Was zum Teufel machst du?«

»Ich bringe dich rein.«

»Den Teufel tust du. Ich will nicht, dass du weißt, welche Wohnung meine ist. Außerdem kannst du deinen Truck nicht einfach mitten auf dem Parkplatz stehen lassen.«

»Wirst schon sehen«, sage ich und hole sie ein. »Du gehst da nicht allein, mitten in der Nacht.«

»Was dachtest du, was ich tun würde, wenn du nicht hier wärst? Soll Cap mich hineinbegleiten? Es gibt etwa zwei Dutzend Treppen in dem Gebäude … Ich will nicht schuld sein am Tod von Captain America.«

Meine Lippen verziehen sich zu einem Grinsen, und im selben Moment sehe ich das Feuer in ihrem Blick aufflackern.

Ich habe dieses Feuer vermisst.

Es ist derselbe Blick, den sie mir immer in unserer College-Zeit zuwarf, jedes Mal, wenn unsere Wege sich kreuzten. Er brannte besonders heiß, wenn ich ein anderes Mädchen am Arm hatte.

Ich habe immer gern mit dem Feuer gespielt.

»Es wird nicht passieren, Shep«, sagt sie mit vorgetäuschter Endgültigkeit.

»Von wegen, Andrews. Beeil dich lieber, sonst schmilzt der Rest deiner Eiscreme.«

Sie starrt mit offenem Mund auf ihre Einkaufstüten. »Woher weißt du, dass ich noch mehr Eiscreme habe?«

Ich beuge mich zu ihr vor, bis unsere Gesichter nur noch Zentimeter voneinander entfernt sind, und bereue es sofort.

Sie riecht nach Pfefferminzschokolade, und ich möchte ihre Lippen mit meinen berühren, um sie zu kosten. Ihre grünen Augen – die mich an die mintgrüne Farbe erinnern, die ich so liebe – sind hell und klar, als sie den Blick an meinen hundertneunzig Zentimetern aufwärts gleiten lässt.

»Weil ich dich besser kenne als jeder andere auf dieser Welt, Denver.«

Mein Blick landet wieder auf ihren Lippen, die sich mit einem leisen Keuchen öffnen.

Sie kommt näher heran.

Unsere Lippen berühren sich fast.

Wir halten uns gegenseitig mit den Augen fest.

Der Impuls, meine Lippen auf ihre zu pressen, wird stärker, aber ich weiß, ich sollte es nicht tun. Damit würde ich zu weit gehen.

Außerdem verdiene ich ihre Küsse nicht.

Nicht mehr.

»Kannte.«

Ich kann sie kaum hören, weil mir das Blut durch die Adern rauscht. Ich kann ihre Zungenspitze sehen, als Denver sich die Lippen befeuchtet.

»Du kanntest mich, Shep, aber in den letzten sechs Jahren hat sich viel verändert. Ich bin nicht mehr das naive Mädchen, das auf all deine Sprüche reinfällt. Ich werde nicht wieder in diese Falle tappen.«

Sie steht ganz aufrecht und macht einen Schritt von mir weg.

Das Rauschen in meinen Ohren beginnt nachzulassen, als sie etwas Abstand zwischen uns bringt.

Ich vermisse das Rauschen.

»Danke fürs Mitnehmen. Auf Wiedersehen.«

Auf Wiedersehen – nicht *gute Nacht*. So endgültig.

So sicher.

So ... soll das nicht laufen, verdammt.

Ich habe Denver schon einmal verloren. Es wird mir nicht noch einmal passieren.

5. Kapitel

»Nein!«

»Ich weiß! Ist es zu fassen? Nach all den Jahren ist es endlich so weit. Ich werde heiraten!«

Ich blicke auf das Telefondisplay und lache, als meine beste Freundin Allie mir erneut ihren riesigen Diamantring zeigt.

Es stellte sich heraus, dass ich recht hatte – die Zeit konnte Allie und AJ nichts anhaben. Die College-Zeit hat ihre Liebe zueinander nicht geschmälert. Im Gegenteil, sie hat sie gestärkt.

Es ist allerdings seltsam, dass AJ ausgerechnet den heutigen Tag gewählt hat – den Tag, nachdem ich Shep in der Nacht getroffen habe –, um Allie einen Antrag zu machen.

Shep.

Ich versuche, die Erinnerung daran, wie seine Kinnmuskeln sich verspannten, als Cap mich Bucky nannte, zu verscheuchen. Ich erinnere mich daran, als der Alte mich zum ersten Mal so genannt hat und wie mich dieser einfache Spitzname gerührt hat. Es war nicht verletzend, wie sonst immer, wenn ich ihn hörte. Es fühlte sich gut an ... so, wie wenn Shep ihn benutzte.

Gestern Abend, als ich den Ausdruck von Verletztheit auf seinem Gesicht sah, weil jemand anders seinen besonderen Spitznamen für mich verwendete, musste ich mir richtig Mühe geben, nicht darauf zu reagieren. Ja, der ganze Abend mit ihm verlief so: wie ein ständiger Kampf, nicht zu reagieren, nicht in alte Muster zurückzufallen.

Natürlich habe ich von ihm geträumt, es ist Shep, und er verfehlt bei mir nie seine Wirkung. Ich wälzte mich die ganze Nacht hin und her, dachte an seine Entschuldigungen, seine Appelle, seine ewigen Ausreden.

Um vier Uhr morgens stand ich endlich auf und verschlang meine zweite Packung Eis, um die Dämonen mit Zucker zu vertreiben.

Es hat nicht funktioniert, und ich bin ehrlich gesagt dankbar für Allies Weckruf. Ich weiß nicht, wie lange ich noch vor Shep weglaufen könnte.

Außerdem kann ich die guten Nachrichten, die sie überbringt, gut gebrauchen. »Ich kann nicht glauben, dass es *endlich* so weit ist«, sage ich zu meiner freudestrahlenden Freundin und unterdrücke dabei ein Gähnen. »Ihr beide seid doch erst seit einer Ewigkeit zusammen.«

»Ich weiß!« Sie quietscht vor Freude, zum milliardsten Mal während unseres Video-Chats. »AJ hat mich heute Morgen mit Frühstück im Bett überrascht.«

»Und es war nicht angebrannt!«, höre ich AJ rufen.

Allie kichert über ihren Verlobten, dann beugt sie sich zur Kamera vor und flüstert: »Der Speck war *so was von* angebrannt.« Sie lacht wieder. »Wie auch immer, ich konnte nicht bis zu unserem nächsten zufälligen Kaffeetermin warten, um es dir zu sagen, also musste ich so schnell wie möglich anrufen!«

Ich lächle meine beste Freundin an, das Mädchen, das ich kenne, seit ich acht bin, und mir quillt das Herz über, so freue ich mich für sie. Sie hat das verdient, und noch viel mehr.

Allie ist AJ quer über den Kontinent gefolgt, damit er Baseball spielen und mit seinem besten Freund aufs College gehen konnte.

Ich? Na ja, ich bin Allie gefolgt.

Jedenfalls ist das unsere Version der Geschichte.

»Auch wenn du mich zehn Minuten vor meinem Wecker geweckt hast, ich vergebe dir.« Ich zwinkere ihr zu. »Ich freue mich so für dich, Allie.«

Ich werde für immer allein sein. »Dein Traum wird wahr.«

»Stimmt. Er wird wirklich, wirklich wahr. Jetzt müssen wir nur noch für dich einen Mann finden, den du nicht morgens sofort aus deinem Bett schmeißt!«

»Lass mich sie einfach mit einem meiner Teamkollegen verkuppeln!«

»Sag AJ, dass ich *nicht* mit einem seiner Softball-Teamkollegen ausgehen will. Also wirklich, *Softball*. Für alte Männer.«

Für Allies Verlobten führte sein Baseball-Talent leider nicht zu der glänzenden Karriere, wie Shep sie vor sich hat, also spielt er jetzt Softball mit einem Haufen mürrischer alter Männer. Irgendwie komisch.

»Du könntest *ein einziges* Date akzeptieren, um ihm einen Gefallen zu tun, weißt du. Er ist einer deiner ältesten Freunde.«

»Ja, und ihr beide kennt mich gut genug, um zu wissen, dass ich nicht mit Sportlern ausgehe.«

»Das stimmt nicht ganz, Denny.«

Ich presse meine Augenlider zusammen. »Vorsicht. Nur weil du verlobt bist, heißt das nicht, dass ich nicht einfach auflege, dafür, dass du *ihn* erwähnst. Außerdem ist das hier nicht gerade privat.«

»Ach, komm schon, als ob AJ das interessieren würde.«

»Allie …«, warne ich sie.

»Okay, okay«, lenkt sie ein. »Ich lasse dich in Ruhe … vorerst.« Sie schiebt ihre blonden Locken zur Seite. »Wollen wir uns heute Mittag zum Essen treffen?«

»Kann nicht.« Ich seufze. »Ich muss morgen ein großes Projekt abliefern, also werde ich heute keine Mittagspause machen. Vielleicht Donnerstag? Ich will mir deinen Diamanten persönlich anschauen!«

»Abgemacht.«

»Hey, Schluss mit Verabredungen! Du gehörst jetzt ganz mir«, sagt AJ, der jetzt näher klingt als zuvor.

Allie kreischt freudig auf, der Bildschirm wackelt und wird schwarz, aber der Sound ist noch an.

»Oh mein Gott, AJ! Hör auf damit!«

Er knurrt und sagt etwas, das ich nicht ganz verstehen kann.

Es folgt ein Stöhnen.

Dann ein Würgegeräusch. Das kommt von mir.

Rasch drücke ich auf den roten Knopf, um das Telefonat zu beenden, und schüttle den Kopf über meine beste Freundin.

Allie und AJ werden endlich heiraten.

Und das bedeutet …

Oh, verdammter Mist.

Das Klingeln der Türglocke hallt durch die Wohnung und stoppt alle negativen und schrecklichen Gedanken, die sich gerade über Allies Maid of Honor – mir – und über AJs Best Man – *ihm* – zusammenbrauen.

Ich stöhne, weil ich gezwungen bin, mein gemütliches Bett zu verlassen.

Ich kann nicht sagen, ob mein Unmut daher rührt, dass ich die Wärme meiner mit Elchen bedruckten Bettdecke früher verlassen muss, als ich wollte, oder von den Gedanken, die mir durch den Kopf galoppieren.

Wahrscheinlich ein bisschen von beidem.

»Warum sind die Leute heute Morgen so früh dran? Erst Allie, jetzt Monty. Die Quälerei von gestern soll wohl so weitergehen, Universum?«

Ich schnappe mir meinen Bademantel von der Kleiderschranktür und wickle mich darin ein, als es noch mal klingelt.

»Ja, ja, ich komme, Monty!«

Ich schüttle den Kopf über meine Zwillingsschwester. Natürlich ist sie zu früh. Es ist Monty, der Inbegriff eines braven Mädchens. Sie wird niemals nicht überpünktlich sein.

Als Zwillinge könnten wir nicht gegensätzlicher sein, und ich meine nicht nur, was unser Aussehen anbelangt.

Wo Monty schöne, lange rote Locken hat, habe ich einen unkomplizierten Kurzhaarschnitt. Sie würde Casper in puncto Blässe in den Schatten stellen, und ich habe einen natürlichen Olivton.

Monty ist die Verkörperung eines Tugendbolds. Sie schimpft nicht, sie kommt nie zu spät, und sie hält sich *immer* an die Regeln.

Ich bin … nun, sagen wir einfach, ich bin etwas eigenwilliger als sie. Ich habe nur ein Leben, und ich lebe es nicht nach den Regeln.

Ich frage mich immer noch, ob das Krankenhaus eine von uns bei der Geburt vertauscht hat, aber trotz all unserer Unterschiede stehen wir uns extrem nahe. Als sie vor ein paar Monaten ausgezogen ist, um mit ihrem supersexy Freund zusammenzuziehen, der zufällig auch noch ein Kind hat, haben wir uns geschworen, weiterhin mindestens zweimal die Woche zusammen zu frühstücken.

Heute ist Mittwoch, das bedeutet Pfannkuchen und Erdnussbutter, und sie ist außerdem hier, um mich zur Arbeit zu fahren, denn mein Auto steht noch bei *Smart Shoppe*.

Ich eile den Flur entlang und durch das Wohnzimmer, entriegle das Türschloss und tappe zurück in die Küche, ohne meiner chronisch pünktlichen Schwester auch nur einen Blick zuzuwerfen.

»Du bist früh dran«, stelle ich fest, als sie die Tür aufstößt. »Nix reden. Erst Kaffee. Dieser Morgen war schon ereignisreich genug, und ich brauche Koffein.«

»Erwartest du jemanden um diese Zeit?«

Ich bleibe abrupt stehen, ein Schauer läuft mir über den Rücken, als ich die tiefe Stimme höre.

Was um alles …

Ich fahre herum, ziehe meinen Bademantel fester um meinen Körper und versuche, die Tatsache zu verbergen, dass ich nur einen knappen Pyjama trage und keinen BH darunter.

»Was zum Teufel machst du hier, Shep? Und woher weißt du, wo ich wohne?«

»Seltsam – der morgendliche Sicherheitsdienst ist nicht annähernd so besorgt um deine Sicherheit wie Captain America. Ein Grinsen genügte, und man ließ mich direkt durch das Tor.«

»Woher wusstest du, welches meine Wohnungstür ist?«

»Das herauszufinden war ein bisschen schwieriger. Ich hatte so eine vage Ahnung nach gestern Abend, nur bei der Nummer war ich mir nicht ganz sicher.«

Er zeigt auf meine Tür. »Das große D, das an der Tür hängt, hat es irgendwie verraten.«

Ich verfluche innerlich die Dekoration.

Das riesige D war Montys Idee.

Verdammt, Monty.

»Guten Morgen, Denver.«

»Fahr zur Hölle, Shep.«

»Ich interpretiere das so, dass du dich freust, mich zu sehen.«

»Das bedeutet es also für dich?« Ich schnaube und setze meine Suche nach einer Koffeinquelle fort. Shep schiebt die

Eingangstür zu und folgt mir. »Deine Bekanntschaften müssen ja ein toller Haufen sein, wenn du dies als einladend auffasst.«

»Du bist morgens so fröhlich. Das ist mir entfallen.«

Ich gehe in die Küche, hole die Kaffeedose aus dem Schrank und kippe ein paar Messlöffel in den Filter. Ich habe nichts am Hut mit diesen Ein-Tassen-Maschinen. Die sind für Weicheier, die nach einer Tasse aufgeben.

Ha. Ein-Tassen-Kaffee. Als ob das ein Ding wäre oder so.

»Was willst du hier, Shep?« frage ich, nachdem ich die Maschine angestellt habe.

»Ich nehme an, du hast bereits mit Allie gesprochen.«

»Habe ich.«

»Und?«

Ich ziehe eine Augenbraue hoch.

»Und ich habe es ja gesagt. Ich habe dir gesagt, sie würden für immer zusammenbleiben.«

Er grinst, und in dem hellen Morgenlicht, das durchs Fenster fällt, sieht er nett aus ... normal.

Nicht wie das Arschloch von Herzensbrecher, das er, wie ich weiß, in Wirklichkeit ist.

Ich nehme einen Becher aus dem Schrank über der Kaffeemaschine und fülle ihn mit einer ordentlichen Dosis Koffein, bevor ich zum Kühlschrank hinübergehe, um meine Lieblings-Vanille-Karamell-Sahne zu holen. Ich gebe gerade so viel hinein, dass mein Kaffee eine Nuance heller wird, schließe den Behälter und stelle ihn an seinen Platz zurück.

»Nur Sahne, kein Zucker.«

Ich hasse es, dass er sich immer noch daran erinnert,

wie ich meinen Kaffee mag, und ich hasse es, dass er das weiß, obwohl er nie dabei war, wenn ich einen Kaffee geordert habe.

Aufmerksamer Bastard.

Ich lehne mich mit dem Rücken an den Tresen und sehe ihn an.

Sheps Blick fällt auf meine Hände, die beide den Becher umfassen. Er blinzelt, mustert sie. Ich denke mir nichts dabei, bis er die sexy Lippen öffnet und mit seinen haselnussbraunen Augen meinem Blick begegnet.

Seine Brauen schieben sich zusammen, aber nicht aus Wut.

Es ist Verwirrung darin ausgedrückt.

Merkwürdig, ich blicke nach unten.

Oh Gott.

Mein Puls erhöht sich, als ich erkenne, welchen Becher ich aus dem Schrank geholt habe: meinen Alumni-Becher, den einzigen, den ich noch aus meiner College-Zeit habe ..., den, auf dem steht, dass wir das beste Baseballteam der Welt haben ..., den mit der Nummer dreiundzwanzig, die für unseren wertvollsten Spieler in der Geschichte des Colleges steht.

Sheps Rückennummer.

Ich besitze nicht ein einziges Sweatshirt oder eine Jogginghose aus meiner Zeit am College, aber als ich diesen Becher im Campus-Laden sah, wusste ich, dass ich ihn haben musste.

Obwohl ich Shep abgrundtief hasste, rief dieser Becher nach mir.

Also habe ich ihn gekauft und benutze ihn jeden Tag.

Ich wünschte nur, ich hätte heute ein wenig mehr auf meine Routine geachtet.

»Der war ein Geschenk«, lüge ich. »Ein Geschenk kann man nicht ablehnen.«

»Stimmt«, murmelt Shep und richtet den Blick wieder auf den Becher. Meine Gedanken wirbeln wild.

Ich hebe den Becher, und er folgt meinen Bewegungen. Er schluckt heftig in dem Moment, als meine Lippen den Rand streifen, als wäre es seine Haut, die sie berühren.

Sein Blick verlässt die Tasse nicht, auch nicht, als ich sie senke.

»Es hat nichts zu bedeuten, Shep.«

Schließlich richtet er seine Aufmerksamkeit wieder auf mein Gesicht.

»Ich habe gesagt, stimmt, Denny.«

Er räuspert sich und schaut sich in meiner Wohnung um. Sie ist klein, aber gemütlich und perfekt für mich.

Ich merke es genau, als er meine Sammlung von Comic-Verfilmungen entdeckt, weil er grinst und den Kopf schüttelt.

Als er damit fertig ist, den kleinen Raum zu begutachten, dreht er sich wieder zu mir um, immer noch lächelnd.

Wie zum Teufel kann er so früh am Morgen schon so lächeln?

»Also, Allie und AJ.«

»Tja, Allie und AJ«, wiederhole ich.

»Du weißt, was das bedeutet, nicht wahr?«

Ich seufze, denn ich weiß genau, was das bedeutet. Es

bedeutet all die Gedanken, die ich bis vorhin bewusst vermieden habe.

»Es bedeutet, dass wir wahrscheinlich über ein Jahr lang eine Menge Zeit zusammen verbringen werden, während wir ihnen bei der Planung helfen und unsere Pflichten als Best Man und Maid of Honor erfüllen ... leider.«

Sheps Grinsen wird breiter. »Versuch es noch einmal.«

»Was noch mal versuchen?«

»Den Zeitplan.«

»Was ist damit? Die meisten Paare sind etwa ein Jahr lang verlobt. Sie brauchen die Zeit, um sich vorzubereiten, um Veranstaltungsorte zu buchen, um ...«

Ich komme nicht dazu, den Satz zu beenden.

Das betrifft die meisten Paare, aber nicht Allie und AJ.

Sie sind nicht wie die meisten Paare. Sie warten schon seit Jahren auf ihre Hochzeit.

»Bitte sag mir, dass Allie mir nicht ein verrücktes, unmögliches Datum aufzwingen will.«

»Na gut. Allie wird dir ganz bestimmt kein verrücktes, unmögliches Datum aufzwingen.«

»Das klingt *nicht* beruhigend, Shepard.«

Er hebt eine Schulter. »Du hast gesagt, ich soll es sagen.«

»Ich kippe dir gleich diesen sehr heißen Kaffee direkt ins Gesicht. Provoziere mich nicht.«

»Du würdest mein hübsches Gesicht nie verletzen.«

Ich hebe eine Braue.

»Na schön, vielleicht würdest du das«, murmelt er. »Wie auch immer, sie wollen im Oktober heiraten – genau gesagt, am Jahrestag ihres ersten Ring-Tausches.«

»Oktober? Aber es ist doch schon September. Das ist …«

»Nächsten Monat«, bestätigt er.

»Woher weißt du das alles schon?«, frage ich.

»AJ hat das schon seit Monaten geplant, Den. Ich wusste, dass es passieren würde.«

»Hättest du mich nicht letzte Nacht vorwarnen können?«

»Und die Überraschung ruinieren? Den romantischen Augenblick?« Er schüttelt den Kopf. »Niemals.«

Ich neige den Kopf und sehe ihn neugierig an. »Du glaubst an Romantik?«

Sein Kiefer verkrampft sich nur kurz, aber ich sehe es, bevor er ein falsches Lächeln aufsetzt und sagt: »Ich? Romantik? Niemals. Ich sagte doch, ich werde niemals sesshaft.«

Es fühlt sich wie eine Ewigkeit an, dass Shep mir etwas anderes gesagt hat, und das Gefühl, das ich dabei empfand, durchströmt mich immer noch – nur um gleich durch seinen Verrat zu Eis zu erstarren.

Mein Lieblingsbecher gleitet mir fast durch die Finger, als mein Gehirn sich auf einen Trip in die Vergangenheit begibt.

Ich umfasse den Becher fester, als er zu rutschen beginnt, und schüttle mich im Geist selbst, um meinen Verstand in die Realität zurückzuholen.

Ich zucke, als ich merke, dass Shep direkt neben mir steht. Noch mehr verblüfft es mich, dass er sich selbst Kaffee einschenkt.

»Oh, klar, bediene dich ruhig.«

»Das werde ich, da du eine schreckliche Gastgeberin bist.«

»Tut mir leid, dass ich meinem ungebetenen Gast nichts von meinen guten Manieren zuteilwerden lasse. Wirklich unverzeihlich.«

»Da hast du verdammt recht.« Er zwinkert mir über den Rand seines Bechers zu, bevor er einen Schluck nimmt und sich mit dem Rücken an den Tresen lehnt, viel zu nah bei mir, als dass ich mich damit wohlfühlen könnte.

Er strahlt Wärme aus, und es fühlt sich so gut an, ich spüre sie bis auf die Haut. Wenn ich mutig wäre, würde ich näher treten, bis er mich an sich drücken würde, bis ich seine Haut an meiner spüren könnte.

Vernünftiges Mädchen, das ich bin, stelle ich meinen Becher auf den Tresen und lenke mich damit ab, den Teig für die Pfannkuchen vorzubereiten, die ich gleich mit Monty verspeisen werde.

»Bist du im Oktober überhaupt noch hier?«, frage ich ihn und stelle die Pfanne auf den Herd. »Oder willst du mir die Pflichten von Best Man *und* Maid of Honor überlassen und dann versuchen, die Lorbeeren einzuheimsen?«

»Ich werde hier sein.«

Ich werfe ihm einen kurzen Blick zu und sehe, wie er mit gerunzelter Stirn in seinen Kaffee starrt. Wie er seinen Kaffee schwarz trinken kann, ist mir ein Rätsel, allerdings habe ich mal einen Artikel gelesen, in dem stand, dass Psychopathen schwarzen Kaffee trinken … also schätze ich, es macht Sinn.

»Aber das ist …«

»Der Rest der Saison. Ich bin mir bewusst, wann die Baseball-Saison läuft, Den.«

»Steckst du so tief in der Scheiße?«

»Ja und nein. Ich bin ein wertvoller Spieler, und das wissen sie, also geht es mehr darum, dass ich mein Posterboy-Image wieder auf die Reihe kriege. Ich soll zu ein paar Wohltätigkeitsveranstaltungen, persönliche Interviews geben und so weiter, damit ich wieder bei allen gut ankomme.«

Bei »persönliche Interviews« spitze ich die Ohren.

Mein Redakteur würde töten, um ein Interview mit Shep zu bekommen. Er ist berüchtigt dafür, Interviews aus dem Weg zu gehen, was seltsam ist, weil der Kerl ansonsten das Rampenlicht liebt.

In der Arbeit gibt es eine offene Stelle, und ich weiß, wenn ich Shep dazu bringen könnte, sich für ein Gespräch Zeit zu nehmen und mir zu erlauben, es zu veröffentlichen, wäre ich die Erste in der Schlange. Diese Stelle ist etwas, auf das ich schon lange hinarbeite, sie bietet ein Gehalt, das ich wirklich gebrauchen könnte, und ich hätte damit einen Fuß in mehreren vielversprechenden Türen.

»Interviews?«, frage ich beiläufig, gehe an ihm vorbei und greife in den Hängeschrank auf der anderen Seite seines Kopfes.

Ich schaue in den Schrank und warte auf Sheps Antwort.

Als er keine gibt, blicke ich an der offenen Schranktür vorbei zu ihm.

Seine Arme sind verschränkt, und er sieht mich amüsiert an.

»Was?«

»Oh nein, komm mir nicht mit dieser falschen Unschuld in deiner Stimme. Du willst etwas.«

Ich schiebe meinen Kopf zurück in die Sicherheit des Schrankes. »Ich weiß nicht, wovon du redest.«

Ich hole die Pancakemischung und die Schokoladenchips heraus, aber ich bewege mich nicht – nicht, bis Shep an die Tür stößt und sie mit einem leisen Knall schließt.

»Du willst ein Interview.«

»Ich …« Ich befeuchte mir die Lippen und wische mir eine Strähne aus dem Gesicht.

Oh Gott, meine Haare. Ich habe nicht daran gedacht, in den Spiegel zu schauen, bevor ich die Tür geöffnet habe, weil ich meine Schwester erwartet habe, nicht meinen Ex.

Ich muss ganz schön fertig aussehen.

Na toll.

Ich gehe in der Küche umher, hole Rührschüssel und Schneebesen und dann einen Liter Milch aus dem Kühlschrank. Ich messe die Zutaten ab, werfe viel zu viele Schokochips rein und rühre alles zusammen.

»Denny?«, drängt mein ungebetener Gast, nachdem ich ihn minutenlang ignoriert habe.

Verdammt. Ich war mir sicher, dass er gehen würde, wenn ich lange genug warte.

Ich lasse den Schneebesen los und stelle mich ihm gegenüber, straffe die Schultern und mache auf großes Mädchen.

»Ja, Shep, ich will ein Interview. Es steht eine Beförderung an, und wenn ich ein Interview mit dem berühmten Shepard Clark bekomme, würde mich das ganz oben auf die

Liste bringen.« Ich hole tief Luft. »Also, ja, ich will ein Interview.«

Er nimmt noch einen Schluck von seinem Kaffee, sein Blick weicht keine Sekunde von mir, als er mich mustert. Er weiß, wie schwer es für mich war, laut auszusprechen, dass ich … ihn brauche.

Unfähig, seinen Blick noch einen Moment länger zu ertragen, wende ich mich ab, gieße Teig in die Pfanne und konzentriere mich darauf, Frühstück zu machen.

»Okay.«

»W-was?«, stammle ich.

Er zuckt mit den Schultern. »Okay. Ich werde dir ein Interview geben.«

Ich kneife die Augen zusammen. »Was willst du?«

Er stößt ein herzhaftes Lachen aus, eines, das sich fast ein wenig … wahnsinnig anhört.

»Wieso glaubst du, dass ich etwas will?«

»Weil ich dich kenne.«

Er wirft mir einen vielsagenden Blick zu. »Wie du gestern Abend so freundlich bemerkt hast, kann sich in sechs Jahren eine Menge ändern.«

»Sicher, aber das hier gehört nicht dazu.«

Noch ein Schluck Kaffee. Noch ein Grinsen.

»Du hast recht. Tut es nicht.«

Er leert seinen Becher, spült ihn aus und stellt ihn in die Spüle, bevor er sich wieder zu mir umdreht.

»Ich habe Bedingungen.«

Ich verdrehe die Augen, verschränke die Arme vor der Brust und lehne mich mit der Hüfte gegen den Tresen, um mich auf die lange Liste vorzubereiten, mit der er mich sicher gleich beglücken wird. »Natürlich hast du die. Raus damit.«

»Ich muss zu ein paar Wohltätigkeitsveranstaltungen, die anstehen. Ich brauche ein Date.«

Ich stolpere rückwärts, fassungslos angesichts dieser Forderung.

»Tut mir leid, du willst, dass ich ...«, ich deute mit dem Finger auf mich selbst für mehr Dramatik, »dass ich dein ...«, der Finger zeigt jetzt auf ihn, » ... Date sein soll?«

»Ja. Ohne Knutscherei.« Er hält inne und zwinkert mir zu. »Es sei denn, du willst es.«

Ein Schauer läuft mir über den Rücken bei dem Gedanken.

Er glaubt, es sei aus Abscheu, und lacht, aber ich weiß, es ist, weil der Gedanke in mich hineinfährt und genau zwischen meinen Schenkeln landet.

Verräterischer Körper.

Shep winkt mit der Hand. »Es ist nur Fassade. Und eine großartige Gelegenheit für dich, mich für das Interview auch einmal in anderen Umgebungen zu erleben.«

Er liegt nicht falsch.

Zum Teufel mit ihm, er liegt nicht falsch.

»Ist das alles? Ich muss nur dein Date für ein oder zwei Wohltätigkeitsveranstaltungen sein?«

Seine Augen glitzern schelmisch, und ich weiß, dass das nicht alles ist, was er will.

»Ich muss etwas Schadensbegrenzung bei meinen Eltern betreiben ... und bei Zach. Besonders bei Zach.«

Ich lache trocken. *Natürlich.* »Was hast du getan, Shep?«

»Etwas wirklich verdammt Dummes, das ich in Ordnung bringen muss. Ich muss ihnen zeigen, dass ich mein Leben im Griff habe, dass ich besser bin als in den Momenten, die ich nicht rückgängig machen kann, und dass ich erwachsen bin.«

»Bist du das denn?«

Er knirscht mit den Zähnen. »Ja.«

Ich deute mit dem Spatel auf ihn. »Das glaube ich erst, wenn ich es sehe.«

Er rollt mit den Augen.

»Und was hat das mit mir zu tun?«

»Meine Eltern und Zach haben AJ im Laufe der Jahre, seit er hierhergezogen ist, als weiteres Familienmitglied akzeptiert. Sie werden auf jeden Fall auf der Hochzeit sein, und ich möchte, dass du mein Date für die Hochzeit bist.«

»Nein.«

Meine Antwort kommt sofort. Endgültig.

Auf gar keinen Fall werde ich mit Shep auf eine Hochzeit gehen.

Schon gar nicht mit Shep.

Eine Wohltätigkeitsveranstaltung? Klar. Da befinden wir uns die ganze Zeit in einem professionellen Kontext. Da kann eigentlich nichts schiefgehen.

Aber eine Hochzeit? Der romantischste Rahmen, den man sich vorstellen kann? Auf keinen Fall, nein.

Warum sollte ich das tun? Um mich an alles zu erinnern, was ich nicht habe?

Ich wende den Pfannkuchen und ignoriere Shep.

Augenblicke später stößt er sich vom Tresen ab und geht an mir vorbei.

»Wo gehst du hin?«, sage ich, bevor ich mir auf die Zunge beißen kann. Seit er hier ist, hoffe ich, dass er geht, warum also sollte ich jetzt wollen, dass er bleibt? Und was ist heute mit meinem Körper los, dass er mich so verrät?

»Ich verschwinde.«

»Wir haben noch nicht alles besprochen.«

Er bleibt stehen und dreht sich zu mir um. »Doch, haben wir. Du sagst Nein zu einer meiner Bedingungen – also kein Deal.«

»Shep, ich kann nicht mit dir zu Allies und AJs Hochzeit gehen.«

»Warum nicht?« Er wirkt ruhig und gefasst, aber ich weiß es besser, als er zurück zum Tresen schlendert und mich mit seinen braunen Augen intensiv anblickt. »Ich bitte dich nicht, mich zu heiraten, Den.«

Gott, wie ich es hasse, dass seine Worte so wehtun.

Ich hasse es, wie mein Herz in meiner Brust zu pochen beginnt, und mein ganzer Körper erschlafft unter dem überwältigenden Gewicht seiner Worte.

Ich schiebe den Pfannkuchen aus der Pfanne auf den bereitstehenden Teller und gebe einen weiteren Löffel Teig in die Pfanne.

»Es ist ja nicht einmal ein echtes Date«, fährt er fort und spricht so, als hätte er nicht gerade wieder einmal mein Herz in zwei Teile zerbrochen. »Außerdem werden wir ja ohnehin den ganzen Abend als Best Man und Maid of Honor beschäftigt sein. Was kann es schaden, mein Date zu sein, vor allem, wenn du dadurch das Interview bekommst und wahrscheinlich die Beförderung?«

Er hat recht ... und ich hasse es, dass er wieder recht hat.

Ich hasse es besonders, dass ich tatsächlich in Betracht ziehe, Ja zu sagen. Ich kann die Gehaltserhöhung gebrauchen. Ich kann diesen Fuß in den verschiedenen Türen gebrauchen.

Mehr als das, ich verdiene beides.

Was kann ein Abend schon schaden?

»Ich ...«

Ich kann es nicht aussprechen.

»Letzte Chance, Denny«, sagt er ruhig.

Ich schließe die Augen, atme tief durch, um mich zu sammeln, und versuche, den Mut aufzubringen.

Ich habe mir geschworen, mich nie wieder auf Shep einzulassen, da ich weiß, wie schmerzhaft das werden kann.

Aber das war vor sechs Jahren.

Ich bin jetzt ein ganz anderer Mensch. Und wenn Shep das auch ist? Was ist, wenn er nicht lügt, sondern sich tatsächlich verändert hat?

Und das, was wir jetzt sind, besser ist als das, was wir damals waren?

»Ich mache es.«

Er strahlt mich an, siegesgewiss.

»Prima. Ich sehe dich nächsten Freitagabend.«

»Wozu?«

Viel zu schnell greift er über den Tresen, stibitzt den Pfannkuchen vom Teller und zwinkert mir zu, bevor er ein

Stück davon abbeißt und zur Vordertür geht, um zu verschwinden … endlich.

»Für unser erstes Date«, ruft er über die Schulter.

Ich stöhne. »Wie viele Veranstaltungen wird es geben, Shepard?«

»Fünf.«

»Fünf?!«, krächze ich.

»Yeah.« Er reißt die Tür auf. »Ich hole dich um sieben ab. Zieh dir etwas an, was sexy ist.«

Ich schmeiße den Spatel in sein dummes Grinsegesicht und höre ihn den ganzen Flur entlang lachen.

Worauf habe ich mich da nur eingelassen?

6. Kapitel

Sechs Jahre zuvor, September

SHEPARD: Bist du im Nerd-Laden?

DENVER: HÖR AUF, ES NERD-LADEN ZU NENNEN!

SHEPARD: Also, mein großer Bruder ist der größte Nerd, den ich kenne, und sogar der hängt nicht in Comic-Buchläden herum.

SHEPARD: Also, ja, DU BIST EIN NERD.

DENVER: DIE HABEN FREIES W-LAN!

SHEPARD: Ah, ja. Klar.

DENVER: O Mann, ich hasse dich.

SHEPARD: Lügnerin. Ich glaube, du fängst an, dich auf meine Nachrichten zu freuen.

DENVER: Tu ich wirklich nicht.

SHEPARD: So viele Lügen aus deinem hübschen Mund.

DENVER: Hübsch, was?

SHEPARD: Was? Ich bin ein junger Mann mit Augen im Kopf, Hormonen und einem ständig halb harten Schwanz. Ja, du bist heiß, Den.

SHEPARD: Lass es nicht peinlich werden.

DENVER: Keine Sorge.

DENVER: Du bist auch heiß, Shep.

SHEPARD: Jetzt machst du es peinlich.

DENVER: AUGEN ROLLENDES EMOJI

SHEPARD: Du weißt, dass du einfach ein Emoji schicken kannst, oder?

DENVER: Ich weiß nicht, wie!

SHEPARD: Du, meine technisch unterprivilegierte Freundin, bist arm dran.

DENVER: Ich kann dich immer noch blockieren.

SHEPARD: Oh, die Funktion hast du also entdeckt? Sieh mal an, du wirst noch zu einer Tech-Expertin! Ein goldenes Sternchen für Denny!

DENVER: Allie hat es mir gezeigt, du Arsch.

SHEPARD: Hab ich mir gedacht.

SHEPARD: Moment mal ... hat sie gefragt, wen du blockieren wolltest?

DENVER: Ich rede von Allie – neugieriger geht's nicht, also ja.

SHEPARD: Was hast du ihr gesagt?

DENVER: Was denkst du denn? Die Wahrheit. Weshalb sollte ich lügen?

SHEPARD: Hat sie etwas dazu gesagt?

SHEPARD: Dass wir ... uns schreiben, meine ich.

DENVER: Nein.

DENVER: Hätte sie das tun sollen?

SHEPARD: Nein. Ich finde nicht.

SHEPARD: Es überrascht mich nur.

DENVER: Also, sie hat etwas dazu gesagt, aber das war so idiotisch und wird nie, NIEMALS passieren, dass es nicht von mir wiedergegeben wird.

SHEPARD: Ich bin jetzt verdammt neugierig, Nerd.

SHEPARD: Sag schon.

DENVER: Entschuldige dich dafür, dass du mich Nerd genannt hast, dann denke ich darüber nach.

SHEPARD: Nein. Nicht, wenn es zutrifft.

SHEPARD: Moment, nein, du hast recht. Es tut mir so leid, dass ich dich Nerd genannt habe, Den.

SHEPARD: Du bist eindeutig kein Nerd. Du bist ein Geek.

DENVER: Hasse. Dich.

SHEPARD: Lüge!

SHEPARD: Jetzt sag es mir.

DENVER: Sie hat gesagt … und das ist ein Zitat, also sei nicht sauer auf mich wegen des Spitznamens … »Wäre es nicht irgendwie total cool, wenn du und Slug eine Beziehung anfangen würdet? Dann könntet ihr beiden für immer zusammenbleiben wie AJ und ich. O MEIN GOTT, DENNY! Wir könnten eine DOPPELHOCHZEIT feiern!«

DENVER: Danach kamen Gequietsche und Würgegeräusche.

SHEPARD: Ich schätze, die Würgegeräusche kamen von dir, als du versucht hast, bei dem Gedanken, wir könnten heiraten, nicht zu kotzen?

DENVER: Nein. Das kam von Allie, weil ich sie gewürgt habe, damit sie den Mund hält.

SHEPARD: VERDAMMT! Du bist böse, Den.

SHEPARD: Gefällt mir.

SHEPARD: Vielleicht SOLLTEN wir die Sache mit der Doppelhochzeit in Erwägung ziehen ...

DENVER: Glaub nicht, ich würde nicht auch dich würgen.

SHEPARD: Hör auf, so zu tun, als ob du mich hassen würdest.

DENVER: Niemals.

• • •

SHEPARD: Ich glaube, ich weiß, wie man AJs Dummheit verhindern kann, Allie in der Highschool einen Antrag zu machen.

DENVER: Ja? Sag es mir.

SHEPARD: Man muss ihn überreden, ihr keinen Antrag zu machen und stattdessen einen Promise-Ring zu geben.

DENVER: Du meinst, sie sollen sich versprechen, jungfräulich zu bleiben, bis sie verheiratet sind?

DENVER: Du weißt, dass es dafür zu spät ist, oder? Die beiden treiben es wie die Karnickel.

SHEPARD: Glaub mir, das weiß ich.

SHEPARD: Aber, nein, das wäre kein Promise-Ring, das wäre ein Purity-Ring. Ein Promise-Ring ist eher so etwas wie ein Vor-Verlobungsring.

SHEPARD: Ein Versprechen, dass es »für immer« sein soll.

DENVER: Hmm ... ich glaube, das könnte funktionieren.

DENVER: Ich möchte außerdem darauf hinweisen, dass manche Leute einfach FÜR IMMER füreinander bestimmt sind.

SHEPARD: Eine sehr, sehr kleine Anzahl von Leuten, immerhin werden mindestens 50 Prozent aller Ehen geschieden.

DENVER: Dein Optimismus ist das Highlight des Tages.

SHEPARD: Mit mir zu chatten ist also das Highlight des Tages für dich?

DENVER: Wenn du es unbedingt so ausdrücken willst, klar. Warum nicht.

SHEPARD: Oh, perfekt ausgedrückt.

SHEPARD: Jedenfalls werde ich heute Abend mit AJ darüber reden. Ich weiß, du hast schon mit Allie geredet … meinst du, sie flippt aus, wenn AJ ihr statt eines Verlobungsrings einen Promise-Ring gibt?

DENVER: Nein. Ich werde einfach lügen und ihr sagen, ich hätte das verwechselt.

DENVER: Kinderspiel.

SHEPARD: Deine beste Freundin anzulügen ist so einfach?

DENVER: Ich lüge sie die ganze Zeit an. Sie fragt mich immer, ob das Outfit, das sie trägt, gut aussieht, und ich sage immer Ja.

DENVER: Spoiler-Alarm: Es ist eine Fifty-fifty-Chance.

SHEPARD: Ich bin mir zu 97 Prozent sicher, dass du gerade den Mädchenkodex gebrochen hast.

DENVER: *Achselzucken* Es ist die zusätzlichen 30 Minuten wert, die wir nicht damit verbringen müssen, ihren Kleiderschrank nach einem neuen Outfit zu durchsuchen.

SHEPARD: SCHÄM DICH!

DENVER: Shep?

SHEPARD: Ja?

DENVER: Halt die Klappe.

• • •

DENVER: Ich bin ein bisschen neidisch auf das, was Allie und AJ haben.

DENVER: So. Ich schuldete dir noch ein Geheimnis.

SHEPARD: Na ja, du wirst mir gleich noch eines schulden ...

SHEPARD: Ich bin auch ein bisschen neidisch auf sie.

DENVER: KEUCH! Du? Shepard Clark, der Zyniker?

DENVER: Habe ich den falschen Kontakt erwischt?

SHEPARD: Sag es nicht weiter!

DENVER: Ich bin geschockt.

SHEPARD: Dass ich mir Freundschaft wünsche?

SHEPARD: Nur weil ich nicht an »für immer« glaube oder mich für viele, viele Jahre an eine Person binden möchte, heißt das nicht, dass ich ein Roboter bin und keine Gefühle oder Bedürfnisse habe.

SHEPARD: Es wäre einfach schön ... jemanden zu haben, du weißt schon. Nicht unbedingt eine traditionelle Beziehung, aber jemanden, mit dem man reden und auf den man zählen kann. Und jemanden, den man regelmäßig küssen kann.

DENVER: Was ist mit deiner »Freundin«?

SHEPARD: Penny ist toll, aber ich kann eigentlich nicht mehr mit ihr herummachen.

DENVER: Deine Fake-Freundin heißt Penny? Das klingt furchtbar ähnlich zu Denny …

SHEPARD: Erinnere mich nicht daran.

DENVER: Du schreibst »nicht mehr«. Ich brauche mehr Informationen.

SHEPARD: Penny und ich hatten TATSÄCHLICH ein paar Dates.

DENVER: Was ist passiert?

SHEPARD: Wir hatten Sex.

DENVER: Tut mir leid, aber … WAS?

SHEPARD: Es war für uns beide das erste Mal, Penny hat erkannt, dass sie lesbisch ist, und das war's dann.

DENVER: Liegt es daran, dass du nicht an die Liebe glaubst? Weil du deine erste Freundin zu einer Lesbe gemacht hast, weil der Sex mit dir so schlimm war?

SHEPARD: Erstens, unverschämt. Zweitens, interessante Theorie, aber nein.

SHEPARD: Ich glaube nicht nicht an die Liebe, nur nicht an »für immer«.

DENVER: Richtig, aber deine Gefühle ändern sich gerade total.

SHEPARD: Ach ja? Wie das?

DENVER: Weil du dich total in mich verliebst und den Rest deines Lebens mit mir verbringen willst. Deshalb nervst du mich jeden Tag.

SHEPARD: Du bringst mich zum Lachen, Den.

DENVER: Gib es zu – du hast schon an eine Doppelhochzeit gedacht.

SHEPARD: Du solltest das Fotoalbum sehen, das ich dafür angelegt habe.

SHEPARD: Unsere Farben sind Grün wie das Spielfeld und Rot wie die Nähte eines Baseballs.

DENVER: Ich kann mir vorstellen, dass das genau das ist, was du willst.

SHEPARD: Nicht zu vergessen die Location: der Comic-Buchladen, direkt neben den Captain-America-Comics, denn der IST der coolste Rächer.

DENVER: Ist das deine Art, zu sagen, du willst mein Bucky sein? Wir wissen schließlich ALLE, dass Cap und Bucky insgeheim ein Paar sind.

SHEPARD: AHA! Du BIST ein Nerd!

SHEPARD: Und nein, weil ich nämlich Captain America für mich reserviert habe. Du kannst MEIN Bucky sein.

DENVER: Abgemacht, aber nur, wenn du sagst, es ist für immer.

SHEPARD: »It's forever.«

DENVER: Shep …

SHEPARD: Okay, Den. Für immer. Du wirst immer mein Bucky sein.

• • •

SHEPARD: Ich mag Sinatra.

SHEPARD: Eigentlich höre ich kaum aktuelle Musik.

SHEPARD: Jetzt schuldest du mir noch ein Geheimnis.

DENVER: Ich glaube, das ist wirklich eines der schockierendsten Dinge, die du mir sagen konntest.

DENVER: Ich mag Sinatra auch und höre keine Popmusik, allerdings nicht freiwillig. Da hast du dein Geheimnis.

SHEPARD: Das zählt nicht!

DENVER: Machst du Witze? Die einzige Person, die weiß, dass wir keine Popmusik hören dürfen, ist Allie. Das zählt ganz sicher als Geheimnis.

SHEPARD: Na schön. Ich denke, das ist eine Ausrede, aber von mir aus.

SHEPARD: Aber ich bin neugierig ... was glaubst du, was für Musik ich höre?

DENVER: Ich weiß nicht ... Justin Bieber? Ja, du wirkst definitiv, als wärst du im Bieber-Fieber.

SHEPARD: Ich glaube, ich überdenke das mit dem Hochzeitsalbum noch mal ...

DENVER: Du hast gesagt für immer, Cap.

SHEPARD: Für immer, Bucky. Für immer.

7. Kapitel

»Ich würde gern mit Denny sprechen.«

Der Mann, der hinterm Empfangstresen sitzt, lässt seinen Stift fallen, das Telefon, das an seinem Ohr klebt, rutscht ihm fast aus der Hand, und seine Kinnlade fällt herab.

»Ich rufe dich gleich zurück, Henry. Da ist jemand … also, jemand Wichtiges ist gerade hier, und ich glaube, dessen Zeit ist viel mehr wert als deine.« Er knallt das Telefon auf die Ladestation und strahlt zu mir hoch. »Wie kann ich Ihnen helfen?«

»Guten Morgen …«, ich lese das Namensschild auf seinem Schreibtisch, » … Eric. Ich möchte mit Denny sprechen.«

»Denny?« Er schürzt die Lippen. »Ah, ja. Miss Andrews?« Er beugt sich vor und blickt mich aufgeregt und neugierig an, den Stift zwischen den Fingern hin- und herdrehend. »Haben Sie einen Termin mit ihr?«

Ich hebe eine Braue. »Nein, aber ich habe das Gefühl, dass ich Sie dazu überreden könnte, für mich eine Ausnahme zu machen.«

Er lacht, wirft den Stift auf den Kalender, der seinen gesamten Schreibtisch bedeckt, schiebt seinen Stuhl zurück und steht auf. »Da haben Sie recht. Ich bringe Sie zu ihr.« Er kommt um den Tisch herum. »Folgen Sie mir.«

Eric führt mich einen Flur hinab, in dem zahllose Finger auf Tastaturen hämmern, Stimmen nach mehr Kaffee rufen und Menschen betriebsam zwischen Schreibtischen hin und her eilen.

In einer Ecke ganz hinten beugt sich Denny über ihren Laptop, den Blick an den Bildschirm geheftet.

Das erinnert mich ans College, als wir beide zusammen an der Schülerzeitung gearbeitet haben.

Jeden Tag musste ich meinem Schwanz gut zureden, während ich ihr zusah, wie sie in dem Computerraum wahre Wunder vollbrachte. Es war egal, dass sie mich bei jeder Gelegenheit mit Nichtachtung strafte; das hat mich nie davon abgehalten, sie zu beobachten, wann immer es möglich war, denn Denver zuzusehen war mir immer ein Vergnügen.

Sie liebte die Arbeit an dieser Zeitung, liebte die Chance, kreativ zu werden, ihre Meinung auszudrücken, aber gleichzeitig auch Fakten zu benennen. Sie war darin eine Meisterin, viel besser im Schreiben, als ich es je war.

Sie hat Kopfhörer auf und ist völlig vertieft in das, was auch immer sich auf dem Bildschirm vor ihr abspielt, also hört sie nicht, dass wir uns nähern.

Eric bewegt die Hand vor dem Bildschirm, und Denny hüpft bei der unerwarteten Unterbrechung fast vom Stuhl.

»Verdammt, E!«, schreit sie, drückt die Leertaste und zieht ihre Ohrstöpsel heraus. Sie blickt verärgert zu ihm hoch. »Nur gut, dass ich eine Slipeinlage trage – ich habe gerade ein bisschen gepinkelt!«

Er gluckst. »Tut mir leid, aber du hast einen Besucher.«

Endlich sieht sie mich hinter ihm stehen, und ihr Gesicht wird blass.

Ich kann nicht anders, ich schenke ihr mein berühmtes Grinsen. »Morgen, Den.«

Stöhnend lässt sie den Kopf in die Hände sinken und murmelt: »Eff dich, Universum. Eff dich.«

Sie braucht einen weiteren Moment, um sich zu sammeln, bevor sie wieder aufschaut und Eric süß anlächelt – mit falscher Süße übrigens.

»Danke, dass du ihn hierhergebracht hast. Ich übernehme ab hier.«

Er dreht sich zu mir um und streckt die Hand aus. »Es war toll, Sie kennenzulernen, Mr Clark. Bin ein großer Fan von Ihren Baseball-Shorts.«

»Eric!«, ermahnt ihn Denny.

Ich muss lachen und schüttle ihm die Hand.

»Danke für das Kompliment. Es war toll, Sie kennenzulernen. Ich bin mir sicher, dass wir uns in den nächsten Wochen noch oft sehen werden.«

Seine perfekt gepflegten Augenbrauen schießen hoch bis zum Haaransatz, als er zwischen mir und Denny hin- und herblickt.

»Wie das, Mr Clark?«

»Haben Sie es nicht gehört? Denny und ich sind jetzt ein Paar. Wir sind …«

»Du Arsch!«

Denny springt vom Stuhl auf, rennt um ihren Schreibtisch herum – ich bin sicher, sie stößt sich dabei die Hüfte an der Ecke – und hält mir den Mund zu.

»Kein. Weiteres. Wort«, befiehlt sie zwischen zusammengepressten Zähnen.

Ich lache gegen ihre Handfläche.

Sie schenkt Eric ein weiteres falsch-süßes Lächeln. »Danke, Eric. Vielmals.« Ihre Worte triefen vor Sarkasmus. »Ich sage Bescheid, wenn wir noch etwas benötigen.«

Der Mann vom Empfangstresen schüttelt den Kopf, lacht und geht zurück an seinen Platz, wahrscheinlich will er nicht Zeuge werden, wie Denver mich verstümmelt.

Ich kann es ihm nicht verdenken. Für jemanden, der so klein ist, kann sie ganz schön zuschlagen.

Sie richtet ihre Aufmerksamkeit wieder auf mich. Mit glühendem Blick hält sie mir immer noch den Mund zu.

»Ich werde dich im Schlaf ermorden, Shepard Clark. Es ist mir scheißegal, ob du ein toller Baseballspieler bist oder nicht.«

Ich hebe eine Augenbraue als Antwort.

»Stell mich nicht auf die Probe. Sag mir, dass du mich nicht auf die Probe stellen wirst.«

Ich richte den Blick auf ihre Hand.

»Ich vertraue dir nicht. Beweg den Kopf auf und ab, wenn du versprichst, mich nicht auf die Probe zu stellen.«

Ich tue es.

»Gut. Und jetzt …«

Bevor sie ihren Satz beenden kann, strecke ich die Zunge heraus, lecke ihre Handfläche und lache, als sie sie angewidert wegreißt. Sie stöhnt und wischt die Hand an ihrer Jeans ab.

»Ich werde so was von rausfliegen wegen Mordes.«

»Nur rausfliegen? Kein Gefängnis?«

»Wenn es zum Prozess kommt, werde ich einfach erklären, wie widerlich du bist. Ich bin sicher, ich werde mehrere Juroren auf meine Seite bringen.«

»Nicht, wenn die Jury hauptsächlich aus Frauen besteht.«

»Diese armen, bekloppten Frauen.« Sie wischt die Hand wieder an ihrer Jeans ab, als würde sie das Gefühl meiner Zunge auf ihrer Haut nicht loswerden.

»Warum bist du hier, Shep?«

»Um Kleidung zu kaufen.«

»Wie bitte?«

»Für morgen. Unser Date.« Ich seufze. »Tu nicht so, als hättest du es vergessen. Ich weiß, dass du die Stunden zählst.« Ich schaue auf die Uhr an meinem Handgelenk. »Es sind jetzt nur noch dreiunddreißig, falls du dich fragst.«

»Ich werde nicht mit dir einkaufen gehen.«

»Oh, doch. Ich muss sicherstellen, dass du mich nicht in Verlegenheit bringst mit deinem .... exzentrischen Geschmack, was Outfits angeht.«

»Erstens ...« Sie hält mir ihren gestreckten Finger vor die Nase.

Ich schnappe mit dem Mund danach.

Sie schneidet Grimassen in schlecht getarnter Abscheu. »Kannst du nicht deinen Mund bei dir behalten?«

»Ich ...«

Denny hebt die Hand. »Weißt du was, sag's mir nicht. Außerdem, wie kannst du es wagen, meinen Modegeschmack zu beurteilen! Er ist … Er ist …«

»Peinlich? Verwirrend? Eigentlich nicht vorhanden?«

»Nein!«

»Nichts für ungut, Den, aber ich bin dir letzte Woche begegnet, als du eine knallige Yogahose, einen viel zu großen Pullover und keinen BH anhattest.« Ich beuge mich zu ihr herab. »Und nebenbei hat es mir gefallen, wie deine Nippel auf meinen Blick reagiert haben.«

Ein überraschtes Keuchen entweicht ihren Lippen, ihre Atemzüge klingen angestrengt. Sie ist aufgewühlt. Es gefällt ihr anscheinend, dass meine Blicke auf ihrem Körper verweilt haben.

Mir hat es auch gefallen.

Sie sammelt sich und verschränkt die Arme vor der Brust, als wolle sie sie vor meinen neugierigen Augen schützen, was sinnlos ist, weil sie leider heute einen BH trägt. Das habe ich schon festgestellt.

»Es war mitten in der Nacht!«, argumentiert sie – oder versucht es.

»Alles, was ich höre, sind Ausreden. Außerdem sollten dein Kleid und meine Krawatte zusammenpassen.«

»Ich könnte dir ein Foto schicken.«

»Du hast noch meine Nummer?«

Ihre Aufmerksamkeit gleitet zu Boden, und sie stammelt ein unsicheres »N-nein«.

Ich kann nicht sagen, ob sie stottert, weil sie lügt oder weil sie sich schämt, meine Nummer gelöscht zu haben.

Ich habe mir in meinem ganzen Leben noch nie so sehr gewünscht, dass jemand lügt.

»Ich habe deine noch.«

Verwirrt erwidert sie meinen Blick, um zu sehen, ob ich ehrlich bin.

Das bin ich.

Ich habe die Nummer nicht benutzt seit ... nun, seit Jahren, aber ich habe sie. Ich habe auch noch all unsere Chatverläufe.

Die Technik ist in dieser Hinsicht irgendwie erstaunlich. Heutzutage kann man Chats aus längst vergangener Zeit speichern, Erinnerungen aus der Vergangenheit festhalten – ich meine, bevor man aus Mangel an Selbstvertrauen sein Leben in gequirlte Kacke verwandelt hat.

Es gab Momente, in denen ich sie aus meinem Telefon und meinem Kopf löschen wollte – wegen meines schlechten Gewissens, dies hatte nichts mit ihr zu tun –, aber ich brachte es nicht über mich.

Sie zu löschen würde meine Fehler nicht tilgen, egal, wie sehr ich es versuchte.

»Ich habe auch noch all unsere Chats«, gestehe ich ihr, während ich immer noch ihren Blick mit meinem festhalte.

Ihre Pupillen weiten sich, und ich könnte schwören, dass ich das Eis um ihr Herz wenigstens ein bisschen erwärmen konnte.

Sie leckt sich kurz über die Lippen und sieht auf meine Brust, als sie sagt: »In Ordnung. Ich gehe mit dir einkaufen, Shep.«

8. Kapitel

Ich hätte darauf bestehen sollen, mit meinem Wagen zu fahren.

Wie sich herausstellt, bin ich, wenn es um Shepard Clark geht, immer noch die allergrößte Idiotin.

»Was machen wir hier? Ich kann mir diesen Laden nicht leisten.«

Shep lenkt seinen stahlgrauen Truck auf den Parkplatz einer High-End-Boutique etwa eine Stunde südlich von unserem Wohnort. »Und obendrein hast du nie gesagt, dass wir so weit rausfahren würden. Ich habe einen Job zu erledigen, weißt du. Ich habe nicht einmal jemandem gesagt, dass ich so lange weg sein werde.«

»Glaubst du wirklich, dein Chef wird sauer sein, weil du mit mir einkaufen gehst?«

»Du sagst das, als wärst du jemand Besonderes.«

Er beäugt mich mit der Art von Grinsen, die wütend macht. »Du weißt, dass ich das bin.«

»Dagegen gibt es übrigens eine Medizin.«

»Gegen was?«

»Deine Verstopfung. Die ganze Zeit so verdammt voll mit

Scheiße zu sein muss nach einer Weile anfangen, wehzutun.«

Sein ungestümes Lachen erfüllt die Fahrerkabine, als er in eine Parklücke einbiegt. Er nimmt die Baseballkappe ab, wirft sie auf das Armaturenbrett und fährt sich mit der Hand durch sein unordentliches Haar. »Beweg deinen Hintern, Andrews.«

Wir klettern aus dem Truck und stapfen in den Laden, den ich mir nicht im Entferntesten leisten kann.

»Willkommen bei *Landry's*«, sagt die Verkäuferin, die uns die Tür öffnet. »Was führt Sie heute hierher?«

Shep zuckt mit dem Daumen in meine Richtung. »Wunder. Wir müssen Wunder geschehen lassen.«

Ich seufze. »Willst du mich damit ewig nerven?«

Er dreht sich um und grinst. »Hör auf, so zu tun, als ob du das hier – und mich – hassen würdest.«

• • •

»Nein.«

»Du hast nicht mal hingesehen!«

»Weil ich das nicht muss. Es ist nicht die richtige Farbe.«

Ich stehe vor ihm in einem blassgelben Kleid, von dem ich denke, dass es umwerfend aussieht.

Er nicht. Schon wieder.

Warum ist er bei den Kleidern so voreingenommen?

Ich stöhne. »Du hast buchstäblich jedes einzelne Kleid, das ich anprobiert habe, abgelehnt, das waren ungefähr fünfzehn. Wie lange soll das noch so weitergehen?«

Er sitzt da, die Beine übereinandergeschlagen, macht ein gelangweiltes Gesicht und scrollt durch sein Handy.

Seine Augen allerdings – die verraten, dass er seinen Spaß hat.

Er genießt jede einzelne Sekunde meiner Quälerei.

Mistkerl.

»Ich habe es dir schon zehnmal gesagt: Probiere diese Kleider hier, dann können wir gehen.«

»Ich will nicht, dass du mein Kleid für mich aussuchst. Es ist schon schlimm genug, dass ich dich dafür bezahlen lasse.«

»Du bist tatsächlich immer noch sauer, weil ich dir für Tausende Dollar tolle Kleider kaufe, die du für immer behalten darfst?«

»Ja«, sage ich stur.

»Du kannst das kaum mit ernstem Gesicht sagen.« Er deutet auf das Stoffgebirge neben ihm. »Probier die an, und wir können gehen.«

»Und wenn sie mir nicht gefallen? Was dann?«

Er seufzt. »Dann können wir immer noch gehen.«

Ich marschiere zu ihm rüber, schnappe mir die Kleider und verschwinde in der Umkleidekabine, zum millionsten Mal heute Nachmittag.

Ich schreibe meinem Chef noch eine kurze SMS, in der ich ihm mitteile, dass ich noch später komme, und schicke auch meiner Praktikantin eine, in der ich mich dafür entschuldige, dass ich sie mit dem Berg an Arbeit, die ich zu erledigen habe, im Stich gelassen habe.

Sie haben beide nichts dagegen, weil ich mit *dem* Shepard Clark zusammen bin.

Argh. Verschont mich.

Ich schaffe es irgendwie, den Reißverschluss zu öffnen – ich werde nicht Shep bitten, mir zu helfen –, und nehme das erste Kleid vom Bügel.

Es ist schwarz und langweilig, und ich will es wirklich nicht anprobieren.

Die Überraschung ist groß, als ich das Kleid anziehe und mein Spiegelbild betrachte. Es passt wie ein Handschuh und betont meine Kurven auf eine Art und Weise, von der ich nicht wusste, dass ein Kleidungsstück das kann, es sei denn, man ist Blake Lively oder Eva Mendes.

Es ist konservativ, zeigt kein Dekolleté und hat lange Ärmel, es ist also nicht viel daran, das *sexy* schreit, bis auf die rautenförmigen Ausschnitte an den Hüften. Das Kleid sieht verführerisch aus und trotzdem edel.

Sosehr ich es auch hasse, es zuzugeben: Shep hatte recht. Das ist das perfekte Kleid.

»Ich würde scharf auf mich werden«, sage ich achselzuckend.

»Ich auch. Und jetzt komm raus und zeig mir, wie recht ich hatte.«

Seufzend schiebe ich den Vorhang beiseite und trete heraus.

Shep beugt sich vor. Er lässt seine Augen schmerzhaft langsam über mich gleiten, mustert mich von oben bis unten.

Verlangen – es ist da, es ist in seinem Blick, als er sich

von seinem Stuhl erhebt und mit zielstrebigen Schritten auf mich zukommt. Mit jedem Schritt schlägt mein Herz schneller, so heftig, dass ich mir sicher bin, dass Shep es hören kann.

Er bleibt erst stehen, als er nur noch wenige Zentimeter von mir entfernt ist.

Zimt. Er riecht nach Zimt. Zum Teufel, ich liebe Zimt.

»Das ist mein Kaugummi«, sagt Shep, und ich merke, dass ich es laut gesagt habe.

Verdammt.

Ich bemerke nicht, dass er die Hand nach mir ausstreckt, bis seine Fingerspitzen sanft über meine entblößte Hüfte streifen, und die Berührung lässt mich zusammenzucken.

»Tut es weh?«

»Wa...?«

»Der Bluterguss – tut er weh? Ich habe gesehen, wie du dir die Hüfte an der Schreibtischecke gestoßen hast, als du mich attackiert hast.«

Ich schaue hinab auf die Stelle, wo seine Finger meine Haut berühren, und zum ersten Mal sehe ich, dass sich da ein lila Fleck bildet.

Er hat recht, ich habe mir die Hüfte gestoßen, aber ich war so in den Augenblick vertieft, dass es mir egal war. Dann, während der stundenlangen Autofahrt hierher, war ich so sehr darauf konzentriert, nicht Shep anzustarren, mit seiner wahnsinnig heißen Baseballcap, dass ich die ganze Zeit auf mein Handy geguckt und vergessen habe, dass meine Hüfte pocht.

»Mir ist nicht aufgefallen, dass es so doll war.«

»Du musst das Kleid für eine unserer späteren Veranstaltungen aufheben, das muss erst abheilen.«

Wieder erwidere ich seinen Blick, wende ihm das Gesicht zu. Er starrt nicht mehr auf meine Hüfte. Seine grünbraunen Augen halten meinen Blick.

»Du siehst wunderschön aus, Denver.«

Da ist etwas in der Art, wie er es sagt, etwas, das mein Herz berührt und daran zupft. Ich weiß nicht, ob es an der Art liegt, wie er meinen vollen Namen benutzt – etwas, das er fast nie tut –, oder ob es das Feuer in seinen Augen ist, mit dem er mir die Worte direkt in die Brust einbrennt.

»Ich …«

Jetzt gehört seine ganze Aufmerksamkeit meinen Lippen.

Ich glaube, ich könnte das Telefonbuch für ihn rezitieren und er würde den Blick nicht abwenden.

Was noch schlimmer ist? Ich glaube, ich würde das gar nicht wollen.

»Woher hast du das gewusst?«

»Was?«

»Woher hast du gewusst, dass dieses Kleid das richtige sein würde?«

Zögernd richtet er den Blick wieder auf meine Augen.

»Wenn du eine Sekunde lang denkst, ich sei blind geworden, während du die letzten fünf Jahre damit verbracht hast, mich zu hassen, blind für deinen Körper …« Seine Hand wandert an meiner Hüfte abwärts, viel zu nah an meinem Po.

Gott, wie ich es hasse, dass ich will, dass er weitermacht.

»Für diese Kurven …« Seine Hände wandern aufwärts, ich spüre die zarte Berührung seiner Fingerspitzen an meinem unteren Rücken. »Dafür, wie verdammt schön du bist …«

Leichte, federleichte Liebkosungen tanzen meine Wirbelsäule entlang. Ich bekomme eine Gänsehaut, allerdings glaube ich nicht, dass Shep das auffällt.

Ich merke nicht, dass er mich mit jeder zarten Annäherung dichter an sich heranzieht. Bis ich seine Erektion an meinem Oberschenkel spüre.

Seine Finger umfassen meinen Hals, die Berührung ist fest und gleichzeitig zärtlich und alles, von dem ich nie wusste, dass ich es will, vor allem von ihm.

»Ich bin nicht blind, schon gar nicht, wenn es um dich geht, Bucky.«

Ich sehe, wie sich sein Mund auf meinen herabsenkt, und ich tue nichts, um ihn aufzuhalten.

»Oh, Miss! Das hier ist umwerfend! Der junge Mann hat ein gutes Auge. Er …«

Die Verkäuferin taucht aus dem Nichts auf, kurz bevor unsere Münder sich berühren.

Gott sei Dank.

»Oje! Es tut mir so leid. Ich wollte nicht stören, Mr Clark. I-ich …«

Shep zieht sich zurück und nimmt den Arm von meinem Rücken. Ich vermisse seine Wärme mehr, als ich jemals etwas in meinem ganzen Leben vermisst habe.

Ich gehe drei große Schritte von ihm weg, streiche die

Vorderseite meines gar nicht zerknitterten Kleides glatt und versuche, wieder normal zu atmen.

Ich weigere mich, zu Shep hinüberzusehen, aus Angst, ich könnte versuchen, wieder in seinen Armen zu landen.

Verräterischer Körper.

»Schon gut, Annabelle.« Er fährt sich mit der Hand durchs Haar und räuspert sich. »Wir nehmen das hier.«

»Und auch alle anderen«, füge ich hinzu.

Ich muss Shep nicht ansehen, um zu wissen, dass er siegessicher grinst.

Ich zeige ihm den Vogel, und er lacht.

Annabelle, unbeeindruckt von unseren Possen, klatscht in die Hände und sagt: »Wunderbar! Ich rechne alles zusammen.«

Sie verschwindet wieder im vorderen Teil des Ladens und lässt uns in der sexuellen Spannung zwischen uns ertrinken.

Endlich, nach gefühlten Stunden, bringe ich den Mut auf, Shep anzusehen.

Er beobachtet mich, sein Blick hungert nach mir, als wäre ich seine Beute. Und ich möchte so gern von ihm eingefangen werden.

Bevor ich etwas tue, was ich sicher bereuen würde, stürze ich zurück in die Umkleidekabine und bringe mit einer hastigen Bewegung den Vorhang zwischen uns.

Shep lacht, und zum ersten Mal seit einer verdammt langen Zeit hasse ich Shepard Clark ein kleines bisschen weniger.

9. Kapitel

Sechs Jahre zuvor, Oktober

SHEPARD: Ich kann immer noch nicht glauben, dass wir es geschafft haben.

DENVER: Die beiden sind gerade noch einmal davongekommen, UND sie sind beide glücklich. Wir sind praktisch Götter.

SHEPARD: Ich vielleicht. Du weniger.

DENVER: Du hast recht – Göttin.

SHEPARD: Für wen? Nerds?

DENVER: Shep …

SHEPARD: Scherz, Scherz.

SHEPARD: Ich habe deine Fotos von gestern Abend gesehen. Ich finde nicht, dass das das richtige Kleid für dich war.

DENVER: Wow. Vielen Dank.

SHEPARD: Nicht falsch verstehen, du hast trotzdem gut ausgesehen, aber es war einfach keine perfekte Zehn.

DENVER: Das nützt auch nichts.

SHEPARD: Okay, okay. Ich würde dich vögeln, sogar in dem schrecklichen Kleid. Zufrieden?

DENVER: Und wie.

DENVER: Das war Sarkasmus, nur damit das klar ist.

SHEPARD: Hab ich mir gedacht.

SHEPARD: Wie ist der Abend ansonsten gelaufen?

DENVER: Okay.

SHEPARD: Okay? Nur okay? Wurdest du nicht schick zum Essen ausgeführt?

DENVER: Nein, was nicht verwunderlich ist, da ich mich mit meiner Schwester getroffen habe.

SHEPARD: Du hast eine Schwester?

DENVER: Eine Zwillingsschwester.

SHEPARD: OMG. All meine Pornoträume werden wahr. HALLELUJA!

DENVER: Du bist ekelhaft, und ich zweifle jeden Tag an meinem Verstand, wenn ich daran denke, dass ich noch mit dir schreibe.

SHEPARD: Nein, tust du nicht. Wir sind jetzt Freunde. Sieh den Tatsachen ins Auge.

SHEPARD: Ich wusste nicht, dass du ein halber Zwilling bist. Ich habe das Gefühl, dass es so viel gibt, was ich über dich weiß und was ich nicht über dich weiß. Sowohl als auch.

DENVER: Das liegt daran, dass du nie fragst. So selbstbezogen.

SHEPARD: Dem kann ich nichts entgegensetzen.

SHEPARD: Na schön. Wie heißt sie? Was willst du mal werden, wenn du erwachsen bist? Auf welches College willst du gehen? Nenn mir einen Ort, an den du reisen möchtest.

SHEPARD: Schau mich an, ich stelle Fragen und interessiere mich. Ich bin so stolz auf mich.

DENVER: Und schon sind wir wieder da, wo wir angefangen haben – du bist ein arroganter Idiot.

SHEPARD: Antworten – her damit.

DENVER: Also gut. Meine Schwester heißt Montana, aber sie wird Monty genannt, und – das wird dich jetzt umhauen – ich habe auch einen jüngeren Bruder, er heißt Charleston, bzw. Chuck.

SHEPARD: Das ist ... ein seltsamer Name.

DENVER: Das sagt Shepard?

SHEPARD: Guter Punkt. Erzähl weiter.

DENVER: Ich möchte Journalistin werden.

SHEPARD: Wirklich? Du schreibst gerne?

DENVER: Ich mag es, Fakten darzustellen und gleichzeitig meine Meinung auszudrücken. Das ist wichtig.

SHEPARD: Als Sportler stimme ich zu. Auf welches College möchtest du gehen?

DENVER: Ganz ehrlich? Egal, Hauptsache, es ist nicht hier. Irgendwie hasse ich mein Leben zu Hause. Es ist nicht so, dass da etwas nicht stimmt, meine Eltern kümmern sich gut um uns, aber es ist ... na ja, langweilig.

DENVER: Wahrscheinlich gehe ich aufs gleiche College wie Allie.

SHEPARD: Auf welches will sie gehen?

DENVER: Dreimal darfst du raten.

SHEPARD: Wohin auch immer AJ geht.

SHEPARD: Dir ist schon klar, dass das hier ist, oder? Wir wurden beide mit einem Baseball-Stipendium angenommen.

DENVER: Nein.

SHEPARD: Tja. Sieht so aus, als würden wir noch eine Menge voneinander sehen, Denny.

DENVER: Ich glaube, ich kotze.

SHEPARD: Kotzen oder ausgeflippt herumtanzen – wo ist der Unterschied.

DENVER: Erwürge mich.

SHEPARD: Nein, danke. Ich stehe nicht auf Asphyxiophilie.

DENVER: WIE AUCH IMMER.

DENVER: So langweilig, wie ich das Leben hier finde, kannst du dir vorstellen, dass ich gerne überall hinreisen möchte. Ich meine, es muss wirklich überall besser sein als hier.

SHEPARD: Keine Ahnung ... ich habe gehört, Missouri ist auch ganz schön langweilig.

DENVER: Gut, überall außer Montana und Missouri. Keine Staaten, die mit M anfangen.

SHEPARD: Ich denke, das könntest du schaffen.

DENVER: Was ist mit dir?

SHEPARD: Baseball. Das ist mein Leben. Es ist alles, was zählt. Solange ich spiele, ist es mir egal, wo ich bin.

DENVER: Sogar in Missouri?

SHEPARD: Okay, vielleicht nicht Missouri.

SHEPARD: Oh, und da ich dich gefragt habe – ich habe nur einen Bruder, er ist älter und heißt Zach. Er ist ein Genie, und ich bewundere ihn maßlos.

SHEPARD: Allerdings ein totaler Nerd.

DENVER: Ist er heiß?

SHEPARD: Vorsicht … Ich glaube, er verlobt sich demnächst, mit seiner College-Liebe. Ich mag sie eigentlich nicht, aber sag keinem von beiden, dass ich das gesagt habe.

DENVER: Zu spät. Ich habe das ins Internet hochgeladen.

SHEPARD: Ich glaube, du weißt nicht einmal, wie man ein Status-Update macht, also bin ich ziemlich sicher, dass mein Geheimnis bei dir sicher ist.

DENVER: Da liegst du nicht falsch.

SHEPARD: Ich kann nur immer noch nicht glauben, dass ich die ganze Zeit nicht wusste, dass du ein halber Zwilling bist. Ich hätte versuchen können, einen Dreier zu arrangieren. So viele verpasste Gelegenheiten.

DENVER: OMG

DENVER: Nein. Wir machen so etwas nicht. Ich gehe schlafen.

DENVER: Gute Nacht, Captain.

SHEPARD: Ich hoffe, du hast süße Träume. Ich werde sie jedenfalls haben. Nacht, Bucky.

DENVER: Hasse. Dich.

• • •

SHEPARD: Habe dein Halloween-Kostüm gefunden!

DENVER: ANHANG HERUNTERLADEN

SHEPARD: Fuck, warte. Moment.

DENVER: ANHANG HERUNTERLADEN

DENVER: KOMMT. NICHT. IN. FRAGE.

SHEPARD: Doch! Ich habe es heute gekauft. Wollte dich damit überraschen.

SHEPARD: Und da ich Captain America bin, MUSST du dich als Bucky verkleiden. Das sind die Regeln, Denver.

DENVER: Auf keinen Fall.

DENVER: Ich glaube nicht, dass mir Bucky Barnes steht.

SHEPARD: Mach es einfach. Es wird unser eigenes kleines Ding.

SHEPARD: Bitte, bitte, bitte.

DENVER: Tut mir leid, versuchst du, mir Welpenblicke zu senden?

SHEPARD: Ja. Funktioniert es?

DENVER: Kann sein.

SHEPARD: Wenn du es tust, werde ich für immer dein bester Freund sein.

DENVER: Das fühlt sich eher nach einer Drohung an als nach einer Belohnung.

SHEPARD: Das könnte das Gemeinste sein, was du je zu mir gesagt hast, und du hast eine Menge gemeiner Dinge gesagt.

DENVER: Ich bin nicht gemein!

DENVER: Ich bin ehrlich. Das ist ein Unterschied.

SHEPARD: Stimmt. Das ist eines der Dinge, die ich an dir liebe.

DENVER: Ooooooh, Liebe. Shepard Clark spricht von Liebe!

DENVER: Ich habe es ja gesagt, du wirst dich in mich verlieben.

SHEPARD: Tu ich nicht.

DENVER: Blödsinn.

SHEPARD: BLÖDSINN. Blödsinn.

DENVER: BLÖDSINN, BLÖDSINN, Blödsinn.

SHEPARD: BLÖDSINN Blö omg, ich glaube, ich kann das nicht durchhalten.

DENVER: Gewonnen.

SHEPARD: Ich glaube, ich fange an, dich zu hassen, Denver.

DENVER: *zu lieben

DENVER: Habe es für dich korrigiert. <3

• • •

DENVER: Happy Halloween, Shep.

DENVER: ANHANG HERUNTERLADEN

SHEPARD: Oh, wow!

SHEPARD: Du bist definitiv ein heißer Bucky.

SHEPARD: Ich speichere das Foto.

DENVER: Nicht für etwas Perverses, hoffe ich.

SHEPARD: Natürlich ist es für etwas Perverses – wozu sonst sollte ich es speichern?

DENVER: Widerlich.

DENVER: Ich bin auf dem Weg zu einer Party. Ich erwarte auch ein Foto von dir, Captain.

SHEPARD: ANHANG HERUNTERLADEN

DENVER: OMG ZIEH DIR VERDAMMT NOCH MAL WAS AN!

SHEPARD: Was? Du hast gesagt, du willst ein Pic, ich bin noch nicht angezogen.

DENVER: Ich meinte, von deinem Kostüm. DIE VERKLEIDUNG.

DENVER: Kein Wunder, dass du Single bist.

SHEPARD: Ich habe eine Freundin!

DENVER: Eine Freundin, bei der ich bessere Chancen hätte.

SHEPARD: Das hat gesessen, Den. Echt.

SHEPARD: Genieß deine Party. Ich schicke später ein richtiges Foto.

DENVER: Ich schwöre, wenn darauf ein einziger Schwanz zu sehen ist …

SHEPARD: Nun, es könnte nur einer sein. Mir wird in der nächsten Stunde kein zweiter Schwanz wachsen.

SHEPARD: Obwohl das nützlich sein könnte für unseren Dreier …

DENVER: GEBLOCKT

• • •

DENVER: Halte dich fest. Ich werde gleich etwas Verrücktes gestehen.

SHEPARD: Ich bin bereit.

DENVER: Du bist ein Genie.

SHEPARD: Das weiß ich, aber würdest du mir erklären, wieso?

DENVER: Ich habe gestern Abend SO viele Komplimente für mein Bucky-Kostüm bekommen. Ich bin ziemlich sicher, alle fanden diese Geschlechtsumwandlung die tollste Sache der Welt.

SHEPARD: Ich dachte mir, dass du ... gut ankommen würdest. Ich habe deine Fotos auf BookFace gesehen.

DENVER: Tatsächlich?

DENVER: Ich habe keine Benachrichtigung von dir bekommen.

SHEPARD: Das liegt daran, dass ich sie nicht gelikt habe.

DENVER: Oh. Okay.

DENVER: Habe ich etwas falsch gemacht?

SHEPARD: Ganz und gar nicht, Den.

DENVER: Warum habe ich dann das Gefühl, dass du sauer auf mich bist?

SHEPARD: Ich bin nicht sauer auf dich, sondern auf mich.

DENVER: Willst du darüber reden?

SHEPARD: Nicht heute Abend. Ich bin müde.
Vielleicht ein andermal?

DENVER: Ja. Sicher. Wir reden ein andermal,
schätze ich.

SHEPARD: Ich bin froh, dass du Spaß hattest auf
deiner Party gestern Abend.

DENVER: Wirklich?

DENVER: Shep?

DENVER: Okay. Gute Nacht.

10. Kapitel

Küsse sie nicht. Küsse sie nicht. Küsse sie verdammt noch mal nicht.

Das ist es, was mein Gehirn im Repeat-Modus abspielt, seit gestern in der Boutique.

Und das ist es, was ich auch jetzt wieder denke, da Denny in einem knallroten Kleid vor mir steht und aussieht wie purer Sex, verpackt in Satin.

Ich hasse es, mich in Schale zu werfen und auf gesellig zu machen. Es ist öde, und alles, was die Leute tun, ist, sich zu brüsten, wie viel Geld sie in ihren Taschen haben und wen sie kennen.

Versteht mich nicht falsch, ich bin ein unverschämter Angeber, wenn es darum geht, ein Baseball-Gott zu sein, aber der ganze übrige Mist? Das Geld, der Ruhm? Das ist mir so was von egal.

Ich liebe Baseball. Ich brauche Baseball.

Da ist die Grenze.

Aber diese Bestrafung, die mein PR-Team und mein Agent mir auferlegt haben?

Denny in diesem Kleid zu sehen ist diese Strafe beinahe wert.

Ich möchte sie zurück in ihre Wohnung schubsen und ihr das überteuerte Kleid vom Körper reißen und sie dazu bringen, meinen Namen zu schreien … endlich.

Stattdessen überreiche ich ihr den Blumenstrauß, den ich ihr mitgebracht habe.

»Was ist das?« Überrascht blickt sie darauf.

»Blumen, für dich.«

»Also … hm, danke schön. Denke ich.« Sie fährt mit den Fingerspitzen über eines der Blütenblätter. »Komm rein. Ich bin gleich fertig.«

Ich folge ihr nach drinnen und schließe die Tür hinter mir, während sie zur Küche geht.

Sie nimmt eine Vase aus einem der Schränke unter der Kochinsel und füllt sie mit Wasser. »Was sind das für Blumen?«

»Alstroemeria. Symbol für Freundschaft.«

Denny blickt mich über die Schulter an, die Brauen hochgezogen.

»Freundschaft? Wirklich?«

»Ich hoffe, es ist möglich.«

»I-ich … ich weiß nicht, Shep.«

»Wir waren früher ziemlich gut darin, befreundet zu sein, Den.«

Sie stellt das Wasser ab, dreht sich zu mir um und wischt sich die Hände mit dem Handtuch trocken, das auf der Arbeitsplatte liegt. Sie betrachtet mich mit skeptischem Blick.

»Stimmt, aber wir haben es vergeigt und andere Gefühle zugelassen.«

»Die müssen wir diesmal nicht zulassen.«

»Ist das überhaupt möglich?«

Nein. »Ja.«

Sie nickt und stößt einen zittrigen Atemzug aus. »In Ordnung. So machen wir es. Freunde.« Sie testet das Wort auf der Zunge, als käme es aus einer fremden Sprache.

In vielerlei Hinsicht tut es das auch – zumindest für uns.

Wir fingen als Freunde an, ja, aber es hat nicht lange gedauert, bis alles … na ja, mehr wurde.

Ich bin ihr zuerst verfallen, und wie.

Aber wie hätte es anders sein können? Sie war klug und nett und lustig. Es tat nicht weh, dass sie auch schön war, und es spielte keine Rolle, dass sie über zweitausend Meilen weit weg war.

Ich bin ihr verfallen. Ich war bereit für uns, für eine Zukunft.

Bis ich die Nerven verlor und unsere Beziehung kaputt machte.

»Wir können … *Freunde* sein.«

Ein Funken Hoffnung glüht in mir auf.

»Das finde ich gut, Den.«

»Versuch nur, dich dieses Mal nicht in mich zu verlieben, Cap.«

• • •

Ich war überhaupt nicht auf heute Abend vorbereitet.

Nicht auf die hechelnden Reporter, die mich mit einer Frage nach der anderen löchern würden, und auch nicht auf das falsche Lächeln, das ich immer wieder würde aufsetzen müssen.

Und ganz sicher war ich nicht auf Denny vorbereitet.

Wow, die Frau verströmt Charme und Witz und puren Sex. Die halbe Nacht musste ich damit leben, dass mein Schwanz gegen meine Anzughose strammstand.

Gott sei Dank ist das Licht gedämpft, und alle sind viel zu fasziniert von Denny, um mich zu beachten, sonst hätten sie wer weiß was zu sehen bekommen.

»Clark, wo hast du dieses Mädchen gefunden? Ich glaube, ich bin verliebt«, sagt mein Teamkollege Joe, der sich nicht darum schert, dass seine eigene Begleitung wenig begeistert ist von seiner Bewunderung für mein Date.

Mein Kinnmuskel zuckt, ich führe mein Sektglas zum Mund und nippe daran, damit ich Joe nicht den Hals umdrehe. »Hast du kein eigenes Date für heute Abend?«

Er zuckt mit den Schultern und lehnt sich zu mir rüber, sodass nur ich es hören kann: »Langweilig im Bett. Bin durch mit ihr. Aber ernsthaft, Mann, wenn du nicht vorhast, diese Braut hier zu behalten, nehme ich sie dir gerne ab.«

»Ich würde verschwinden, wenn ich du wäre, Joe.« Braxton, ein weiterer Teamkollege von uns, schaltet sich in das Gespräch ein, und ich weiß die Hilfe zu schätzen. »Weißt du nicht, dass sie das Mädchen ist, wegen dem Gerard letzten Monat k. o. geschlagen wurde?«

Braxton war in jener Nacht der Einzige gewesen, der mich zur Vernunft bringen konnte, bevor ich etwas zerstört hätte, was nicht mehr zu reparieren wäre. Er war einfühlsam genug, um zu wissen, dass es damals um das Mädchen ging, von dem Gerard redete, aber woher er weiß, dass Denny dieses Mädchen ist, ist mir schleierhaft.

Seine Stimme ist durchdringend genug, um die Aufmerksamkeit einiger Leute auf sich zu ziehen, einschließlich Dennys.

Sie steht am Rande des Kreises und unterhält sich mit einem der anderen Dates von meinen Teamkollegen, als sie mir einen fragenden Blick zuwirft.

Ich weiche ihrem Blick aus, finde plötzlich die sprudelnden Bläschen in meinem Glas sehr interessant und nehme noch einen Schluck.

Ich hasse Champagner, verdammt.

»Tatsächlich?«, sagt Joe und grinst. »Dein rechter Haken ist verdammt gut.«

»Ich weiß«, sage ich, wobei mein Tonfall mehr sagt als meine Worte. *Halt dich bloß zurück, Mann.*

Er hat es verstanden, eindeutig. Immer noch grinsend, hält er die Hände hoch und weicht zurück. »Ich steige aus. Ich habe die Nachwirkungen gesehen, und mein Gesicht ist viel zu hübsch für diese Art von Rekonstruktion.«

Ich wage einen Blick hinüber zu meinem Date.

Sie sieht verwirrt aus, und ich weiß jetzt schon, dass ich auf der Heimfahrt mit Fragen gelöchert werde.

Verdammt noch mal, Joe.

Ein Reporter bedrängt eine Handvoll der Jungs und lässt nur mich und Braxton außen vor. Die Presseleute wissen, dass sie mir nicht zu sehr auf die Pelle rücken sollten.

»Woher hast du gewusst, dass sie das war?«, sage ich aus

dem Mundwinkel heraus, ohne ihn anzusehen. Mein Blick ist immer noch auf Denny gerichtet.

»Wegen genau dem hier.«

Ich schaue ihn verwirrt an. »Lass uns ein paar vollständige Sätze verwenden, okay?«

»Das hier, der kurze Blick in meine Richtung, das war eines von vielleicht fünf Malen während des ganzen Abends, die du von ihr weggesehen hast. Du hast sie vielleicht als ›Bucky‹ vorgestellt, was auch immer das heißen soll, aber es ist leicht zu erkennen, dass das Denny ist.«

Er ist nicht mit mir und Gerard aufs College gegangen, also hat er keine Ahnung, wer Denny ist ... und wie wichtig sie für mich ist. Keiner der anderen in jener Nacht wusste es, nicht mal Gerard, was wahrscheinlich der Grund dafür war, dass sie sich so aufgeregt haben, als ich mich auf ihn stürzte, weil er damit geprahlt hatte, wie leicht Denny zu haben wäre.

Ich versuche nicht, so zu tun, als wäre ich ein guter Kerl. Ich gebe zu, dass ich ein verdammter Riesenarsch sein kann und in der Vergangenheit auch oft war. Ich habe massive Fehler gemacht, solche, die mein Verhältnis zu Menschen, die ich liebe, verändert haben. Ich habe mit meinen Eroberungen geprahlt. Ich habe Frauen wie Spielzeug behandelt. Ich bin vielleicht ein König, aber ich habe nie gesagt, dass ich nicht auch ein Arschloch bin.

Allerdings versuche ich, mich zu ändern, ich versuche, ein besserer Mann zu sein, einer, der es verdient, geliebt zu werden.

Einer, der Denvers würdig ist.

Ich hoffe nur, dass sie das auch sehen kann.

Als hätte ich sie heraufbeschworen, steht sie plötzlich vor uns.

Braxton tritt auf sie zu und streckt die Hand aus. »Hi, ich bin Braxton James. Ich spiele mit dem Blödmann da drüben.«

»Oh, ich weiß genau, wer Sie sind, Mr James. Sie haben einen verdammt guten Batting Average.«

Sie nimmt seine Hand, und die Stärke des Champagnerglases, das ich halte, wird auf die Probe gestellt, als er mit dem Daumen auf keineswegs rein freundschaftliche Weise über ihren Handrücken streicht.

Gauner.

»Ich bin Denver, oder Denny für manche, Bucky für diesen Kerl hier, und ich bin nur mit ihm hier, weil er mich erpresst.«

»Erpressung, aha?« Braxton blickt in meine Richtung. »Ja, das klingt nach ihm.«

Ich zeige ihm den Stinkefinger, und er lacht.

»Ich verschwinde. Die Party ist zu Ende, und ich habe meine Pflicht getan.« Er dreht sich wieder zu Denny um. »Wenn du gerettet werden musst, lass es mich wissen. Ich kümmere mich dann um dich.« Er zwinkert ihr zu und weiß, dass er mir damit unter die Haut geht, dann drückt er mich an sich und klopft mir auf den Rücken, nur ein wenig zu fest. »Versau es nicht, Blödmann.«

Ich schubse ihn von mir weg und starre ihn an. »Verpiss dich, Braxton.«

Er lacht nur und sagt: »War nett, dich kennenzulernen, Denver. Ich wünsche dir noch einen schönen Abend.«

Er verschwindet in der Menge, und mein Kiefer entspannt sich zum ersten Mal seit mehreren Minuten.

Wir sind allein, und ich weiß, dass Denny darauf brennt, mir viele Fragen zu stellen, Fragen, die ich jetzt noch nicht beantworten kann.

Es bleibt mir erspart, denn ein paar andere Spieler kommen vorbei, um uns eine gute Nacht zu wünschen, und dann sind endlich wir an der Reihe, zu gehen.

Es gibt eine Regel bei den Spielern. Wir haben eine Art Dienstplan, in dem abgewechselt wird, wer jeweils als Erster oder als Letzter eine Wohltätigkeitsveranstaltung verlässt, wobei die Abgänge mindestens fünfzehn Minuten auseinander liegen müssen.

Heute Abend sind Denny und ich die Vorletzten, und zum ersten Mal seit ... na ja, zum ersten Mal überhaupt will ich länger bei so einer öden Galaveranstaltung bleiben, nur um eine Autofahrt mit einer schönen Frau zu vermeiden.

»Wir sind dran«, sage ich zu ihr, denn ich hatte ihr auf dem Weg hierher den Dienstplan erklärt. »Ich hole unsere Mäntel.«

Sie verabschiedet sich von ein paar Leuten, die sie heute Abend kennengelernt hat – war ja klar, dass Denny, extrovertiert und sympathisch, wie sie ist, Freunde auf der Gala finden würde –, und ich gehe zur Garderobe.

Wir schweigen die ganze Zeit, selbst als wir in der kühlen Nachtluft stehen, und sagen kein Wort, als der Parkwächter meinen Wagen vorfährt.

Er übergibt die Schlüssel, und ich gebe ihm ein wohlverdientes Trinkgeld dafür, dass er mein Baby nicht versaut hat.

Ich bin überrascht, als ich mich umdrehe und Denny auf dem Fahrersitz sehe.

Ich reiße die Tür auf. »Verdammt, nein. Rutsch rüber, Bucky.«

»Kommt nicht infrage. Du hast heute Abend getrunken. Ich fahre.«

»Ich habe ein paar Schluck ekligen Champagner genippt.«

Sie streckt ihre Finger hoch. »Du hattest drei Gläser. Das reicht. Ich will, dass du nicht fährst. Steig ein und halt die Klappe.«

»Das ist nicht mal richtiger Alkohol!«, argumentiere ich.

»Ein Drink ist ein Drink.«

Ich habe tatsächlich drei Glas runtergeschüttet, aber ich bin nicht betrunken. Wenn ich jetzt fahren würde, wäre alles in Ordnung.

Was wahrscheinlich genau das ist, was jemand, der nicht mehr fahren sollte, sagen würde.

»Na gut«, brumme ich und steige ein. »Aber ich schwöre, wenn meinem Truck etwas passiert, dann küsse ich dich.«

Ihre Lippen zucken bei den Worten, die, wie wir beide wissen, eine Nicht-Drohung sind.

»Allein deswegen verspreche ich, besonders vorsichtig zu fahren.«

Sie stellt den Sitz ein, tritt auf die Bremse und drückt auf den Knopf, um den Truck zu starten.

»Ich bin noch nie einen Truck gefahren.«

»Das sehe ich. Du wirkst steif.«

Ihr Blick wandert hinab zu meinem Schoß. »Du wirkst schon den ganzen Abend steif.«

»Tut mir leid – hast du gerade zugegeben, dass du die ganze Nacht auf meinen Schwanz geguckt hast?«

Ich grinse sie an. »Mann, Mann, Denny. Das hätte ich von dir nicht erwartet.«

»Weißt du was, wenn ich es mir recht überlege, werde ich vielleicht den Truck zu Schrott fahren und uns beide von unserem Elend erlösen.«

»Du willst also, dass ich dich küsse?« Ich grinse, weil ich weiß, dass ich sie in der Falle habe.

Sie stöhnt. »Ich dachte, ich hätte gesagt, du sollst die Klappe halten, Shep.«

Lachend knöpfe ich mein Jackett auf, mache es mir auf dem Sitz bequem und achte darauf, nicht auf die hochhackigen Pumps zu treten, die Denny in den Fußraum geschmissen hat.

»Fährst du barfuß?«

»Nein.«

»Wo sind dann deine Schuhe?«

»An meinen Füßen. Erinnerst du dich an die Tasche, die ich hinten verstaut habe? Da ist normale Menschenkleidung drin, für den Moment, wo wir anhalten und Burger holen.«

»Wie bitte – für welchen Moment?«

Sie hebt eine Schulter. »Wenn wir uns Burger holen. Was daran ist so schwer zu verstehen?

»Hast du das geplant?«

»Ja.«

»Was zum Teufel?«

»Was?«, erwidert sie unschuldig. »Ich weiß, du hasst langweilige gesellschaftliche Events, also habe ich mir schon gedacht, dass du trinken würdest. Mir ist auch klar, dass bei solchen Gelegenheiten ganz sicher keine Köstlichkeiten serviert werden, deshalb wusste ich, dass ich, wenn die Sache vorbei wäre, richtig *Hunger* haben würde, und ich wusste, dass ich absolut bereit wäre, mich für die stundenlange Heimfahrt von diesem Kleid zu befreien.«

Sie blickt zu mir, als ich nichts erwidere.

»Was? Ich bin gerne vorbereitet.«

»Du wolltest einfach meinen Truck fahren.«

»Ja, das war alles nur ein ausgeklügelter Plan, um dieses sexy Monster fahren zu können.«

Ich streiche über das Armaturenbrett. »Sie ist wirklich sexy.«

»Sie?«

»Ja. Shelia. Ist sie nicht eine Schönheit?«

»Du bist so schräg, Shep.«

»Du insgeheim auch, Denver.«

»Erwürge mich.«

»Ich dachte, wir hätten klargestellt, dass ich nicht auf Asphyxiophilie stehe.«

»Dann erwürge ich dich«, droht sie.

»Dann stehst *du* also darauf. Das merke ich mir für später. Vielleicht können wir zusammen etwas ausprobieren.«

Ich bin nicht überrascht, als sie sich vorbeugt und mich in den Schenkel kneift ... *fest*.

»Frech.« »Du stehst insgeheim drauf«, gibt sie zurück.

11. Kapitel

»Würdest du bitte damit aufhören?«

»Was?«, erwidere ich mit vollem Mund. *Wie attraktiv, Denny.*

»Dein Stöhnen. Das nervt.«

Ich grinse. »Quatsch. Nerven bedeutet in Wirklichkeit jemanden anmachen.«

Er verdreht die Augen und beißt erneut in seinen Burger, was mir sagt, dass ich mit meiner Einschätzung genau richtigliege.

Ich habe am ersten Burger-Laden, den ich finden konnte, angehalten und Shep gezwungen, mir das Abendessen zu spendieren, während ich mir etwas Bequemeres angezogen habe.

Meine Beine schwingen hin und her, als wir auf der Heckklappe seines Trucks sitzen – Shep erlaubt kein Essen in der Fahrerkabine – und die letzten Bissen vertilgen.

Ich schiebe mir eine weitere Handvoll Pommes in den Mund.

»Heiß, Den. Wirklich heiß.«

Ich klaue eine seiner Pommes nur wegen dieser Bemerkung.

»Fügst du jetzt noch ›Stehlen‹ zu den Jobs in deinem Lebenslauf hinzu? Hier.« Er reicht mir seinen Milchshake. »Den kannst du auch noch nehmen.«

»Weißt du was, ich nehme ihn, aber nur, weil du mir ein Eis schuldest.«

»Tue ich das?«

»Ja. Du hast mir letzte Woche eins gestohlen – oder hast du das schon vergessen?«

»Hm.« Er schaut auf den Parkplatz hinaus und grinst. »Ist mir wohl entfallen.«

Der Lichtschein von der Parkplatzbeleuchtung lässt ihn aussehen wie den Gott, für den ihn jeder zu halten scheint.

Shep in Jeans und T-Shirt ist schon heiß genug. Shep im Smoking auf der Ladefläche eines Trucks?

Ich könnte eigentlich gleich mein Höschen auf den Boden werfen. Wahnsinn!

Ihm zuzusehen, wie er sich heute Abend auf dem gesellschaftlichen Parkett verhielt, war … nicht das, was ich erwartet hatte. Er war freundlich, höflich, geduldig … im Grunde das genaue Gegenteil von dem eingebildeten, machohaften Shep, den ich im College erlebte und der gar nicht so sexy war. Heute Abend war es fast so, als wäre er wieder der Shep, den ich früher gekannt habe.

Der Shep, den ich vermisse.

Aber der Mann, der er heute Abend war, stimmt nicht mit dem überein, der er letzten Monat war, und das ist ebenso verwirrend wie beunruhigend.

Ich versuche die ganze Zeit, mir auf die Zunge zu beißen, aber seit wir gegangen sind, schwirren mir so viele Fragen im Kopf herum.

Was hat dieser Typ gemeint, als er sagte, ich sei es gewesen, die den Streit verursacht hat, in den Shep letzten Monat verwickelt war? Wie sollte das überhaupt möglich sein? Ich war nicht mal in der Nähe. Verdammt, wir hatten da nicht einmal miteinander gesprochen. Ich hasste ihn immer noch.

Nun ja, sosehr ich dazu in der Lage gewesen war.

»Hör auf, zu starren. Das ist unhöflich.«

Auf frischer Tat ertappt, wende ich den Blick ab.

Frag ihn einfach.

»Du kannst mich fragen. Ich warte schon den ganzen Abend darauf.«

Ich setze mich aufrechter hin, verblüfft, dass er weiß, was ich denke.

»Was fragen?«

»Spiel keine Spielchen, Bucky. Das passt nicht zu dir. Du kannst fragen, was Braxton gemeint hat.«

»Was hat Braxton gemeint?« Die Worte purzeln mir über die Lippen, obwohl ich mich vor der Antwort fürchte.

»Erinnerst du dich an Jacob Gerard vom College? Wir haben im selben Team gespielt?«

»Ich habe kein Gesicht vor Augen, aber der Name kommt mir bekannt vor.«

Ich sehe, wie die Muskeln an Sheps Kinn zucken. »Er erinnert sich an dich, Den – ziemlich gut sogar.«

»Okay«, sage ich, verwirrt die Silben dehnend. »Was ist mit ihm?«

»Letzten Monat war ich oben im Norden, hing nach einem Spiel mit ein paar Jungs aus dem Team und aus College-Zeiten ab. Gerard war auch da. Wir saßen herum ...« Er macht eine Pause und versucht, seine nächsten Worte sorgfältig zu wählen. »Sagen wir einfach, wir redeten über unsere College-Erfahrungen.«

Die Art, wie er es sagt, verrät es.

»Du meinst eure College-Eroberungen.«

Er rutscht unbehaglich auf dem Sitz hin und her, und ich kann nicht anders, ich muss lachen.

»Glaub mir, Shep, ich weiß, dass du kein Unschuldslamm bist. Das ganze verdammte College wusste, dass du kein Unschuldslamm bist. Kein Grund, jetzt schüchtern zu tun.«

»Du warst auch nicht gerade ein Engel.«

»Du würdest dich verdammt wundern«, murmle ich.

Er hat recht, ich war kein Engel im College. Ich hatte jede Menge Affären und Spaß, aber ich habe nicht so viel herumgeschlafen, wie die Leute immer sagen. Tatsächlich kamen bei mir die meisten Jungs, die ich mit nach Hause brachte, nicht über die Grenze intensiver Knutscherei hinaus.

Ich wusste, dass sie losziehen und ihren Freunden erzählen würden, sie wären ans Ziel gelangt, aber das war mir egal, denn ich wusste, dass es Shep ärgern würde.

Deshalb »datete« ich das halbe Baseballteam.

Er wurde jedes Mal so wütend, wenn er einen seiner Teamkollegen mit mir sah. Ich liebte es, zu beobachten, wie er die Zähne zusammenbiss, wie er diesen quälenden *Sie-hätte-mir-gehören-können-*Blick hatte.

War es kleinlich von mir, ihn so zu provozieren? Sicher, aber es war auch falsch von ihm, mir mein verdammtes Herz zu brechen.

Fair ist fair.

»Was soll das heißen?«

»Nichts«, sage ich. »Sag mir, was ich mit dem zu tun habe, was du letzten Monat angestellt hast.«

Seine Knöchel werden weiß, so fest umklammert er die Kante der Heckklappe.

Er starrt auf den Parkplatz, und sein Gesichtsausdruck ist wütend und gereizt.

»Du erinnerst dich vielleicht nicht an Gerard, aber er erinnert sich definitiv an dich. Ich musste mir eine ziemlich detaillierte Beschreibung eurer … gemeinsamen Zeit anhören, bevor er uns deinen Namen nannte.«

Er ist wütend – er kocht fast vor Zorn.

»Und eure dämliche Unterhaltung brachte ihm eine ordentliche Tracht Prügel ein, weil …«

»Weil es um dich ging, Den!«, explodiert er und springt vom Wagen. »Weil ich mir unerträgliche Einzelheiten darüber anhören musste, was eigentlich mir hätte gehören sollen!«

Ihm gehören? IHM?!

»Du willst mich wohl verarschen, Shepard. Du hast unsere Beziehung ruiniert!«

Ich atme ein paar Mal tief durch und versuche, mich zu

beruhigen, weil ich nicht will, dass er wieder die Oberhand über mich gewinnt.

»Du warst es«, wiederhole ich, jetzt ruhiger. »Nicht ich. Du hast kein Recht, sauer auf mich zu sein, weil ich mein Leben weiterlebe, zumal du mehr als das gemacht hast. Wenn du denkst, dass ich nicht alles über deine Eskapaden mitbekommen habe, dann liegst du falsch, mein Lieber.«

Er steht da, atmet schwer, die Brust hebt und senkt sich vor lauter Adrenalin.

»Ist das der Grund, warum du ihn geschlagen hast? Weil ich Sex mit ihm hatte?«

»Nein. Ich habe ihn geschlagen, weil er dich nicht genug respektiert hat, um sein verdammtes Maul darüber zu halten.«

Seine Worte verblüffen mich. »Du sagst das so, als hättest du noch nie so über Frauen geredet.«

»Doch, habe ich.« Er nickt. »Du hast recht. Aber ich bin nicht mehr diese Person. Ich möchte nicht mehr so ein Mensch sein. Ich muss besser sein. Ich habe zu viel verloren, als ich dieser Kerl war.«

»Was hast du verloren?«

»Spielt keine Rolle«, murmelt er. »Der Punkt ist, dass es nicht in Ordnung war, wie beschissen Gerard sich verhalten hat, also habe ich ihm eine Lektion erteilt.«

»Wenn du mich fragst …«

»Mache ich aber nicht«, unterbricht er mich.

Ich ignoriere ihn.

»Ich würde sagen, es war Eifersucht und nicht, dass du ihm eine Lektion erteilen wolltest.«

»Eifersucht?« Er lacht bitter. »Nein, Den, das war definitiv nicht Eifersucht.«

»Hört sich für mich aber so an.«

Plötzlich bewegt er sich auf mich zu und stoppt erst, als er zwischen meinen Beinen steht. Meine Lippen öffnen sich, ich keuche unwillkürlich, und sein glühender Blick wird von der Bewegung angezogen. Hitze durchflutet meinen Körper, als ich seinen Duft einatme, sehr männlich, mit einem Hauch von Zimt. Meine Wangen brennen, als seine Hand mein Kinn umfasst.

Ich rühre mich nicht. Ich kann nicht.

Ich bin in seinem Bann. Gefangen.

Und so verdammt erregt, dass es wehtut.

»Ich war nicht eifersüchtig, Den.«

»N-nein?«, stammle ich.

»Nein, denn ich weiß, wenn ich es wollte – und ich meine, wenn ich wirklich verdammt noch mal wollte –, könnte ich dich haben, jederzeit, überall. Du kannst nicht Nein zu mir sagen, Bucky.«

»Kann ich wohl.«

»Blödsinn.«

»*Blödsinn*-Blödsinn«, flüstere ich.

Sheps Lippen senken sich auf meine mit einer Sanftheit, mit der ich nicht gerechnet habe.

Er zieht sich zurück und sieht mir in die Augen, das wütende Verlangen in seinem Blick ist einem sehnsüchtigen Ausdruck gewichen.

Ist das in Ordnung?, fragt sein Blick.

Es ist nicht in Ordnung … und doch fühle ich mich so euphorisch wie noch nie zuvor.

Es ist nicht in Ordnung … und doch will ich es, mehr als ich jemals irgendetwas wollte, obwohl ich es nicht wollen sollte.

Es ist nicht in Ordnung … aber in diesem Moment ist es mir egal. Ich will es zu sehr, um mir deswegen Gedanken zu machen.

Ich lege die Hand auf Sheps Wange und streiche mit den Fingern über seine Bartstoppeln.

Dies ist meine Antwort, und diesmal sind seine Lippen nicht behutsam, sondern hart und fordernd, voller unausgesprochenem Verlangen.

Verlangen, das viele Jahre unter Verschluss gehalten wurde.

Verlangen, verborgen hinter Fassaden, Beleidigungen und Lügen, damit wir uns besser fühlen konnten, obwohl wir in Wahrheit etwas anderes wollten.

Shepard Clark hasst mich nicht. Er hat mich nie gehasst.

Und ich habe ihn auch nie gehasst.

Unsere Zungen tanzen miteinander, und ich schlinge die Beine um Sheps Taille.

Durch meine dünnen Leggings kann ich spüren, wie sich sein Schwanz an meine feuchte Möse drückt, und ich wünschte, da wäre nichts mehr zwischen uns, ich wünschte, er würde mich auf die Ladefläche seines Trucks heben und mich einfach nehmen.

Ohne Vorwarnung packt er mich und wirft mich auf die Ladefläche, als ob ich nichts wiegen würde, und ich rutsche weiter nach hinten, bis ich an der Rückseite der Kabine ankomme, und streife dabei mein teures Kleid ab. Shep krabbelt nach mir auf die Ladefläche und hört erst auf, als ich unter ihm liege.

»Besser«, murmelt er, und dann finden sich unsere Münder erneut.

Sein Schwanz drückt gegen meine weiblichste Stelle, und die Reibung allein lässt mich fast kommen.

Aber sie reicht auch aus, um mich aus dem tranceartigen Zustand, in dem ich mich befinde, herauszureißen.

Was zum Teufel mache ich hier?

Ich kann das nicht, nicht mit Shep, und schon gar nicht auf der Ladefläche seines Trucks.

Ich drücke ihn weg, und er zieht sich sofort zurück, lässt es sich jedoch nicht nehmen, sein Becken noch einmal gegen mich zu drücken.

»Wir müssen aufhören.«

Er lehnt den Kopf an meine Brust, sein Atem geht schwer und unregelmäßig, genau wie mein eigener. »Ich weiß, aber ich will *wirklich* nicht. Mir fällt wahrscheinlich der Schwanz ab, wenn wir jetzt aufhören.«

Ich lache über seine theatralische Reaktion. »Ich schätze, dann wirst du eben schwanzlos leben müssen.«

»Ich glaube nicht, dass du mich dann noch annähernd so mögen würdest.«

»Ich mag dich auch jetzt nicht, Shep.«

Das ist keine Lüge, und wir beide wissen das.

Ich mag Shep nicht, aber ich hasse ihn auch nicht.

Wir bewegen uns auf dem schmalen Grat, auf dem wir

uns schon immer bewegt haben, und im Moment ist das zu viel. Ich weiß nicht, was ich damit anfangen soll, aber ich weiß mit Sicherheit, dass ich nichts tun will, was ich später bereuen werde … wie zum Beispiel, mich von ihm auf der Ladefläche seines Trucks ficken zu lassen.

Er zieht sich zurück, setzt sich auf und wischt sich mit einer Hand über das Gesicht.

»Du hast recht. Unser erstes Mal darf nicht auf der Ladefläche eines Trucks sein.«

»Du sagst das, als ob ich auf jeden Fall mit dir schlafen würde.«

Er beugt sich vor, um mir einen harten Kuss auf die Lippen zu drücken, und ich lasse ihn gewähren, unsere Zungen schlingen sich sofort umeinander.

Bevor es eskalieren kann – na ja, noch mehr, als es schon der Fall ist –, zieht Shep sich zurück und grinst, als wüsste er etwas, was sonst niemand weiß.

»Was habe ich gesagt, Den, von wegen Spiele spielen?«

Ich schubse ihn weg, und er lacht.

»Also, hast du, während du deinen ganzen Abend durchgeplant hast, um Shelia fahren zu können, auch daran gedacht, dass auf dem Weg zur Gala ich am Lenkrad war? Von deiner Wohnung aus?«

Mist. Das habe ich total vergessen.

»Ja«, lüge ich. »Ich hatte vor, mit Uber von dir zu mir nach Hause zu fahren.«

»Du wolltest um diese Uhrzeit noch ein Uber rufen? Und was – ermordet werden?«

Er gibt mir meine Worte von letzter Woche mit einem Grinsen zurück.

Kann nicht glauben, dass ich gerade dieses Arschloch geküsst habe.

Eigentlich, doch, kann ich voll und ganz.

Er ist heiß, und ich bin geil. Im Moment wäre alles möglich, sogar Shep ... besonders Shep.

Oh mein Gott, hör auf, Denny!

»Ich werde im Mordprozess genau diesen Moment als Rechtfertigung nutzen.«

»Das klang sehr nach: ›Du hast recht, Shep, das ist einfach verrückt. Kann ich bitte über Nacht bleiben? Ich verspreche, dich nicht um zwei Uhr morgens zu belästigen, oder vielleicht verspreche ich das doch nicht.‹«

»Hm. Das klang überhaupt nicht danach, besonders, was den letzten Teil betrifft.«

»Dann werden unsere Grenzen gerade eindeutig überschritten«, sagt er ernst.

»Ich werde nicht mit dir nach Hause gehen, Shep.«

»Was ist, wenn ich verspreche, dich nicht nachts um zwei anzumachen?«

»Oder um drei ... oder vier ... oder fünf.«

»Hm, so ein Mist.« Er seufzt. »Da geht mein ganzer Plan für die Nacht dahin.«

»Widerling.«

»Dir gefällt es.« Er sticht mir mit dem Finger in die Wange. »Aber ernsthaft, Den, bleib die Nacht bei mir. Wir können in getrennten Zimmern schlafen. Das ist kein bisschen peinlich. Es ist schon spät, und bis wir ankommen, ist es nach Mitternacht. Ich bin sicher, du bist müde. Bleib.«

Er hat recht. Ich bin müde. Sicher, er behauptet, wir wohnen nicht allzu weit voneinander entfernt, und ich würde auf der Heimfahrt wahrscheinlich nicht ermordet werden, aber ich will es nicht riskieren.

Da ist nur das leidige Problem, dass ich mich eine ganze Nacht auf Sheps Territorium aufhalten werde.

Das könnte schwierig werden.

»Wir sind Freunde, richtig? Das ist etwas, was Freunde tun würden.«

»Würden Freunde auch auf dem Rücksitz eines Trucks herummachen wie geile Teenager?«

»Auf jeden Fall.« Kein Zögern auf seiner Seite.

»Shep ...«

»Sag einfach Ja«, drängt er.

Ich will Nein sagen. Ich *sollte* Nein sagen. Es liegt mir auf der Zunge ...

»Ja.«

• • •

Ich werde das morgen früh bereuen, ich weiß es jetzt schon.

»Kommst du?«

Ich werfe einen Blick auf das Gebäude vor uns, unsicher, ob ich hineingehen will.

Als Shep sagte, wir wohnen nah beieinander, hat er nicht gescherzt.

Er vergaß nur, zu erwähnen, dass, während ich im *netten* Teil der Stadt wohne, er in dem verdammt *schicken* Teil wohnt.

»Ich komme.«

»Oh, das wirst du.«

Er schmunzelt, dann grunzt er, denn ich haue ihn mit meinem geflickten Seesack.

»Großer Gott.« Er reibt sich die Schulter. »Was hast du in diesem zerlumpten Ding, von dem ich ziemlich sicher bin, dass es mal einem Obdachlosen gehört hat?«

»Hat es nicht!« Ich betrachte meine »Reisetasche«, die schon bessere Tage gesehen hat. »Ich mag sie einfach.«

»So kann man es auch ausdrücken.« Er reißt sie mir aus den Händen, geht voraus ins Gebäude und nickt dem Wachmann in der Eingangshalle zu. »'n Abend, Jim.«

»Mr Clark, Sie kommen spät zurück. Und Sie sind so schön herausgeputzt. Ein Date?«

»Gala.«

»Ach du meine Güte. So was ist immer ziemlich langweilig.«

»Wir haben Hunderttausend für wohltätige Zwecke gesammelt, es hat sich wenigstens gelohnt.«

»Tatsächlich?«, sage ich überrascht.

Shep senkt den Kopf und weicht meinem Blick aus. »Es geht an ein Baseball-Camp für Kinder mit Diabetes.« Er wedelt mit der Hand. »Kein großes Ding. Wir spenden andauernd.«

»Wir?«

Er nickt verlegen, was seltsam ist, denn verlegen ist kein Wort, das ich auf Shep anwenden würde. »Ich und ein paar andere Jungs. Ich gehe normalerweise nicht zu den Veranstaltungen, aber ich spende immer dafür.«

»Ich … das wusste ich gar nicht.«

Er zuckt mit den Schultern. »Du hast nicht gefragt. Jetzt mach schon. Ich habe noch etwas zu tun.«

»Was um alles in der Welt könntest du kurz vor halb eins in der Nacht zu tun haben?«

»Mich um Steve kümmern.«

»Wer ist Steve? Ein Nachbar?«

Er zieht mich in den Aufzug und ignoriert meine Fragen. »Gute Nacht, Jim.«

»Wir sehen uns, Mr Clark.«

Die Fahrstuhltüren schließen sich, und die Tatsache, dass wir allein sind, wird mir plötzlich deutlich bewusst.

Panik beginnt mir auf die Kehle zu drücken.

Ich bin auf dem Weg in Sheps Apartment. Ich werde die Nacht bei ihm bleiben – freiwillig.

Bin ich wahnsinnig?

Die Türen öffnen sich, und wir treten aus dem Aufzug, wenden uns nach links und bleiben erst am Ende des Flurs stehen.

Ich kann mir ein Lächeln nicht verkneifen, als ich die Nummer an der Tür sehe.

»Dreiundzwanzig?«

Shep grinst und schiebt den Schlüssel ins Schloss. »Ich habe extra darum gebeten.«

Es war jahrelang seine Trikotnummer. Er sagte immer, es sei seine Glückszahl, weil alles Gute in seinem Leben am Dreiundzwanzigsten passiert sei.

Er wurde am Dreiundzwanzigsten geboren.

Seine Eltern haben am Dreiundzwanzigsten geheiratet.

Rose lernte Jack am Dreiundzwanzigsten kennen.

Er war dreiundzwanzig, als er in die MLB eingezogen wurde.

Er schrieb mir am Dreiundzwanzigsten eine SMS.

Dreiundzwanzig ist seine Version von Schicksal.

»Zieh bitte die Schuhe aus.«

Er verschwindet in die Wohnung, als ich den Flur betrete, überrascht, dass Shep zu diesen *Keine-Schuhe-im-Haus*-Typen gehört. Ich schlüpfe aus meinen Slippers.

Seine Wohnung ist genau so, wie ich sie mir vorgestellt habe. Der Fußboden besteht zum größten Teil aus dunkelgrauem Hartholz, die hellgrau gestrichenen Wände bilden einen schönen Kontrast. Die Möbel sind alle schwarz, schlicht und modern.

Es ist sauber, einladend.

Etwas jagt mit einem kratzenden Geräusch über den Fußboden, was nur eines bedeuten kann.

»Steve!«, ruft Shep, als der Welpe um die Ecke stürmt und mir direkt vor die Füße rutscht.

»Du hast einen Mops!« Ich blicke auf den grinsenden Hund und lache, als dessen Zunge aus dem Maul herausschnellt. »Ich wollte schon immer einen Mops haben!«

Und Shep weiß das.

Bin ich der Grund, dass er sich einen angeschafft hat?

»Bucky, das ist Steve Rogers Clark.«

Mein Blick zuckt zurück zu Shep. »Du hast deinen Hund Steve genannt?«

Er hebt eine Schulter. »Was? Kann ein Mann seinen Hund nicht nach Amerikas erstem Avenger benennen?«

»Äh, hm«, mache ich, nicht überzeugt davon, dass er es deshalb getan hat. »Darf ich ihn in den Arm nehmen?«

»Am besten bringe ich ihn ganz schnell auf den Balkon, damit er pinkeln kann. Ich habe da draußen eine dieser künstlichen Grasflächen, damit er es lernt.« Shep hebt den Welpen hoch. »Mach es dir gemütlich. Ich bin gleich wieder da.«

Er trägt den Welpen nach draußen und lässt mich stehen. Ich stelle fest, dass er meine Tasche irgendwohin mitgenommen hat, also mache ich mich auf die Suche, mehr als bereit, endlich schlafen zu gehen.

Es gibt nur drei Türen zum Flur, also versuche ich die erste – Badezimmer.

Ich versuche es mit der zweiten – Gästezimmer, aber keine Tasche in Sicht.

Was bedeutet …

Nein. Nein, hat er nicht.

Ich stoße die Tür auf, und, ja, genau wie ich erwartet habe, hat Shep meine Tasche auf sein Bett gelegt, sein sehr großes Bett, wie ich hinzufügen möchte. Abgesehen von den kleinen Tischen links und rechts davon und dem ledernen Kopfteil befindet sich sonst nichts in dem Zimmer.

Als ob ich hier mit ihm die Nacht verbringen wollte.

Obwohl … es ist sehr einladend.

Ich gehe weiter ins Zimmer, trete an das Bett und drücke auf die Matratze.

Oh, verflixt.

Sie fühlt sich himmlisch an.

Ohne nachzudenken, lasse ich mich neben meine Tasche fallen, sinke in die Bettdecke und will gar nicht mehr weg.

»Ich ziehe hier ein.«

»Ich meine, wenn du wirklich willst, kannst du das, aber du musst deinen Anteil an der Miete beisteuern. Ich akzeptiere Sex, Sex und verdammt viel Sex als Bezahlung.«

Ich stöhne, stütze mich auf die Ellbogen und sehe Shep in der Tür stehen. Er hält Steve im Arm und beobachtet mich mit einem amüsierten Lächeln.

Seine Anzugjacke ist längst verschwunden, und er steht jetzt im schneeweißen Hemd vor mir, die Ärmel bis zu den Ellenbogen hochgekrempelt.

Er sieht zum Anbeißen aus.

Ich hasse es, dass ich denke, er sieht zum Anbeißen aus, aber Shep ohne Kleidung ist alles, woran ich denken kann, seit er mich geküsst hat.

Shep hat mich geküsst. Und ich habe es ihm erlaubt.

Was habe ich mir nur dabei gedacht? Ich kann ihm nicht erlauben, mich zu küssen.

Aber … es würde sich nicht so richtig anfühlen, wenn es dermaßen falsch wäre … oder?

»Fühlst du dich wohl, Den?«

»Ich liebe dein Bett.«

»Ich auch, aber da ich mich immer noch verdammt wohltätig fühle, überlasse ich dir das Bett und nehme das Gästezimmer.«

»Einverstanden.«

Seine Augenbrauen heben sich. »Keine Widerrede? Das ist mal was Neues von dir.«

»Ich habe nur eine Bedingung.«

Er schmunzelt. »Natürlich hast du eine. Nenn sie.«

»Steve bleibt bei mir.«

»Du nimmst mir meinen Mops weg? Mit wem soll ich dann kuscheln?«

»Benutze deine Fantasie, Shep. Übergib ihn mir.«

Zögernd nickt er. »Na gut. Lass mich erst gute Nacht sagen.« Er schmust mit dem Hund und lässt sich das Gesicht ablecken. »Tut mir so leid, dass ich dich mit dieser verrückten Frau allein lasse, Steve, aber Dad muss es tun, okay? Ich mache es später wieder gut mit einem extra langen W-A-L-K und einem extra L-E-C-K-E-R-L-I.« Noch ein Schlabberkuss. »Gute Nacht, Muckelchen.«

Er setzt den Mops neben mir auf dem Bett ab. Steve marschiert sofort zum Kopfende und legt sich auf ein Kissen.

Als ich Shep fragend angucke, hebt er die Schultern. »Was? Das ist sein Kissen.«

Ich lache, höre aber sofort wieder auf, als Shep sich zwischen meine Beine stellt, die über die Bettkante hängen.

Passt perfekt.

Argh.

Er beugt sich über mich und stützt sich links und rechts von meinem Kopf mit den Händen ab, sodass ich sein Gewicht nicht spüre.

Das *Bum-bum-bum* meines Herzens ist so laut, dass man es wahrscheinlich aus meilenweiter Entfernung hören kann.

»W-was?«, flüstere ich.

Er lässt sich tiefer sinken, seine Nase trifft auf meinen Halsansatz.

Ich beiße mir bei der Berührung auf die Lippe und tue alles, was ich kann, um ein Stöhnen zu unterdrücken.

Langsam, auf die quälendste Art und Weise, die man sich vorstellen kann, streicht Shep mit der Nase an meinem Hals aufwärts und hört erst auf, als er direkt unter meinem Ohr ankommt.

Dort platziert er den sanftesten aller Küsse.

»Gute Nacht, Bucky«, murmelt er in mein Ohr.

Dann ist er weg und lässt mich mit jeder Menge aufgestauter Frustration und einer neuen Erkenntnis zurück.

Egal, wie sehr mir klar ist, dass ich ihm die kalte Schulter zeigen sollte, ich werde das ganz sicher nicht schaffen.

12. Kapitel

Sechs Jahre zuvor, November

DENVER: Hör zu, ich werde es jetzt einfach sagen, okay?

SHEPARD: Ähm … okay?

DENVER: Was genau willst du eigentlich von mir?

SHEPARD: Was meinst du damit?

DENVER: Jetzt tu bloß nicht so, Shep. Zwischen uns stimmt es schon seit Wochen nicht mehr, seit Halloween, um genau zu sein.

DENVER: Habe ich etwas falsch gemacht?

DENVER: Ich will das wissen, weil ich es in Ordnung bringen will.

SHEPARD: Du hast nichts falsch gemacht, Denver.

DENVER: Bist du dir da sicher? Du gibst mir nämlich das Gefühl, ich hätte es getan.

SHEPARD: Das hast du nicht. Ich allerdings schon.

DENVER: Oh, gut. Ein Rätsel. Ich liebe Rätsel.

DENVER: Damit wir uns verstehen ... SARKASMUS.

SHEPARD: Menschenskind, gut, dass du das geklärt hast, Klugscheißer.

DENVER: Hör einfach auf, Spielchen zu spielen. Ich stehe nicht auf so etwas.

SHEPARD: Ich versuche es nicht.

DENVER: Du hast noch eine Chance, mir zu antworten. Sonst blockiere ich dich.

SHEPARD: OK.

SHEPARD: Ich ... FUCK.

DENVER: Du fickst? Äh ... Glückwunsch?

SHEPARD: Nein. Na ja, ich meine, ja, aber nein. Das meinte ich nicht.

SHEPARD: Es fällt mir nur so schwer, das zu sagen, weil es wirklich bescheuert ist, und ich hasse es, dumm dazustehen.

DENVER: Ich werde dich nicht verurteilen, Shep. Ich werde dich nie verurteilen. Das solltest du inzwischen wissen.

SHEPARD: In diesem Fall wirst du es tun.

DENVER: Versuch's doch.

SHEPARD: Na schön. Okay.

SHEPARD: Aber vorher ... Du hast noch nicht herausgefunden, wie man Screenshots macht, oder?

DENVER: AUGEN ROLLENDES EMOJI. Nein, habe ich nicht.

SHEPARD: Gut.

SHEPARD: Ich war eifersüchtig.

DENVER: Okay. Auf?

SHEPARD: Deine Halloween-Fotos.

DENVER: Weil ich heißer ausgesehen habe als du?

SHEPARD: Hör auf, mich zum Lachen zu bringen. NEIN.

SHEPARD: Ich meine all diese Fotos, auf denen dieser Kerl den Arm um dich gelegt hat.

SHEPARD: Ich hätte ihm den Arm am liebsten abgerissen und ihm in den Arsch geschoben.

DENVER: Das ist … anschaulich.

DENVER: Du musst nicht eifersüchtig sein. Der Typ bedeutet mir nichts.

SHEPARD: So hat es aber nicht ausgesehen.

DENVER: Ich schwöre. Es war gar nichts. Das war einfach nur irgendein Kerl, der mir an dem Abend begegnet ist. Wir haben über Comics geredet.

SHEPARD: Also etwas, was ihr beide gemeinsam habt und wir nicht.

DENVER: Hör auf, zu meckern. Du und nur du wirst immer mein Captain sein.

DENVER: Ich muss dich etwas fragen, und ich brauche eine klare Antwort.

SHEPARD: Ich weiß schon, was du fragen wirst.

DENVER: Darf ich es trotzdem tun?

SHEPARD: Okay.

DENVER: Magst du mich, Shep? Ich meine, mehr als nur freundschaftlich?

SHEPARD: Ja.

SHEPARD: Und es ist wirklich, wirklich verdammt nervig.

SHEPARD: Ich hatte nicht vor, dich zu mögen.

DENVER: Ich weiß.

DENVER: Ich habe dir ja gesagt, du würdest dich in mich verlieben.

SHEPARD: Bucky?

DENVER: Ja?

SHEPARD: Halt die Klappe.

• • •

DENVER: Gib mir deine Adresse.

SHEPARD: Nein. Du wirst mir wahrscheinlich irgendwas Peinliches schicken.

DENVER: Es wird nur so peinlich, wie du es werden lässt.

SHEPARD: Ja, aber wenn du mir etwas Peinliches schickst, werde ich auch deine Adresse haben und dir etwas genauso Peinliches schicken.

DENVER: Ich verspreche, es ist nichts Peinliches. Es ist ein Weihnachtsgeschenk.

SHEPARD: Wir schenken uns etwas?

DENVER: Jetzt schon.

SHEPARD: Weihnachten ist erst in einem Monat!

DENVER: WENIGER als in einem Monat. Fang besser an, einzukaufen.

SHEPARD: Ich schicke dir Kohle.

DENVER: ANHANG HERUNTERLADEN

DENVER: Ich hätte gerne das, bitte.

SHEPARD: Ich werde dir keinen jungen Hund kaufen.

DENVER: Nicht irgendeinen jungen Hund ... EINEN MOPS!

DENVER: Tu es, und ich werde für immer deine Freundin sein.

SHEPARD: Träum weiter.

DENVER: Na schön.

DENVER: ANHANG HERUNTERLADEN

SHEPARD: Das ist eine 1500-Dollar-Tasche!

SHEPARD: Ich mag dich, aber so sehr auch wieder nicht.

DENVER: Wow. Ich wusste nicht, dass es Preisgrenzen für die Liebe gibt, Shep.

SHEPARD: Ich sagte MÖGEN, nicht LIEBEN.

DENVER: Rede dir das weiter ein.

SHEPARD: Das werde ich. Es hilft mir, nachts zu schlafen.

SHEPARD: Apropos Schlaf ... ich muss ins Bett. Ich muss morgen früh raus, um einen Job zu bekommen, damit ich mir das Weihnachtsgeschenk für dich leisten kann.

DENVER: Ich würde einen hellbraunen oder schwarzen Mops nehmen. Ich bin nicht wählerisch.

SHEPARD: Mit den Worten von Aerosmith ... DREAM ON.

DENVER: Na schön. Stell nur sicher, dass die Handtasche lila ist, du Arsch.

DENVER: Gute Nacht, Cap.

13. Kapitel

»Oh, verdammt«, murmele ich, als ich zur Balkontür schaue.

Denny steht in der Kälte – die Morgensonne zeichnet die Umrisse ihres Körpers nach – und blickt zum Horizont.

Steve sitzt zu ihren Füßen und starrt zu ihr hoch, als wäre sie eine Göttin.

Pass bloß auf, Steve. Ich habe sie schon vor langer Zeit reserviert.

Sie muss in meinen Schubladen herumgewühlt haben, denn sie trägt eines meiner T-Shirts – die Nummer dreiundzwanzig auf ihrem Rücken sagt alles – und ein Paar meiner Shorts, die ihr viel zu groß sind.

Ich schätze, sie hat den Pyjama in ihrer Mary-Poppins-Tasche vergessen.

Nicht, dass es mich stört. Sie in meinen Klamotten zu sehen … also, das macht meinen ohnehin nach ihr sehnsüchtigen Schwanz verdammt traurig, dass er nicht in ihr steckt.

Er könnte aber.

Ich könnte da hinausmarschieren, Denny in die Arme nehmen und sie in mein Schlafzimmer tragen und dann den ganzen Tag in ihr sein.

Wir wissen beide, dass ich es tun könnte. Wir wissen beide, dass sie mich lassen würde.

Und ich will es … verdammt, ich will es so sehr.

Aber AJ hat gerade angerufen, und er und Allie wollen mit ihrem Best Man und ihrer Maid of Honor frühstücken.

Die verdammte Pflicht ruft.

Als würde sie meinen Blick spüren, dreht Denny sich um und winkt kurz.

Ich hebe die Hand, um ihr zu bedeuten, dass es in Ordnung ist, wenn sie draußen bleibt. Das Letzte, was ich brauche, ist, dass sie hier reinkommt und meine Morgenlatte sieht.

Kaffee? Ich forme die Frage mit den Lippen.

Sie nickt, wendet sich wieder der Aussicht zu und beachtet mich nicht, während ich weiterhin den Blick über ihren Körper gleiten lasse. So viele Kurven, so sanft und frech.

Zögernd wende ich mich ab und gehe in die Küche. Ich hole die Kaffeedose aus dem Schrank und brühe eine halbe Kanne auf, was für uns beide mehr als genug sein dürfte.

Die Balkontür gleitet auf, und Steve kommt hereingehuscht, seine Pfoten finden kaum Halt auf dem Parkett.

»Guten Morgen, du kleiner Scheißer.«

»Nun, ich wünsche dir auch einen guten Morgen«, sagt Denny.

»Ich habe den kleinen Verräter hier gemeint, aber ja, ich wünsche dir ebenfalls einen guten Morgen.«

»Oh.« Sie wird rot. »Guten Morgen. Der Kaffee riecht fantastisch.«

»Ich weiß.« Ich reiße den Kühlschrank auf. »Es tut mir

leid, dir sagen zu müssen, dass ich nicht deine Lieblingskaffeesahne hier habe, da ich nicht damit gerechnet habe, dass du hier übernachtest. Aber ich habe Milch. Reicht das?«

»Igitt. Na gut.« Sie schlurft zur Kochinsel. »Ich hoffe, es macht dir nichts aus, aber ich habe mir ein paar von deinen Klamotten geliehen.«

»Weißt du, es ist ganz schön heiß, ein Mädchen in seinen Sachen zu sehen.«

»Nein. Normalerweise bin ich genervt, wenn ich sehe, dass ein anderes Mädchen meine Kleidung trägt.«

Ich rolle mit den Augen, und sie grinst.

Die Kaffeemaschine piept, als der Kaffee fertig ist, und ich fülle für jeden eine Tasse mit einer ordentlichen Ladung Koffein.

»Was hat dich so früh geweckt?«

Sie lehnt sich gegen den Tresen und pustet in den heißen Kaffee. »Ich bin von Natur aus Frühaufsteherin, obwohl ich mit deinen Verdunkelungsvorhängen wahrscheinlich noch eine Stunde länger hätte schlafen können. Das frühe Aufwachen verdanke ich Allie ... mal wieder. Sie will sich mit mir treffen und die Aufgaben der Maid of Honor durchgehen.«

»AJ hat mich auch angerufen. Sie wollen in einer Stunde frühstücken.«

Denny stöhnt. »Ich weiß. Ich hatte allerdings gehofft, er würde dich da raushalten.«

»Wirklich? Sogar nach letzter Nacht?«, stichle ich.

»Besonders nach letzter Nacht.«

»Weiß deine Mutter, dass du so viel lügst?«

Denny stößt sich vom Küchentresen ab und schlendert ins Wohnzimmer. »Ich brauche mehr Kaffee, um dich heute zu ertragen.«

Ich beobachte, wie sie durch den Raum geht und sich die unterschiedlichen Dinge ansieht, die in den Einbauregalen rund um meinen Flachbildschirm verstreut sind.

»Du hast gar nicht deine Trophäen aufgestellt?«

»Nope. Ich gebe zu, dass ich eingebildet bin, aber so sehr nun auch wieder nicht.«

»Hättest mich fast überzeugt«, sagt sie verschmitzt. »Du hast ganz schön viel Basebälle.«

»Ich glaube kaum, dass zwei eine Menge sind, aber danke.«

Sie seufzt. »Viele signierte Bälle.«

»Ah, ja. Die habe ich. Die meisten davon habe ich als Kind gesammelt, aber ich habe es geschafft, durch ein paar Freunde in den letzten Jahren noch ein paar dazuzubekommen.«

»Muss schön sein, berühmt zu sein.«

»Ich bin wohl kaum berühmt, Den.«

»Hier in der Gegend bist du es. Das nervt irgendwie.«

»Nur irgendwie?«, stichle ich.

»Du hast recht – es nervt wahnsinnig. Weißt du, wie schwer es ist, jemandem aus dem Weg zu gehen, wenn man ständig mit der Nase auf ihn gestoßen wird?«

»Also gibst du endlich zu, dass du mich vier Jahre lang gemieden hast?«

»Dich viermal die Woche zu sehen, würde ich kaum als *vermeiden* bezeichnen.«

»Aber du hast es versucht. Du hast es wirklich versucht, bist nach dem Unterricht immer als Erste rausgerannt, hast mich bei der Zeitung ignoriert, bist mir auf dem Campus aus dem Weg gegangen. Einmal habe ich dich gesehen, als du eine Bar betreten hast, kurz meinem Blick begegnet und sofort wieder gegangen bist. Willst du behaupten, dass *das* nicht Ausweichen war?«

»Na gut«, räumt sie ein. Sie dreht sich um und blickt mich verletzt an. »Ich habe es versucht, aber kannst du es mir verübeln, Shep? Nach allem?«

Ich schaue beschämt auf die Tasse in meinen Händen. »Du hast recht.«

»Ich weiß.« Sie richtet den Blick auf die Regale. »Es ist trotzdem schön, zu wissen, dass du mich im Auge behalten hast.«

»Es ist unmöglich, es nicht zu tun.«

Sie hält bei meinen Worten inne, aber nur für eine Sekunde.

Als sie am letzten Regal stehen bleibt, entgeht mir nicht, wie ihr Atem stockt, als ob sie überrascht wäre, dass ich ihr Geschenk all die Jahre behalten habe.

»Ich habe sie alle mehrfach gelesen.«

Ich sehe am Heben und Senken ihrer Schultern, dass ihre Atemzüge ungleichmäßig werden.

Es gefällt ihr, dass ich die Captain-America-Comics behalten habe, die sie mir vor so vielen Jahren geschickt hat. Mehr noch, es gefällt ihr, dass sie sorgfältig ausgestellt sind, obwohl sie schon so zerlesen sind.

Denny schüttelt leicht den Kopf und geht in Richtung

Küche, wo sie ihren Becher auf den Tresen stellt. »Du solltest sie in Buchhüllen stecken. Ich bin in zehn Minuten startklar.«

• • •

»Oh mein Gott, kannst du es mal gut sein lassen? Ich habe nicht alles falsch gemacht.«

»Das ist der Grund, warum ich Leuten nicht erlaube, Shelia zu fahren.«

»Du bist zu dramatisch«, murmelt Denny in ihrem typischen Klugscheißer-Ton, den ich so liebe. »Fahr einfach. Wir sind schon spät dran.«

»Wir wären nicht spät dran, wenn du dich heute Morgen nicht im Schneckentempo bewegt hättest. Du sagtest zehn Minuten – das waren definitiv mehr als dreißig.«

»Ich musste etwas unternehmen gegen das Rattennest auf meinem Kopf.«

Ich werfe einen Blick auf ihren desaströs aussehenden Haarknoten. »Nun, du hast eine Stelle übersehen – oder zehn.«

»Es ist kunstvoll chaotisch«, widerspricht sie.

»Wie kommt es, dass du vergessen hast, einen Pyjama einzupacken, aber nicht das Outfit für den nächsten Tag?«

Sie zeigt auf die Tasche, die sie auf dem Schoß hält. »Das ist das, was wir Mädels eine Notfalltasche für einen One-Night-Stand nennen. Ich hatte nicht vor, einen Pyjama zu benötigen.«

»Du meinst, du hattest geplant, letzte Nacht mit mir zu schlafen?«

Sie verdreht die Augen. »Diese Tasche war nicht speziell für unsere ... Situation gestern Abend. Es ist einfach eine Allzweck-One-Night-Stand-Tasche.«

»Aha. Du wolltest mich letzte Nacht unbedingt knallen, aber ich habe dich abblitzen lassen. Ich konnte nicht erlauben, dass du mich auf der Ladefläche eines Trucks missbrauchst.«

»Gleich entreiße ich dir Shelia und fahre uns gegen den nächsten Telefonmast.«

»Das würdest du nicht wagen«, zische ich und packe das Lenkrad fester, nur für den Fall.

»Versuch's doch.«

Ich trete aufs Gas in dem Bestreben, unsere Fahrt um ein paar Minuten abzukürzen und ... Shelia vor Denny in Sicherheit zu bringen.

Als der Wagen vorwärtsschießt, ertönt vom Beifahrersitz her ein leises Jaulen.

Oha. Seltsam.

Ich ignoriere es und schalte das Radio ein. Die Klänge von Sinatra erfüllen die Fahrerkabine.

»Hörst du dir das immer noch an?«

Ich spüre, dass meine Wangen heiß werden. »Ja.«

»Verheimlichst du immer noch deine Liebe zu Old-School-Musik?«

»Ja.«

Sie lacht. »Ich mag es irgendwie, dass ich der einzige Mensch bin, der dieses Geheimnis kennt.«

»Ich habe es Zach gebeichtet, aber er zählt nicht, also bist du immer noch die Einzige. Nicht einmal AJ weiß es.«

»Wow, ich fühle mich besonders«, erwidert sie zerstreut.

Ich schaue rüber und sehe, wie sie den Reißverschluss ihrer Tasche gerade weit genug öffnet, um die Hand hineinschieben zu können.

»Was machst du da, Den?«

»N-nichts« sagt sie, eindeutig schuldbewusst.

Die Tasche bewegt sich.

Ich trete auf die Bremse.

»Denver Andrews! Sag, dass du nicht meinen Mops in deinen Seesack gestopft hast.«

»Soll ich dich etwa anlügen?«

»Denny!«

»Was!« Sie öffnet den Reißverschluss der Tasche, zieht Steve heraus und schmiegt ihn an ihr Gesicht. »Schau nur, wie süß er ist.«

»Ich glaube es nicht.«

»Er war so einsam, Shep. Ich konnte ihn nicht in deiner Wohnung lassen, ganz allein.«

»Wir haben nicht mal seine Leine dabei.«

Sie kramt wieder in der Tasche und fischt Leine, Wassernapf und Leckerlis heraus.

Ich schüttle den Kopf, leicht genervt, aber noch mehr belustigt.

Diese Frau, ich fasse es nicht.

»Es ist zu spät, um zurückzufahren. Sonst verspäten wir uns noch mehr.«

»Warum habe ich das nicht bemerkt?«

Sie küsst Steve auf die Nase. »Weil du ein Idiot bist.«

Überraschenderweise macht Steve seine Sache im Auto wirklich gut, denn Denny beruhigt ihn, wann immer wir anhalten müssen und die Panik ihn fast überwältigt.

Als wir endlich vor dem Restaurant halten, sind wir wie durch ein Wunder nur zehn Minuten zu spät.

Denny schnappt sich Steves Leine und steigt aus dem Wagen.

»Ich hoffe, es macht Allie und AJ nichts aus, draußen zu sitzen, Steve.« Sie schüttelt den Kopf über mich. »Ich kann nicht glauben, dass du so co-abhängig bist, dass du deinen Hund mitgebracht hast, Shep.«

»I-ich … Du … Du!«, stammle ich, verwirrt von ihren Unterstellungen. »Ich schwöre, Den, heute werde ich dich küssen.«

»Ich werde dich zurückküssen.« Sie zwinkert mir zu. »Jetzt geh rein und sag Bescheid, dass wir draußen sitzen.«

Ich schlurfe hinein, suche unsere Freunde und erkläre ihnen, dass wir dieses Frühstücks-Date auf die Terrasse verlegen müssen, weil Denver ein Psycho ist.

AJ findet es lustig. Allie ist erstaunt, weil wir gemeinsam auftauchen.

»Was zum Teufel soll das?«, sagt sie zu Denny, als wir uns alle an den neuen Tisch draußen setzen.

Steve schmiegt sich in Dennys Schoß.

»Das ist Steve. Steve, das ist Allie, deine Tante.«

»Oh, mein Gott, er ist so süß. Wann hast du ihn bekommen?«

»Er …«

»Erst letzte Nacht«, fällt mir Denny ins Wort. »Shep hat ihn mir geschenkt. Ist er nicht einfach süß?«

»Was! Du hast ihr einen Welpen gekauft?«, krächzt Allie.

»Nein, bist du verrückt? Deine beste Freundin ist einfach übergeschnappt«, sagt AJ zu ihr.

Ich zeige auf meinen besten Freund. »Er sagt es.«

Obwohl, wenn ich ehrlich bin, habe ich an Denny gedacht, als ich den Mops gekauft habe.

Ich will gar nicht zugeben, wie viele Stunden ich vor all den Jahren damit verbracht habe, mir zu überlegen, wie ich ihr zu Weihnachten einen Welpen zukommen lassen könnte, aber es hat nicht geklappt. Auch das mit der Handtasche hat nicht geklappt.

Also entschied ich mich, ihr einen ihrer Lieblingscomics zu schicken, signiert. Und Kohle, natürlich.

Aber die Sache mit dem Mops ging mir nicht mehr aus dem Kopf. Als klar wurde, dass ich für den Rest der Saison auf disziplinarische Bewährung die Bank drücken musste, dachte ich mir, dass ich jetzt endlich genug Zeit hatte, um einen Welpen zu trainieren. Daher habe ich zugeschlagen.

Denny hält Steve die Ohren zu. »Du hörst auf kein Wort von dem, was hier über deine neue Mami gesagt wird. Fieslinge.«

»Pathologisch«, bemerke ich.

Denver schirmt die Augen des Hundes ab und zeigt mir den Stinkefinger.

»Seid ihr zwei zusammen hierhergekommen?«, erkundigt sich AJ.

»Wir … ja«, antworte ich vorsichtig und blicke zu Denny, um zu prüfen, wie sie zu der Aussage steht.

»Ich habe nach der Gala bei ihm übernachtet. Und nein, bevor das später noch einmal zur Sprache kommt, Shep hat keinen Homerun mit mir gemacht. Ich bin nicht so pathologisch verrückt, wie er meint.«

Typisch für sie, Sex zu einem ganz normalen Konversationsthema beim Frühstück zu machen.

»Kann man so oder so sehen«, sage ich.

»Hey! Sei nett zu meiner Maid of Honor.«

»Sag deiner Maid of Honor, dass sie medizinische Hilfe braucht, dann denke ich darüber nach.«

»Er hat vielleicht nicht ganz unrecht, Denver«, gibt Allie grinsend zu.

»Hört auf, euch gegen mich zu verbünden, oder ich nehme meinen Welpen und gehe«, droht Denny.

»*Meinen* Welpen.«

Sie sieht mich aus schmalen Augen an. »Für jetzt.«

Ihre Lippen zucken, als ich ihren Blick erwidere, und ich gebe mir verdammt viel Mühe, um nicht den Tisch umzuwerfen und meinen Mund auf ihren zu pressen.

Als wüsste sie, was mir durch den Kopf geht, hebt sie herausfordernd eine Braue.

Oh, verdammt.

Ich schiebe meinen Stuhl weiter an den Tisch, in der Hoffnung, meinen sich mit Blut füllenden Schwanz zu bedecken.

Verdammt. Was zum Teufel ist los mit mir? Es ist, als wäre ich fünfzehn und unfähig, meinen Ständer unter Kontrolle zu halten.

»Wie auch immer«, sagt Allie spitz und unterbricht unseren Anstarrwettbewerb. »Wir sind hier, um über wichtige Termine zu sprechen.«

Sie fängt an, Informationen herunterzurasseln, viel mehr, als ich verarbeiten kann oder will, aber Denny nimmt alles auf. Sie reicht Steve an mich weiter, holt ihr Handy raus und macht sich sorgfältig Notizen.

Ich bestelle Frühstück für Denny, während AJ das Gleiche für Allie tut, denn wir wagen es beide nicht, sie zu unterbrechen.

»Also, was ist los, Mann?«, fragt mein bester Freund leise, während die Mädels immer noch in eine Diskussion über Blumen vertieft sind.

»Was meinst du?«

Der Blick, den er mir zuwirft, sagt, dass er mir meine Ahnungslosigkeit nicht abnimmt.

»Es ist so, wie Den sagt – sie war müde nach der Gala letzte Nacht und hat bei mir übernachtet.«

»Klar, kann man verstehen, aber kannst du mir sagen, warum sie überhaupt mit dir auf der Gala war? Das Letzte, was ich hörte, war, dass du mit Penny hingehen würdest.«

»Psst!«, zische ich wütend und schaue zu Denny und Allie hinüber, um sicherzugehen, dass keine von ihnen das gehört hat.

Sie schenken uns nicht die geringste Aufmerksamkeit.

»Halt mal den Ball flach«, sage ich zu meinem Freund.

Er ruckt mit dem Kopf zurück. »Sie weiß nichts davon?«

»Nein, und so soll es auch bleiben.«

»Was hast du vor, Shepard?«

»Alles Mögliche, was dich alles nichts angeht.«

Mein Blick wandert zurück zu Denver. Mir gefällt, wie lebhaft und interessiert sie sich in das Gespräch einbringt. Sie freut sich aufrichtig für ihre beste Freundin, und das mag ich an ihr.

Sie erzählte mir einmal von ihren Zielen im Leben. Sie würde am College dem Einen begegnen, sie würden sich unsterblich ineinander verlieben, und sie hätten in ihrer Beziehung genau das richtige Maß an Herausforderungen, und wenn das College vorbei wäre, würden sie heiraten und den Rest ihres Lebens gemeinsam verbringen, glücklich und zufrieden.

Oder so was in der Art.

Ich weiß, sie wollte, dass wir beide das sein würden.

Das habe ich mit Sicherheit vermasselt.

»Sei einfach vorsichtig, Mann«, höre ich AJ sagen. »Das letzte Mal, als ihr zwei zusammen wart, hat es nicht gut geendet. Sie hat dich ruiniert.«

Den Blick immer noch auf Denny gerichtet, sage ich: »Nein, AJ, ich habe uns ruiniert, und ich werde denselben Fehler nicht noch einmal machen.«

14. Kapitel

»Du darfst nicht ausflippen, wenn ich dir sage, was ich dir gleich sagen werde.«

»Also, das hört sich ja total beruhigend an.« Monty wirft ihr langes Haar über die Schulter. »Okay, ich bin bereit.«

Sie setzt sich mir gegenüber an den Frühstückstresen. Schon wieder Mittwoch, schon wieder ein Stapel Pancakes, der gegessen werden will.

Ich wende den, der in der Pfanne liegt, und weiche ihrem neugierigen Blick aus.

»Warte!« Sie hebt die Hand. »Du bist nicht etwa schwanger, oder?«

»Was? Nein! Babys sind ekelhaft!« Ich schüttle mich angewidert. »Ich passe viel zu gut auf.«

»Okay.« Sie lehnt sich zurück, offensichtlich erleichtert. »Das ist gut. Also, was ist los?«

Ich atme tief ein, bereit, meine Geheimnisse der letzten Jahre meiner Schwester zu erzählen.

Zum Glück weiß ich, dass sie viel zu nett ist, mir einen Vorwurf zu machen, weil meine Lippen versiegelt waren.

Außerdem weiß sie ja, wie wir aufgewachsen sind, sie weiß, warum ich dieses Geheimnis für mich behalten musste.

Zumindest hoffe ich, dass sie es weiß.

»Okay, also, erinnerst du dich, wie ich dir in der Highschool von diesem … Brieffreund erzählt habe?«

»Ja, ich erinnere mich.«

»Nun, erinnerst du dich auch daran, dass wir anfingen, SMS mit meinem geheimen Handy zu schreiben, weil ich der Meinung war, dass das Kaufen von Briefmarken zu teuer wäre?«

»Ja … obwohl ich jetzt erkenne, dass das nicht sehr viel Sinn machte.«

»Nein, tut es nicht, besonders wenn man bedenkt, dass diese verdammten Telefonkarten eine ganze Menge mehr kosten als eine verdammte Briefmarke.«

Sie lacht. »Sehr wahr.«

Mir fällt auf, dass sie nicht zurückschreckt, wenn ich Schimpfwörter benutze, ein großer Fortschritt gegenüber der Monty vom letzten Jahr.

Ich schätze, das passiert, wenn deine prüde Zwillingsschwester sich einen tätowierten Bad Boy angelt … der auch noch ein verdammt sexy alleinerziehender Vater ist.

Hätte ich ihn doch zuerst gesehen …

Ich gebe den fertigen Pancake auf einen Teller und schiebe diesen zu Monty rüber.

»Aber warum erwähnst du das?«

»Nun, also …«, sage ich gedehnt und gieße mehr Teig in die Pfanne. »Ich habe mit einem Typen geschrieben.«

Sie hebt unter ihrer Strickjacke eine Schulter. Das Mädel

mag mit einem Bad Boy zusammen sein, aber sie zieht sich immer noch an wie eine Kindergärtnerin. »Das habe ich mir schon gedacht.«

»Er ist …« Ich fahre mir mit der Zungenspitze über meine plötzlich trockenen Lippen und beschließe, es kurz und schmerzlos zu machen. »Scheiß drauf. Er ist sozusagen der Grund, warum ich quer durchs Land gezogen bin.«

Eine Falte bildet sich zwischen ihren Brauen. »Ich dachte, du bist umgezogen, um mit Allie aufs College zu gehen.«

»Ich meine, technisch gesehen, ja, aber es war auch seinetwegen. Er ist der beste Freund von AJ.«

Montys Kinn fällt herab. »Oh. Damit habe ich nicht gerechnet.«

»Tja, nun, ich habe auch nicht mit ihm gerechnet.« Ich schüttle den Kopf. »Wie auch immer, ich bin hierhergezogen, um mit ihm zusammen zu sein. Ich …«

Wieder hebt sie die Hand, und ich halte inne.

Sie verschluckt sich an ihrem Bissen. »Entschuldigung. Ich hätte da eine Frage.«

»Schieß los.«

»Wenn du sagst, *mit ihm zusammen sein*, meinst du …«

Ich seufze. »Ich war in ihn verliebt, Monty.«

Ihre Gabel klappert auf den Teller, und ich schaue zu ihr hinüber. Sie ist schockiert.

»Aber du hast ihn doch gar nicht gekannt!«

»Sagt die Frau, die ihren Freund in einer Bar auf dem Klo kennengelernt und dann wochenlang mit ihm geschrieben hat, bevor sie sich in ihn verliebte.«

Besiegt lässt sie die Schultern hängen.

»Ich habe ihn also nicht gekannt?«, erwidere ich herausfordernd.

Sie schüttelt den Kopf. »Nein, nein, du hast recht.« Sie schneidet ein weiteres Stück Pancake ab und führt die Gabel zum Mund. »Sprich weiter.«

Ich wende den Pancake in der Pfanne und fahre fort. »Wie ich schon sagte, ich war verliebt in ihn, genug, um quer über den gottverdammten Kontinent zu ziehen und mein Leben hinter mir zu lassen. Ich war naiv.«

»Du warst jung.«

»Ich war dumm«, widerspreche ich. »Ich war ja so dumm. Es stellte sich nämlich heraus, dass er mich nicht so liebte, wie ich dachte.«

»Was soll das heißen?«

Die Nacht von Sheps Verrat geht mir durch den Kopf, aber ich weigere mich, diese Qual noch einmal für Monty durchzuleben.

Die Erinnerungen sind schlimm genug.

»Es ist nicht wichtig. Sagen wir einfach, es hat nicht geklappt mit uns.«

»Aber du wirst es mir doch irgendwann sagen, oder?«

»Vielleicht, wenn du älter bist«, stichle ich. Das sage ich oft zu ihr, und es ärgert sie, denn ich bin ja nur fünf Minuten älter als sie.

»Freche Göre.«

Ich deute mit dem Spatel auf sie. »Erstens, ich kann nicht glauben, dass du mich gerade freche Göre genannt hast. Zweitens, jetzt werde ich es dir wirklich nicht verraten.«

Sie verdreht die Augen, und ich lache. Ich habe die neckische Seite meiner Schwester immer geliebt.

»Wie auch immer, die Dinge haben nicht funktioniert, also gingen wir getrennte Wege, aber ich bin ihm immer noch ständig begegnet, da wir auf das gleiche College gingen. Glücklicherweise war Allie so lieb, dass sie nicht versucht hat, mir irgendwelche Gruppen-Dates mit ihm aufzuzwingen, aber das hat ihn nicht davon abgehalten, auf dem Campus herumzuvögeln.«

Ich beiße die Zähne zusammen bei der Vorstellung, Shep mit jemand anderem als mir zu sehen.

Nicht, dass ich ihn nicht schon oft gesehen hätte – das habe ich –, aber das macht es nicht weniger schmerzhaft, selbst nach all der Zeit.

»Was hat das mit jetzt zu tun?«

»Nun, er ist irgendwie ... wieder da, in meinem Leben.«

»Wegen der Hochzeit, richtig? Das sollte bald vorbei sein, nachdem deine Freunde so verrückt sind, den Leuten eine Hochzeit anzutun, die keine zwei Monate mehr weg ist.«

»Atme durch, bevor du dich aufregst.« Ich finde es sehr amüsant, dass *sie* in Stress gerät, weil jemand anders seinen großen Tag überstürzt.

Nur Monty ...

»Er ist wieder da wegen der Hochzeit, aber da ist noch mehr. Ich ... na ja, ich werde mich sozusagen für meine Karriere prostituieren.«

Ihre grünen Augen weiten sich auf die dreifache Größe. »Du meinst, du willst mit ihm schlafen für einen Job?«

»Was? Nein! Ich schlafe mit ihm, weil er heiß ist. Die Sache mit dem Job ist ein Bonus.« Mir wird jetzt erst bewusst, was ich gesagt habe, und ich mache schnell einen Rückzieher.

»Warte – nein! Ich werde *nicht* mit ihm schlafen.«

»Wirst du nicht?«

»Nein!« Ich schreie fast. »Wir haben letzten Freitag ein bisschen rumgemacht, und ich habe bei ihm übernachtet, in einem separaten Schlafzimmer, das war's. Nicht mehr, wirklich. Die einzigen Kuscheleinheiten kamen von Steve.«

»Und Steve ist?«

»Sein Mops.«

Sie stößt sich vom Barhocker ab und schlägt mit der Hand auf die Arbeitsplatte. »Er hat einen Mops?! Heirate diesen Mann sofort, Denver!«

Lachend konzentriere ich mich darauf, den Pancake zu wenden und auf meinen eigenen Teller gleiten zu lassen. Ich gebe etwas Butter auf die süße Köstlichkeit. Ich verzichte auf Sirup, reiße ein Stück ab und schiebe es mir in den Mund.

»Ich kann ihn nicht heiraten. Ich habe noch nicht mit ihm geschlafen – was ist, wenn er schlecht ist im Bett?«

Sie wird rot. »Du willst es aber.«

»Huh?« Ich blicke zu meiner Schwester hoch, mit vollem Mund, was mich aber nicht daran hindert, ihn bei ihren Worten weit aufzusperren.

»Du willst es«, wiederholt sie. »Mit ihm schlafen, meine ich. Selbst nachdem er dich verletzt hat, liebst du ihn immer noch.«

»Ich liebe ihn nicht. Ich denke nur ... er hat sich in den letzten fünf Jahren verändert. Ich bin nicht ganz abgeneigt, ihm eine zweite Chance zu geben.«

Ich spüre ihren Blick auf mir und tue mein Bestes, um nicht noch mehr Aufmerksamkeit auf mich zu ziehen, pflücke meinen Pancake auseinander und stopfe mir Stück für Stück in den Mund.

»Hältst du das für klug?«, sagt Monty, und ich bemerke, wie besorgt sie klingt.

Mit einem schweren Seufzer stoße ich mich vom Küchentresen ab und schiebe meinen Teller weg, denn mir ist der Appetit vergangen. »Wahrscheinlich nicht, aber das Schlimmste, was passieren kann, ist, dass er mir wieder das Herz bricht. Und ich weiß schon, wie ich das wieder in den Griff kriege, also wäre es vielleicht gar nicht so furchtbar.«

»Das ist das Dümmste, was ich je gehört habe, Denny.«

»Ich weiß, dass es das ist. Aber es gibt mir auch den Mut, den ich brauche, um mir endlich das zu nehmen, was ich wirklich von ihm will – Sex. Außerdem, wir können es einfach wie Gelegenheitssex behandeln. Wir müssen nicht mehr daraus machen.«

Sie lacht trocken. »Fall nicht darauf rein. Ich bin darauf reingefallen, und schau, wohin es mich gebracht hat.«

»Wohin? Ins totale Glück? Wahnsinnig verliebt in einen supersexy Typen? Versuch gar nicht erst, dich darüber zu beschweren.«

Ihre Wangen werden wieder heiß, und sie senkt den Kopf. »Psst.«

Ich sammle unsere Teller ein und spüle sie ab, während

Monty das Chaos beseitigt, das ich mit dem Teig veranstaltet habe.

»Also meiner Meinung nach …«, sie schiebt die Butterdose zurück in den Kühlschrank, »hast du eine wirklich gute Menschenkenntnis. Wenn du glaubst, dass sich dieser Kerl geändert hat, dann hat er das vielleicht. Nur zu. Warte einfach ab, wohin es dich führt. Gott weiß, dass du dir einen Mann suchen und sesshaft werden musst, bevor du eine alte Jungfer wirst.«

»Ach du meine Güte, du angelst dir einen Mann, und plötzlich müssen wir alle sofort nachziehen.«

»Ich habe mir Mann und Kind geangelt.«

»Wie läuft das eigentlich? Spielst du Mutter?«

Sie seufzt zufrieden. »Ich bin selbst überrascht. Ich liebe den kleinen Racker, und seinen Dad.«

»Ich bin so froh, dich endlich glücklich zu sehen, Monty. Das wurde auch Zeit.«

»Finde ich auch.« Sie räumt den Sirup weg und schließt den Schrank. »Jetzt erklär mir diesen … Deal, den du für den Job eingehst.«

»Ah, ja, das.« Ich räume die Teller und die Pfanne in den Geschirrspüler, bevor ich mich Monty zuwende. »Nun, ich habe ihm versprochen, ihn als sein Date zu begleiten bei einigen Galas und Wohltätigkeitsveranstaltungen und bei der Hochzeit, zu der du übrigens auch kommen wirst. Als Gegenleistung dafür, dass er mir ein Exklusivinterview für die Zeitung gibt. Er ist berüchtigt dafür, keine Interviews zu geben, also ist es irgendwie ein richtig guter Deal, ich meine, ein so guter Deal, dass mir endlich die Beförderung winkt, auf die ich seit Monaten warte.«

»Die mit dem komfortablen Büro?«

»Genau die, Schwesterherz.« Ich schieße eine Fingerpistole in ihre Richtung. »Ein paar schäbige Dates sind das Exklusivinterview total wert.«

Sie öffnet den Mund, macht ihn aber genauso schnell wieder zu und schüttelt den Kopf. Sie zieht die Lippen ein, als wollte sie verhindern, dass sie sich von selbst bewegen.

»Raus mit der Sprache«, fordere ich.

»Ich ... ich ...«

»Montana Andrews, sag es mir sofort.«

»Na schön.« Sie hebt die Hand. »Na schön. Es ist nur, weil ... ist das Interview den potenziellen Herzschmerz wert?«

Wird die Beförderung die Dinge für mich in meinem Bereich einfacher machen? Ja. Werde ich dadurch ein paar Dollar mehr im Monat zur Seite legen können, um meinen Studienkredit abzuzahlen? Verdammt noch mal ja. Sind die Spielchen, die ich dafür mit Shep spielen muss, all das wert?

»Ich weiß es nicht, aber ich bin bereit, es herauszufinden.«

Sie nickt, die Lippen immer noch fest aufeinandergepresst. »Sei einfach vorsichtig, Denny.«

Ich grinse sie an. »Wo bleibt dabei der Spaß?«

15. Kapitel

Sechs Jahre zuvor, Dezember

DENVER: Du hast doch nicht etwa …

DENVER: Bitte, sag mir, dass du das nicht getan hast!

SHEPARD: Ich weiß nicht, was ich nicht getan habe, aber wenn du sagst, ich habe es nicht getan, dann habe ich es definitiv nicht getan.

SHEPARD: O Mann, das war verwirrend.

SHEPARD: Worum geht es hier überhaupt?

DENVER: Ich habe heute mein Weihnachtsgeschenk bekommen. In dem Karton sind LÖCHER.

SHEPARD: ES IST NICHT WEIHNACHTEN, DU HEIDIN! Bis jetzt wurde Weihnachten immer am 25. Dezember gefeiert, und wir haben eindeutig erst den 23.

DENVER: Wenn du denkst, ich warte ZWEI GANZE Tage, bevor ich das hier öffne, dann bist du eindeutig auf Drogen.

SHEPARD: Kokain. Die Droge des reichen Mannes.

DENVER: ICH MACHE ES AUF!

SHEPARD: SPOILER ALARM: Es ist kein Welpe. Ich habe die Löcher nur als Scherz reingemacht, um dich zu verwirren.

DENVER: SO RUINIERST DU DIE ÜBERRASCHUNG!

SHEPARD: Ich habe mein Geschenk auch bekommen, aber ich warte mit dem Öffnen, gottverdammter Gentleman, der ich bin. Heißt das, ich darf meins auch schon öffnen?

DENVER: Ich bin mir zu 9 Prozent sicher, dass du nicht »gottverdammt« sagen darfst, wenn du von einem Weihnachtsgeschenk redest.

SHEPARD: Nur 9 Prozent?

DENVER: Argh. Ich meinte 97 Prozent. OFFENSICHTLICH.

SHEPARD: Ja, natürlich. Wie konnte mir das nicht klar sein?

DENVER: Wenn ich bis drei gezählt habe, packen wir es beide aus.

SHEPARD: Zu spät.

DENVER: BETRÜGER!

SHEPARD: Ich habe nur Spaß gemacht.

DENVER: Eins ...

SHEPARD: Zwei ...

DENVER: LOS!

DENVER: Oh, wow! HEILIGER STROHSACK, SHEP.

SHEPARD: Ich bin mir zu 9 Prozent sicher, dass ich dir keinen Strohsack geschickt habe.

DENVER: Sind die alle signiert?!

SHEPARD: Ja.

DENVER: OH MEIN GOTT!

DENVER: Aber wie?!

SHEPARD: Ich habe einen Marker gekauft und sie signiert. Haha.

DENVER: Nein, hast du nicht. Ich sehe das Echtheitszertifikat.

DENVER: Wie bist du dazu gekommen?

SHEPARD: eBay. Hast du gewusst, wie nerdig die Leute drauf sind und total versessen auf signierte Comics? Ich hatte keine Ahnung, dass es da draußen so viele davon gibt.

DENVER: Das muss ein Vermögen gekostet haben. Das wäre wirklich nicht nötig gewesen.

SHEPARD: Es war nichts. Ich meine, klar, ich werde arbeiten, bis ich siebzig bin, um die Schulden abzuzahlen, aber das ist keine große Sache. Du bist es wert.

SHEPARD: Hoffe ich.

DENVER: Ich danke dir. Ganz im Ernst. Das bedeutet mir sehr viel.

DENVER: Hast du deins schon geöffnet?

SHEPARD: Nein. Ich warte bis Weihnachten, weil ich ein gottverdammter Engel bin.

DENVER: Zu 9 Prozent sicher, Shep, 9 Prozent.

• • •

DENVER: Also ... hast du es geöffnet?

SHEPARD: Es ist 7 Uhr morgens. Bist du verrückt?

DENVER: Äh ... ES IST WEIHNACHTEN! Wach auf!

SHEPARD: Wie schon gesagt, der Weihnachtsmann ist nicht echt. Geh wieder schlafen. Er wird nicht sauer sein.

DENVER: Beweg deinen Hintern und mach es auf!

SHEPARD: Wie kannst du Tausende von Meilen entfernt leben und trotzdem so verdammt fordernd sein?

DENVER: Es ist ein Geschenk. Jetzt mach schon.

SHEPARD: Ich mach ja schon, ich mach ja schon.

DENVER: UND?

SHEPARD: Gibst du mir eine verdammte Minute? Es ist wirklich schwer, mit Morgenlatte zu pinkeln.

DENVER: Sorry, aber schreibst du mir, während du deinen Schwanz anfasst?

SHEPARD: Nein. Ich fasse ihn nicht an. Ich setze mich hin.

DENVER: Du SETZT dich zum Pinkeln hin?

SHEPARD: Morgens ist es einfacher! HÖR AUF, ZU URTEILEN.

DENVER: Ich habe gar nichts gesagt.

DENVER: Und was ist jetzt?

SHEPARD: Ich werde dich dermaßen küssen.

DENVER: Das hat nicht dieselbe Wirkung, jetzt, wo ich weiß, dass du wahnsinnig in mich verliebt bist.

SHEPARD: Als ob, Denver. Ich habe gesagt, ich mag dich.

DENVER: KEUCH! Hast du gerade die VERGANGENHEITSFORM benutzt?

DENVER: ... aber das ist nur ein Scherz, oder?

SHEPARD: Schätze, wir werden sehen.

SHEPARD: Ich finde es sehr lustig, dass wir beide uns gegenseitig Comics zu Weihnachten geschickt haben.

SHEPARD: Ich liebe die hier. Ich habe noch nie einen Comic gelesen (die von meinem Bruder durfte ich nicht anfassen), also bin ich ziemlich gespannt.

DENVER: Hast du hineingeschaut?

SHEPARD: Noch mehr Forderungen. *verdreht Augen* Warte.

DENVER: *wartet ungeduldig*

SHEPARD: Sieh mal einer an.

DENVER: Ja?

SHEPARD: Das ist vielleicht das beste Weihnachtsgeschenk aller Zeiten. Dabei habe ich schon einmal eine Gitarre UND ein iPhone im selben Jahr bekommen.

DENVER: Magst du mich noch?

SHEPARD: Ja, Denver. Ich mag dich immer noch. Ich bin wirklich verdammt froh, dass du hier aufs College gehen wirst.

DENVER: Das sind vier ganze Jahre, in denen ich dich nerven kann.

DENVER: Ich komme sogar früher. Ich mache ein Journalismus-Praktikum.

SHEPARD: Das für Bradford?

DENVER: Ja.

SHEPARD: Willst du damit sagen, dass wir den ganzen Sommer zusammen verbringen?

DENVER: Unglaublich!

SHEPARD: Bestes. Weihnachten. Aller. Zeiten. (Es sei denn, ich fange am Ende an, dich zu hassen.)

DENVER: Wohl kaum.

DENVER: Du bist, äh, du bist sozusagen mein bester Freund, Shep.

SHEPARD: Du bist sozusagen auch mein bester Freund. Ich nenne dich nicht umsonst Bucky.

DENVER: Bucky und Cap waren total verliebt, nicht beste Freunde.

SHEPARD: Willst du damit sagen, du willst mich vögeln?

DENVER: OMG. Nein.

DENVER: Fröhliche Weihnachten, Captain.

SHEPARD: Fröhliche Weihnachten, Bucky.

SHEPARD: Auf das Vögeln kommen wir später noch zurück.

• • •

DENVER: Es ist fast Mitternacht an der Ostküste.

SHEPARD: Wow. Danke für die Information. Bei uns sind doch tatsächlich alle Uhren stehen geblieben.

DENVER: Klugscheißer.

DENVER: Ich habe dir das gesagt, weil mein Neujahrsvorsatz lautet, immer ehrlich zu sein, und ich möchte dir etwas gestehen.

SHEPARD: Natürlich bist du einer dieser Menschen, die an Neujahrsvorsätze glauben. Natürlich.

DENVER: Halt die Klappe.

SHEPARD: Tut mir leid (nein). Mach dein Geständnis. Ich bin ganz Ohr.

DENVER: Ich werde nicht drum herumreden, wie du es getan hast.

SHEPARD: Ich weiß nicht ... für mich fühlt sich das an wie Drumherumreden.

DENVER: Ich mag dich auch.

SHEPARD: Ich weiß.

DENVER: O Mann. Das ist nicht die richtige Antwort, Shepard!

SHEPARD: Ach du liebe Güte. Ich hatte ja KEINE Ahnung. Wow. Ich fühle mich ja SO geschmeichelt.

DENVER: Es war gelogen. Ich hasse dich wieder.

SHEPARD: Du könntest mich niemals hassen.

SHEPARD: Und was machen wir jetzt mit dieser gegenseitigen Anziehung?

DENVER: Was können wir schon tun? Wir leben über zweitausend Meilen voneinander entfernt.

SHEPARD: Es gibt immer noch das College ...

DENVER: Es gibt immer noch das College.

SHEPARD: Ist das jetzt so was wie ein Deal?

DENVER: Okay, ich muss noch ein Geständnis machen.

SHEPARD: Sehe ich etwa aus wie der Papst?

DENVER: Nein. Der ist viel süßer als du.

SHEPARD: Es gibt eine Menge Dinge an dir, die plötzlich anfangen, Sinn zu ergeben.

DENVER: STILL!

DENVER: Ich hatte immer diesen Plan ... aufs College zu gehen, mich unsterblich zu verlieben in meinen Seelenverwandten und ihn zu heiraten, sobald wir unseren Abschluss hätten. Ich weiß, du glaubst nicht an Für-immer oder an Seelenverwandtschaft und so. Es ist also wirklich schwierig für mich, zu sagen, dass das ein Deal ist ... zumal, wenn es um dich geht.

DENVER: Wird das ein Problem für uns sein?

SHEPARD: Nein.

DENVER: Bist du sicher?

SHEPARD: Ich bin sicher.

DENVER: Das macht mir Angst.

SHEPARD: Mir auch, aber, Bucky?

DENVER: Ja, Cap?

SHEPARD: Mit dir würde ich ein Für-immer riskieren.

16. Kapitel

»Wo stehst du heute Abend auf der Liste?«

»An zweiter Stelle.«

»Wirklich? Das heißt also, ich muss nicht meinen ganzen Samstagabend mit dir verbringen?«

»Du sagst das, als wäre es etwas Schlechtes.«

Sie lässt den Blick über mein Outfit gleiten. »Nun ja, du siehst wirklich recht fesch aus in diesem Anzug.«

»Fesch, hm? Nicht heiß? Sexy? *Zum Vernaschen?*«

Ihre Wangen röten sich, und es ist eines der wenigen Male, dass ich Denver tatsächlich rot werden sehe.

Ich beuge mich vor und streife sie dabei mit der Schulter. Meine Lippen berühren ihre Ohrmuschel. »Sag, dass ich zum Vernaschen bin, Denver.«

Sie atmet tief ein und hält die Luft viel zu lange an, bevor sie schließlich ausatmet und das Kinn hebt.

Sie dreht sich zu mir um und begegnet direkt meinem Blick.

»Ja, du bist zum Vernaschen, aber heute Abend gibt's nichts.«

Mein Sektglas verschwindet aus meiner Hand, sie kippt

den Inhalt in sich hinein und geht dann mit einem triumphierenden Funkeln in den Augen an mir vorbei.

Ich schüttle den Kopf, lächle und beobachte, wie sie in eine Gruppe von Spielern eintaucht, als ob sie genau dorthin gehören würde. Als Journalistin tut sie das wohl auch.

Ich frage mich, wie sie mit ihrem Artikel vorankommt, worüber genau sie schreibt. Ich hatte schon viele Gelegenheiten, sie zu fragen, aber ich kann nicht behaupten, dass es mir wichtig genug ist, um es tatsächlich zu tun.

Ich lasse Denny den Artikel über mich nur schreiben, damit ich Zeit mit ihr verbringen kann. Sie kann schreiben, was sie will. Von mir aus kann sie den Leuten erzählen, dass ich ins Bett gemacht habe, solange sie am Ende unseres Deals mir gehört.

»Wie ich sehe, hast du sie wieder dabei. Das ist das erste Mal für dich, Mann. Zweimal dieselbe Frau.«

Braxton erscheint neben mir und hält mir ein neues Champagnerglas hin. Ich nehme es, ohne die Absicht, daraus zu trinken. Auf keinen Fall werde ich Denver wieder meinen Truck fahren lassen.

»Ja«, antworte ich.

»Also hast du es wohl nicht vermasselt.«

»Noch nicht.«

»Kommt noch.«

Ich sehe ihn böse an. »Danke, Arsch.«

Er hebt eine Schulter. »Was? Sie ist zu gut, um wahr zu sein, und viel zu gut für dich.«

»Du bist immer so liebenswürdig, Brax.«

»Weiß sie, was mit deinem Bruder passiert ist? Von deinem kleinen Wutausbruch?«

Meine Muskeln verspannen sich bei der Erwähnung von Zach und Delia und dem zweitgrößten Fehler meines Lebens.

»Sie weiß es nicht«, erwidere ich zähneknirschend. »Und ich hätte gerne, dass das so bleibt.«

»Du solltest es ihr sagen und sie entscheiden lassen, ob es für dich eine Rettung gibt.«

»Das werde ich ... irgendwann.«

Braxton grunzt, als ob er mir nicht glauben würde.

Idiot.

Ich habe vor, es ihr zu sagen, nur nicht jetzt, nicht wenn die Dinge gerade so gut zwischen uns laufen. Ich nehme mir vor, es vor der Hochzeit zu tun.

Hoffe ich.

Mein Handy surrt in meiner Tasche, ich ziehe es heraus und schalte die Erinnerung aus.

»Das ist mein Signal. Wir sind heute als Zweite dran.«

»Als Zweite? Verdammter Glückspilz.« Seine schweren Hände landen auf meinen Schultern. »Wir sehen uns nächste Woche.«

Ich stöhne und hake in meinem Kopf eine weitere Veranstaltung ab.

Zwei liegen hinter mir, nur noch drei vor uns.

Da Gerard keine Anzeige erstattet hat und weil mein Coach mich als »wertvoll« erachtet – seine Worte, nicht meine –, bin ich alles in allem glimpflich aus der Sache herausgekommen. Ich bin für den Rest der Saison suspendiert, darf nicht an Teamaktivitäten teilnehmen und muss eine nominelle Geldstrafe zahlen, weil wegen mir das Team miserabel dasteht.

Der Club hat von mir Schadenersatz verlangt. Also wirklich, ernsthaft?

Nun ja, es ist verständlich, aber dass mein Agent und mein PR-Team mich dazu zwingen, diese Wohltätigkeitsveranstaltungen zu besuchen, anstatt einfach nur zu spenden, wie ich es schon immer tue? Erbärmlich, verdammt noch mal.

Das einzig Gute daran ist, dass es mir einen Vorwand liefert, Zeit mit Denny zu verbringen.

Ich mache mich auf die Suche nach ihr, dränge mich durch die Menge und spitze die Ohren, als ich meinen Namen höre.

»Bist du mit Shepard Clark zusammen?«, fragt eine Rothaarige mit kessen Titten.

»Zusammen?« Denny rümpft die Nase. »Nein.«

»Wenn du nicht mit ihm zusammen bist, dann müsst ihr verwandt sein«, sagt ein anderes Mädchen.

»Shep hat noch nie dasselbe Mädchen zu mehr als einer Veranstaltung mitgebracht.«

Falls Denny davon überrascht ist, zeigt sie es nicht.

Sie wedelt mit der Hand und lacht. »Wir sind auch definitiv nicht verwandt.«

»Was seid ihr dann?«

»Nun, um die Wahrheit zu sagen«, beginnt sie und beugt sich zu den Mädchen vor. Sie alle folgen ihrem Beispiel und stecken die Köpfe zusammen. »Ich bin nur hier, weil er mir leidtut.«

Oh, ich kann es kaum erwarten, zu sehen, wo das hinführt.

Ein Mädchen fasst sich an die Brust, ihr Mund steht offen. »Stirbt er?«

»Ist er raus aus dem Team?«

»Du hast Mitleid mit ihm?«

Sie nickt und runzelt die Stirn. »Das tue ich. Der Grund, warum man ihn nicht zweimal mit demselben Date sieht, ist, dass kein Mädchen bei ihm bleiben will, wenn sie es erst einmal weiß, egal, wie dick seine Brieftasche ist.«

»Hat er Narben?«

»Ein ekliges Muttermal?«

»Zwei linke Füße?

Sie überschütten Denny mit Fragen, und die runzelt weiter die Stirn und schüttelt düster den Kopf.

»Schlimmer.« Sie beugt sich noch weiter vor. »Er hat einen Mikro-Penis.«

»Nein!«, keucht eines der Mädchen.

Denny nickt und hält die Hand hoch, drückt die Finger zusammen und verkündet damit allen, dass ich einen Drei-Zentimeter-Schwanz habe.

»Es ist wahr.« Sie zuckt mit den Schultern. »Nur gut, dass er es versteht, seine Zunge einzusetzen, sonst wäre ich *so* schnell wieder weg gewesen.«

Die Mädchen reden alle gleichzeitig, tauschen schockierte Kommentare aus, und einige gehen so weit, zu behaupten, sie hätten es schon immer vermutet.

Denny nimmt einen Schluck aus ihrem Champagnerglas, blickt sich im Raum um und setzt eine selbstgefällige Miene auf.

Bis unsere Blicke sich treffen.

Bis sie das Versprechen der Rache in meinem Gesicht sieht.

Ihre Hände beginnen, zu zittern. Ihre Wangen färben sich dunkler, ihre Lippen öffnen sich.

Warte nur ab, was ich mit meiner Zunge tun kann, Bucky.

• • •

»Wohin fahren wir? Du bist gerade am Burger-Drive-in vorbeigefahren.«

»Wir hatten letzte Woche Burger. Ich habe Lust auf P…«

Aus dem Augenwinkel beobachte ich, wie sie die Oberschenkel zusammenpresst, in Erwartung des Wortes, das mir gleich über die Lippen kommt.

»Pizza.«

Sie stößt einen frustrierten Seufzer aus. »Gott, ist das heiß hier drin«, sagt sie und tut so, als hätte sie nicht darauf gewartet, dass ich »Pussy« sage.

Keine Sorge, Denny, Pussy steht definitiv noch auf dem Speiseplan für heute Abend.

»Heißt das, wir essen bei dir zu Hause?«

»Richtig.«

»Macht es dir etwas aus, wenn wir zuerst bei *Smart Shoppe* anhalten? Ich möchte ein paar Dinge besorgen.«

»Ich habe deine Kaffeesahne schon gekauft«, sage ich.

Ihr Kinn fällt herab, aber sie macht den Mund gleich wieder zu.

»Nun, ich brauche noch andere Dinge. Außerdem ist es ziemlich anmaßend von dir, anzunehmen, ich würde wieder über Nacht bleiben.«

»Das wirst du. Wir beide wissen das.« Ich schaue zu ihr hinüber. »Als ob du darauf verzichten würdest, wieder eine Nacht mit Steve zu kuscheln.«

»Gutes Argument.« Sie schaltet die Klimaanlage ein, und ich weiß, dass sie das macht, weil sie sich über unsere Pläne für das Abendessen aufregt – nun ja, meine Pläne fürs Abendessen. »Ich bin immer noch sauer, weil du nicht erlaubt hast, ihn mitzunehmen.«

»Du hast Glück, dass ich dich überhaupt in seine Nähe lasse, nachdem du letzte Woche zweimal versucht hast, ihn zu stehlen.«

Sie verschränkt die Arme unter der Brust, sodass ihre Brüste betont werden.

»Beim zweiten Mal wäre ich damit durchgekommen, wenn er nicht in meinen Seesack gepinkelt hätte.«

»Er hat gepinkelt, weil er gekidnappt wurde und Angst hatte.«

»Die Dramatik hat er von dir. Übrigens schuldest du mir auch eine neue Tasche.«

Ich lache. »Du hast versucht, meinen Hund zu stehlen, und ich schulde dir eine neue Tasche? Träum weiter.«

Wir halten bei *Smart Shoppe*. Die Veranstaltung heute Abend war in der Umgebung, also ist die Fahrt nicht lang im Vergleich zu der letzten Woche … oder der nächsten, von der

Denny noch nicht weiß, dass sie drei Stunden dauern wird. Dort sind wir auch die Letzten auf der Liste.

Sie wird es *lieben*. Ich sag's ihr später.

»Igitt, ich hätte mich umziehen sollen, bevor wir losgefahren sind. Ich sehe lächerlich aus«, grummelt sie, als wir über den Parkplatz gehen. »Oh Gott!«

Sie tritt in eine Pfütze und gerät beim Zurückstolpern fast in eine weitere.

Ich ergreife Dennys Hand und halte sie fest, bevor sie ihren anderen Schuh durchnässt. »Was?« Sie blickt auf unsere verschlungenen Hände und dann wieder zu mir hoch.

»Versuchst du, meine Hand zu halten?«

»Sei nicht so eklig, Den. Nein. Ich versuche, dich davor zu bewahren, in noch eine Pfütze zu treten.« Ich ziehe sie näher an mich heran. »Komm schon.«

Ich drehe mich von ihr weg und gehe in die Knie.

Sie steht einfach nur da.

Ich werfe einen Blick über die Schulter und rolle mit den Augen. »Jetzt steig schon auf, verdammt noch mal.«

»Was? Ich reite doch nicht auf dir in den Supermarkt.«

Ich richte mich zu meiner vollen Größe auf und drehe mich zu ihr um. »Du reitest mich vielleicht nicht jetzt, Denny, aber später *wirst* du mich reiten.«

Sie hebt die Hand, um mir eine Ohrfeige zu geben, aber ich ergreife sie in der Luft und nutze die Gelegenheit, Denny an mich heranzuziehen und mir über die Schulter zu werfen wie ein Feuerwehrmann.

»Verdammt, Shep! Lass mich runter!«

Ich beiße ihr in die Pobacke. »Sei still.«

»Oh mein Gott – hast du mir gerade in den Hintern gebissen?« Sie schlägt mich.

»Schlägst du mir gerade auf den Hintern?«

»Ja!« Sie tut es erneut. »Wieso ist er so hart?«

»Kniebeugen, Baby. Viele verdammte Kniebeugen.« Ich mache eine, genau in dem Moment, und halte sie dabei, als ob sie nichts wiegen würde, was sie auch nicht tut.

Das größte Ding an Denny ist ihre große Klappe.

»Oh, wow. Ich bin gerade so angeturnt«, sagt sie sarkastisch. »Was ist los mit dir? Lass mich runter!«

Ich tue es nicht.

Ich trage sie über den Parkplatz, lächle die wenigen Fremden an, die uns komisch ansehen, und ich lasse sie nicht los, bis wir den Bürgersteig erreichen.

Sie rutscht an meinem Körper herunter, erschöpft vom Schreien und Schlagen.

»Ich hasse dich.«

Ich beuge mich zu ihr herab, neige meinen Kopf, als würde ich sie küssen, und beobachte, wie sich ihr Atem beschleunigt.

Sie will den Kuss.

Ich will ihn auch.

Das Problem ist, wenn ich jetzt anfange, sie zu küssen, werde ich nicht mehr aufhören können.

»Zwei Dinge. Erstens: Du siehst nicht lächerlich aus. Du siehst verdammt umwerfend aus.«

Ihre Pupillen weiten sich, und sie schiebt die Zungenspitze heraus, um sich die Lippen zu befeuchten.

»Zweitens: Was habe ich dir über das Lügen gesagt,

Den?« Ich zwinge mich, ein Stück zurückzuweichen, bevor ich noch meinen Mund auf ihren presse. Dann gehe ich durch die automatischen Türen und rufe über die Schulter: »Kommst du?«

Sie murmelt etwas, von dem ich sicher bin, dass es wie »Schön wär's« klingt, und folgt mir in den Laden.

Wir sehen aus wie zwielichtige Typen, die in schicken Klamotten durch den Supermarkt laufen. Es ist noch früh am Abend, und es sind noch viele Kunden unterwegs. Wir ernten jede Menge Blicke.

Ich lasse Denny herumgehen, die sich ihre Arme mit allen möglichen Snacks und natürlich reichlich Mint-Schoko-Eiscreme belädt.

Als sie endlich verkündet, dass sie fertig ist, bezahle ich ihre Beute und lade alles in den Truck.

Wir einigen uns auf eine Pizza – Extraportion grüne Oliven für sie – und fahren zu mir nach Hause.

»Guten Abend, Sir! Nochmals hallo, Miss Andrews.«

Denny winkt dem alten Mann zu und sieht mich an, überrascht, dass Jim ihren Namen kennt.

»Ich habe ihm gesagt, dass du wahrscheinlich noch oft hier bei mir sein wirst.« Ich zucke mit den Schultern. »Hey, Jim. Wie geht's den Eltern?«

»Fantastisch, Sir. In Topform.«

»Das ist gut, zu hören. Wir sehen uns morgen. Gute Nacht.«

Jim wünscht uns eine gute Nacht, als sich die Fahrstuhltüren hinter uns schließen.

»Sind seine Eltern noch am Leben? Er ist so alt«, bemerkt Denny, sobald wir allein sind.

»Nicht seine Eltern, die von Steve. Er ist der, von dem ich Steve gekauft habe.«

»Das gibt's doch nicht!«

»Und ob.« Ich drücke den Knopf für meine Etage. »Er hat ihn mir zu einem erschwinglichen Preis abgegeben. Möpse sind offenbar verdammt teuer.«

»Ich weiß. Was denkst du, warum ich versucht habe, dich dazu zu bringen, mir einen zu kaufen?«, sagt sie augenzwinkernd, und da kommt der Fahrstuhl auch schon zum Stehen.

Wir steigen aus, und ich führe sie den Flur entlang.

»Steve!«

Denny fällt auf die Knie, sobald ich die Tür öffne, und breitet die Arme aus, als erwarte sie, dass mein Mops jeden Moment um die Ecke kommt.

Das wird er nicht. Ich habe ihn für den Abend in seinen Zwinger gesperrt, seit ich entdeckt habe, dass er beim letzten Mal in meine Schuhe gepinkelt hat.

Ich blicke auf Denny herab, als hätte sie den Verstand verloren.

»Du weißt schon, dass er in seiner Kiste ist, oder? Und dass du auf meinem Boden kniest, in einem Tausend-Dollar-Kleid?«

Sie schiebt die Unterlippe vor, und ich will verdammt sein, wenn ihr voller Mund nicht meinen Schwanz hüpfen lässt.

Ich will sehen, wie diese Lippen meinen Schwanz umschließen. *Unbedingt.*

Entschlossen greife ich nach Dennys Kinn und zwinge sie, mich anzusehen.

Ihre Atmung geht auf Overdrive, ihr Brustkorb hebt und senkt sich vor Ungeduld.

»Der einzige Grund, weshalb du in einem dieser Kleider auf die Knie gehen solltest, bin ich, Denver.«

Ich lasse sie dort sitzen, mit herabhängendem Kinn und dem Wunsch nach mehr.

Bald, Denny. Bald.

17. Kapitel

»Oh Gott«, stöhne ich laut. »Ich glaube nicht, dass ich jemals aufhören möchte.« Noch ein Stöhnen. »So gut war es noch nie.«

Sheps Kopf schnappt in meine Richtung. »Bist du fertig?«

»Fast.«

Ich zwinkere, schiebe mir den letzten Bissen meiner Pizza in den Mund, kaue und schlucke ihn schließlich hinunter.

Ich wische mir die Hände ab und lehne mich zufrieden auf Sheps üppig gepolsterter dunkelgrauer Couch zurück.

»O Mann.« Ich tätschele meinen vollen Magen. »Das war besser als Sex.«

»Ich glaube nicht, dass du die richtige Art von Sex hast.«

»Ich glaube, du schätzt diese Pizza nicht hoch genug ein.«

Er schüttelt den Kopf, schnappt sich ein weiteres Stück und tunkt es in Barbecuesoße.

Ich kräusle meine Lippen bei dieser Aktion. »Ich kann nicht glauben, dass du das isst. Es ist ekelhaft.«

»Hast du es schon mal probiert?«

»Nein, aber es klingt eklig.«

Er schiebt mir ein Stückchen in den Mund. »Probier mal.«

»Wenn ich es probiere und nicht mag, schuldest du mir zehn Dollar.«

»Und wenn du es probierst und es magst, schulde ich dir einen Orgasmus.«

Ich beuge mich vor und hebe eine Hand. »Warte – du sagst mir praktisch, dass ich gewinne, egal, wie es ausgeht?« Ich nehme einen kleinen Bissen, dann noch einen. Ehe ich mich versehe, habe ich ein weiteres Stück Pizza vertilgt und die Hälfte von Sheps Soße auch.

Huch?

Er setzt sich, ein selbstgefälliges Grinsen umspielt seine sinnlichen Lippen. »Hab's ja gesagt.«

Ich verdrehe die Augen und erhebe mich von der Couch. »Wie auch immer. Ich ziehe mir jetzt den Pyjama an.«

»Ich bin überrascht, dass du das nicht sofort getan hast, als du durch die Tür kamst.«

»Und kalte Pizza essen? Nein danke.«

Ich drücke mich an Shep vorbei, hebe meine überfüllte Reisetasche vom Boden auf und gehe zurück in sein Schlafzimmer.

Bei Shep zu übernachten gefällt mir immer besser … und nicht nur wegen seines ultrabequemen Bettes.

Ich mag es hier. Es ist ruhig – viel ruhiger als mein Apartmentgebäude – und gemütlich. Obwohl die Wohnung hauptsächlich aus Grautönen besteht, ist sie dennoch einladend, angenehm schlicht und modern.

Außerdem ist da Steve, an den ich mich vielleicht ein bisschen zu sehr gewöhnt habe.

Ich stoße die Schlafzimmertür auf und bleibe wie angewurzelt stehen.

»Shep!«

»Was?«, brüllt er zurück.

»Beweg deinen Hintern hierher.«

»Nope. Ich hab's hier gemütlich.«

»Cap! Beweg deinen Hintern!«

Ich höre ihn laut seufzen und murmeln, als er den Flur entlangschlurft.

»Was?«, sagt er, als er neben mir steht.

Ich zeige auf das Bett. »Was zum Teufel ist das?«

Lachend sagt er: »Das, Denny, ist ein Mops in einem Koffer.«

»Wessen Koffer ist das? Deiner?«

»Nein. Das ist wohl deiner.« Er geht weiter in den Raum, holt Steve aus dem offenen Rechteck und setzt ihn auf den Boden. Der Welpe sieht nicht sehr glücklich darüber aus, dass er von seinem Platz auf dem Bouquet im Koffer versetzt wurde. »Er hat auf deinen Blumen geschlafen.«

»Du hast wieder Blumen für mich?«

»Habe ich.«

Ich gehe zum Bett, halte den zerdrückten Strauß an meine Nase und rieche daran. Ich erkenne weder die Blüten noch ihren Duft. »Was für welche sind das?«

»Amaryllis.«

Da ich mich daran erinnere, dass die Blumen, die er letzte Woche für mich besorgt hat, eine Bedeutung hatten, frage ich: »Und sie bedeuten was?«

»Schönheit.«

Das einzelne Wort bleibt in der Luft hängen, und ein warmes Gefühl sickert in mein Herz. Es ist dieselbe Wärme, die sich schon die ganze Zeit ihren Weg in mein Inneres bahnt, seit Shep zurück in mein Leben gekommen ist. Langsam, mit jedem Tag, den wir zusammen verbringen, breitet sie sich immer weiter aus.

Seltsam, ich stelle fest, dass mir das gefällt.

Ich streiche mit den Fingerspitzen über den Koffer. »Du hast mir den besorgt?«

»Nun ja, in deine Reisetasche hat ja mein Hund gepinkelt.«

»Aber ich dachte, das hätte ich verdient, weil ich versucht habe, ihn zu entführen?«

»Das hast du auch, aber ich fühlte mich trotzdem schuldig. Außerdem hat die Tasche erbärmlich ausgesehen. Ich konnte nicht zulassen, dass du noch eines dieser teuren Kleider hineinknüllst. Es tat weh, das mit anzusehen.«

»Die haben ja kaum hineingepasst ...«, murmle ich und ziehe den Koffer näher heran.

»Shep, das ist wirklich nett.«

»Es ist ein Hartschalenkoffer, einer mit diesen idiotensicheren Rädern.«

»So einen wollte ich schon immer haben.«

»Ja? Gut. Du wirst ihn nächstes Wochenende sowieso brauchen.«

»Nächstes Wochenende?«, frage ich misstrauisch. »Was ist nächstes Wochenende?«

»Eine weitere Wohltätigkeitsveranstaltung.«

»Warum sollte ich dafür einen Koffer brauchen?«

Shep schiebt die Hände in die Taschen, und ich nehme mir einen Moment Zeit, um zu bewundern, wie heiß er in den schwarzen Hosen und dem aufgeknöpften Hemd aussieht, die Ärmel hochgekrempelt, sodass seine muskulösen Unterarme zu sehen sind.

Ich habe noch nie gedacht, dass Unterarme sexy sind, aber verflixt, die von Shep sind wirklich attraktiv.

» ... auf dem Dienstplan.«

Ich kehre in die Realität zurück, als er seinen Satz beendet. »Was?«

»Hör auf, mich anzustarren, und konzentriere dich.«

Ich stemme die Hände in die Hüften und starre zu ihm hoch. »Hör auf, mir zu sagen, was ich tun soll, und wiederhole einfach, was du gesagt hast.«

Er verdreht die Augen und lächelt. »Ich sagte, die Veranstaltung, zu der wir nächstes Wochenende fahren, ist drei Stunden entfernt, und laut Plan werden wir uns als Letztes verabschieden. Ich habe bereits ein Zimmer gebucht.«

»Du meinst zwei Zimmer, richtig?«

»Nope. Ein Zimmer.« Er beugt sich zu mir vor, und ich hasse es, wie mein Herz in seiner Nähe zu klopfen beginnt.

Was ist heute Abend mit mir los? Jede Kleinigkeit, die er sagt, ärgert mich.

Ich meine, um fair zu sein, er ist sehr ... direkt. Es ist nicht so, dass ich mit Direktheit ein Problem hätte, aber es gibt keinen Grund, warum ich meine Schenkel zusammenpressen sollte, in der Erwartung, dass er »Pussy« sagt. Ich dachte, ich sterbe, wenn es jetzt nicht passiert, als ich vor ihm kniete und er mein Kinn packte.

Und jetzt reagiere ich übertrieben, weil er sich nah zu mir vorbeugt?

Ich bin erbärmlich.

Und wirklich, wirklich überfällig für den Orgasmus, den er mir versprochen hat.

Ja, es ist wohl nichts weiter als – sexuelle Frustration. Es hat nichts mit Shep selbst zu tun. Unmöglich.

Rede dir das nur weiter ein, Denny.

»Zwei Betten, Shep«, verlange ich, obwohl ich das nicht will. Ich will die Nacht im selben Bett wie er verbringen, und wie ich das will.

Moment … will ich das?

Oh, verdammt. Ich will es *wirklich.*

Ich bin nicht Sheps größter Fan, aber ich will verdammt sein, wenn mein Körper nicht der Meinung ist, dass er das heißeste Stück auf diesem Planeten ist, egal wie sehr mir mein Verstand sagt, dass ich die Finger von ihm lassen und es zwischen uns nicht kompliziert machen sollte.

»Eins.«

»Zwei.«

»Eins.«

Er macht noch einen Schritt auf mich zu, seine Lippen sind nur noch Zentimeter von meinen entfernt. Meine dummen Beine zittern, warten darauf, dass sein Mund auf meinem landet.

»Und ich werde mit dir kuscheln.«

Abrupt weicht er zurück, macht auf dem Absatz kehrt und lässt mich allein mit meinem Verlangen nach mehr ... zum x-ten Mal heute Abend.

Wie soll ich das nur überleben?

• • •

»Du sabberst.«

»Tu ich nicht.«

»Doch, tust du.«

»Ich schlafe nicht mal, du Arsch.« Ich reiße die Augen auf und starre auf den Fernseher, ohne darauf zu achten, was auf dem Bildschirm passiert.

Shep hat darauf bestanden, dass wir *Bob's Burgers* gucken, und da ich heimlich in Bob Belcher verknallt bin, habe ich nicht widersprochen. »Bist du sicher?«

»Falls ich schlafe, ist das der schlimmste Traum, den ich je hatte.«

Ich will meine Füße von Sheps Schoß ziehen, aber er drückt mit der Hand auf meine Wade und hält mich fest.

»Wo gehst du hin?«

»Zur Toilette. Willst du mir den Hintern abwischen?«

»Das wäre das seltsamste Vorspiel, von dem ich je gehört habe. Nein danke.«

»Dann lass mich aufstehen.«

»Das werde ich, aber ...«

Ich stöhne. »Was willst du, Shep?«

»Erinnerst du dich an das Eis, für das ich einen *Riesen*umweg machen musste?«

»Du meinst, du musstest weiter fahren als bis zu dem Laden, an dem du normalerweise auf dem Weg zu deinem Apartment vorbeikommst? Klar, ich erinnere mich.«

»Holst du es?«

»Das kann ich machen.«

Wieder ziehe ich die Füße zurück, und dieses Mal lässt er mich los.

»Aber ich kriege das Mint-Chocolate-Chip-Eis!«

Ich stehe auf und renne zur Küche.

Ich komme nicht weit.

Dank seiner verdammten Baseballspieler-Reflexe hat Shep mich innerhalb von Sekunden eingeholt, schlingt die Arme um meine Taille und drückt mich an sich.

»Netter Versuch, Scheißer.«

»Lass mich los.«

»Ich soll mein Lieblingseis meiner Erzfeindin überlassen? Auf keinen Fall.«

»Erzfeindin?«, schmolle ich. »Ich dachte, wir sind jetzt Freunde.«

Angesichts meiner vorgespielten Betrübtheit lockert er seinen Griff, und ich versuche, mich zu befreien.

Es ist sinnlos. Er ist zu stark und nicht dumm genug, um auf meine Tricks hereinzufallen.

Er dreht sich um, und da fühle ich es.

»Tut mir leid, Shep, aber ist das dein Schwanz, der mir gerade in den Hintern piekst?«

»Ja«, grunzt er, als ich mich an ihn drücke. »Hör auf damit, oder ich …«

»Oder du … tust was? Mich wieder küssen?«

Ohne Vorwarnung dreht er mich herum und presst seine Lippen auf meine. Seine Zunge taucht in meinen Mund und windet sich um meine. Shep küsst mich, wie er mich noch nie geküsst hat.

Ich lasse mich gegen ihn sinken, und er nutzt die Gelegenheit, mich hochzuheben. Ich schlinge die Beine um seine Taille und spüre seinen Schwanz an genau den richtigen Stellen, als er mich zu seiner Kücheninsel trägt.

Er setzt mich auf dem Tresen ab, seine Lippen gleiten über mein Kinn und über meinen Hals. Er saugt und küsst und beißt, und ich bin mir sicher, dass man morgen die Knutschflecken auf meiner Haut sehen wird.

Es ist mir egal. Dafür fühlt es sich einfach zu gut an.

Alles mit Shep fühlt sich einfach zu gut an.

Seine Hände auf meinem Körper. Seine Lippen auf meinen. Einfach nur seine Nähe.

Es ist zu gut.

Ich kann nicht anders, als mich ihm hinzugeben, auch wenn ich weiß, dass ich das nicht sollte.

Deshalb stoße ich ihn nicht weg, als seine Hände an meinen Schenkeln aufwärtswandern und unter sein Hemd gleiten, das ich mir angezogen habe. Deshalb laufe ich nicht weg, als seine Finger die Unterseiten meiner Brüste berühren. Falls er überrascht ist, dass ich keinen BH trage, ist es ihm nicht anzusehen.

Es fühlt sich gut an.

Wieder zu gut.

Aber das ist mir mittlerweile egal. Ich brauche es.

Außerdem ist es ja nur körperlich … richtig?

»Gott, ich liebe es, wenn du meine Klamotten anhast«, sagt er, und es klingt wie ein Knurren.

Ich habe letzte Woche gemerkt, dass er den Anblick von mir in seinem T-Shirt genoss, weshalb ich absichtlich keinen Pyjama für meine Übernachtung eingepackt habe.

»Hast du eine Ahnung, wie sexy du bist, Denny? Wie sehr ich in den letzten fünf Jahren jeden Tag kämpfen musste, um dich nicht anzufassen? Um dich nicht in die nächste Nische zu zerren und dich einfach zu nehmen? Und heute Abend … dich in diesem Kleid zu sehen … O Mann, das hat mich fertiggemacht.«

Er schließt die Lippen um meine Brustwarze, saugt durch das Shirt an der harten Knospe, und ich falle bei der Berührung fast vom Tresen.

»Verdammt«, murmle ich. »Hör auf, zu reden.«

»Nein. Du musst das wissen. Du musst wissen, was für eine Wirkung du auf mich hast.«

Ich schiebe ihn weg und ziehe seinen Kopf zu mir hoch. »Nein, Shep, ich muss das wirklich nicht wissen. Ich will es nicht wissen, denn wenn ich es weiß, wird mir nur zu sehr bewusst, was für eine schlechte Idee das ist. Ich sollte das nicht tun – wir sollten das nicht tun. Ich sollte in deiner Nähe auf der Hut sein, weil du mir wahnsinnig wehgetan hast. Und doch bin ich hier, sitze auf deinem Tresen und will es so sehr, mehr als meinen nächsten Atemzug. Also, nein, ich will das nicht hören. Ich will mich einfach nur gut fühlen.«

Er guckt, als würde er mit mir streiten wollen, mich überzeugen wollen, dass ich falschliege. Aber das ist das Problem ... wir beide wissen, dass ich nicht falschliege.

Ein schrecklicher Gedanke.

Und wir werden es dennoch tun.

Als hätte er einen Schalter umgelegt, setzt Shep sein typisches Grinsen auf und sagt: »Dabei kann ich dir helfen.«

Seine Lippen schließen sich um meine Brustwarze, und er beißt zu – fest. Ich biege mich ihm entgegen, will mehr, brauche mehr. Er erfüllt meine stille Forderung und saugt an mir, bis ich es nicht mehr aushalten kann.

»Shep.«

Mehr braucht es nicht. Er zieht an meiner Hose. Seine Shorts, die ich anhabe, rutschen ganz leicht von meinen Beinen. Jetzt sitze ich nur noch mit T-Shirt und Slip bekleidet auf dem Küchentresen.

Seine großen Hände spreizen sich auf meinen Schenkeln und bringen meine Gedanken zum Tanzen, ich ertrage es kaum, mir vorzustellen, dass er den Kopf dazwischenschiebt.

Sein Blick trifft meinen.

Ausgehungert.

Er will es genauso sehr wie ich.

Er spricht die Frage nicht laut aus, aber ich sehe sie in seinen Augen und spreize die Schenkel als Antwort.

Mit einem zustimmenden Grollen zerrt er mich an die

Kante, und ich sinke rückwärts, bis ich die kühle Arbeitsplatte am Rücken spüre.

Meine Beine zittern, als Shep sie noch weiter auseinanderschiebt, und ich spüre seine Augen auf mir, auf meinen hellrosa Spitzenshorts.

»Das hattest du also die ganze Nacht unter dem Kleid an?«

»J-ja.«

»Verdammt, Den.«

»Du solltest mal die Rückseite sehen.«

Mühelos dreht er mich um, sodass ich mit dem Gesicht nach unten liege, und zieht mich zu sich heran, bis mein Po in der Luft ist.

»Hashtag-ungefiltert, was?«

Er lüpft den Rand meines Slips gerade weit genug, um die Bissspuren zu sehen, die er dort vorhin hinterlassen hat, und küsst die Stelle. Bei dieser Geste geht mein Herz auf Overdrive. Shep dreht mich wieder um und schiebt mich zurück an die Kante des Tresens.

Vielleicht ist es die Vorfreude, die mich so verrückt macht. Shep blickt auf mich herab, die Finger am Rand meines Höschens. Langsam zieht er den Stoff zur Seite und entblößt mich zum ersten Mal vor seinen Augen.

»Gib mir deine Hand«, fordert er, ohne den Blick von mir zu lösen.

Ich lege meine Hand in seine, stelle nichts infrage.

Er tauscht meine Hand gegen seine aus, sodass ich jetzt mein Höschen zur Seite halte. Dann blickt er mich mit einem Raubtiergrinsen an.

»Halte das für mich.«

Und dann verschwindet sein Kopf zwischen meinen Schenkeln.

»F-fick mich«, stammele ich, als ich seine Zunge spüre.

»Später«, neckt er und spreizt mich mit den Fingern noch mehr auf.

»Verdammt, Den. Ich wusste, dass es gut sein würde, aber ich hätte nicht gedacht, dass es so gut sein würde.«

Wieder spüre ich seinen Mund, und ich bin ja so verdammt wütend auf mich, denn das ist es, was ich in den letzten fünf Jahren verpasst habe.

Seine Zunge tastet nach meiner Klitoris und wirbelt darauf herum, mit genau dem richtigen Maß an Druck. Shep benutzt seine breiten Schultern, um meine Beine auseinanderzudrücken, spreizt mich so weit, dass mir der Slip schmerzhaft in den Oberschenkel schneidet, aber das ist mir egal.

Er dringt mit der Zunge in mich ein, dann wendet er sich wieder meiner Klitoris zu, saugt und zieht sie in den Mund, während er gleichzeitig mit zwei Fingern in mich eindringt.

Zunge, Finger, Zunge, Finger.

Ich halte es nicht mehr aus.

Ich lasse mein Höschen los und stemme mich hoch, vermisse bei der Bewegung jedoch sofort Sheps Zunge.

»Mach es mir mit den Fingern, Shep, aber richtig.«

Ich presse meinen Mund auf seinen und genieße den Geschmack von mir selbst auf seinen Lippen. Er beschleunigt das Tempo, fickt mich mit den Fingern und umkreist gleichzeitig mit dem Daumen meine Klitoris.

Es reicht fast aus, um mich über den Rand zu schicken, aber nicht ganz. Ich brauche mehr. Ich brauche es härter.

»Mehr.«

»Meine Hand verkrampft sich, verdammt.«

»Benutz deine Baseball-Muskeln und bring es zu Ende, Shep.« Ich drücke ihm einen schnellen Kuss auf die Lippen. »Wenn du kannst.«

Mit einem Knurren zieht er die Finger zurück und drückt mich wieder nach unten. Ich knalle gegen den Tresen und finde sogar den Schmerz in meinen Schulterblättern gut. Shep spreizt mich weiter, als ich es mir hätte vorstellen können, und gibt mir ein letztes Mal seinen Mund zu spüren ... *durch* den Stoff hindurch.

Ich explodiere unter ihm, reite auf seinem Gesicht, während der Orgasmus durch meinen Körper rauscht.

»Ah, wow«, stoße ich hervor. Als sich meine Atmung langsam wieder normalisiert, stütze ich mich auf die Ellbogen und schaue zu Shep hinab.

»Gern geschehen.«

Ich stöhne und schlage nach ihm. Er ergreift meine Hand und zieht mich hoch, bis ich aufrecht sitze.

»Hi«, sagt er.

»Hey.«

Er grinst selbstzufrieden. »Hast du nicht auf der Gala gemeint, ich würde es verstehen, meinen Mund einzusetzen, oder so ähnlich?«

18. Kapitel

Fünf Jahre zuvor, Februar

SHEPARD: Ich will das nur mal loswerden, weil ich das Gefühl habe, dass es superwichtig ist, dich daran zu erinnern.

DENVER: Okay …

SHEPARD: Valentinstag ist ein kommerzieller Feiertag, und ich werde NICHT mitmachen.

SHEPARD: Keine Karten. Keine Pralinen. Und definitiv keine Blumen.

DENVER: Willst du damit sagen, du wirst mir NIE Blumen kaufen?

SHEPARD: Nicht nie, aber wenn ich es tue, werden sie etwas bedeuten. Sie werden keine »Feiertags«-Verpflichtung sein.

DENVER: Zur Kenntnis genommen.

SHEPARD: Das heißt also, wenn morgen der Geschlechtsverkehrstag übers Land zieht, sei nicht sauer, wenn ich dir nichts schicke.

DENVER: Warte eine Sekunde, warum solltest du mir etwas schicken?

DENVER: OH MEIN GOTT! Sind wir in einer Beziehung, und ich wusste es nicht?!

SHEPARD: Nein.

SHEPARD: Aber wir planen, so etwas wie eine Beziehung anzufangen.

DENVER: Ich habe das Gefühl, das ist das Gleiche.

DENVER: Es kommt dem ... nahe – irgendwie.

SHEPARD: Ich bin mit niemand anderem zusammen.

SHEPARD: Also mit niemand anderem als Penny.

SHEPARD: Aber da ich immer noch keine Vagina habe, klappt es mit ihr einfach nicht.

SHEPARD: Da wir gerade beim Thema sind, stört es dich, dass Penny und ich »zusammen sind«?

DENVER: Um zu 9 Prozent ehrlich mit dir zu sein, würde ich sagen, dass es ein wenig seltsam ist, denn ich weiß nicht wirklich, wie sehr ihr beide auf dieses Fake-Dating steht, aber ich verstehe es auch.

SHEPARD: Wir küssen uns nicht.

DENVER: Ja, das haben wir geklärt.

SHEPARD: Manchmal halten wir Händchen, aber das ist in keiner Weise ... sexuell.

DENVER: Händchenhalten geht auch sexuell?

SHEPARD: Definitiv.

SHEPARD: Ich zeige es dir eines Tages.

DENVER: Okay, aber nur, weil ich neugierig bin.

SHEPARD: Und weil du mich magst.

DENVER: Manchmal.

SHEPARD: Hör auf, es zurücknehmen zu wollen.

SHEPARD: Wie auch immer, weiter geht die Sache nicht. Penny kommt nur einmal in der Woche zum Abendessen vorbei, und ich begleite sie zu den Schulbällen. Wir sind eher wie Bruder und Schwester als irgendetwas anderes.

DENVER: Du und Zach haltet also auch Händchen?

SHEPARD: Die ganze Zeit. Besonders wenn wir uns etwas mit Kaninchen angucken.

DENVER: Wie bitte?

SHEPARD: Er hat Angst vor ihnen. Frag nicht.

DENVER: Bitte sag, dass ich ihn eines Tages kennenlernen kann.

SHEPARD: Werden wir sehen.

DENVER: Darf ich sagen, dass ich es irgendwie cool von dir finde, dass du dich so beschützend um Penny kümmerst und sogar deinen Single-Status für sie aufgibst?

SHEPARD: Was soll ich sagen? Ich bin ein Gentleman.

DENVER: Oh, Shep. Ich weiß nicht, ob ich in Verbindung mit dir dieses Wort benutzen würde. Dumpfbacke vielleicht, aber nicht Gentleman.

SHEPARD: Du sagst manchmal die süßesten Dinge zu mir.

SHEPARD: Was Penny angeht, hat sie mir an Weihnachten erzählt, dass sie plant, mich zu verlassen, bevor die Schule vorbei ist. Ich übe schon seit Wochen das Tränenvergießen.

DENVER: Es tut mir leid, das zu hören.

SHEPARD: Also ... äh ... triffst du dich mit jemand anderem?

DENVER: Nein, mache ich nicht. Ich täusche nicht einmal vor, jemanden zu daten.

DENVER: Obwohl ich gerade jemanden abgewiesen habe, der morgen mit mir tanzen gehen wollte.

SHEPARD: Ich möchte mich schlecht fühlen, dass du nicht hingehst und keinen Spaß hast, aber ich bin auch wirklich verdammt froh darüber, dass du ihm eine Abfuhr erteilt hast. Ich glaube, ich könnte nicht damit umgehen, dass jemand dich die ganze Nacht antanzt.

DENVER: Er bohrt noch in der Nase. Ich habe es nicht für dich getan, Shep. Sondern für mich. Hör auf, so eingebildet zu sein.

DENVER: (Okay, das war gelogen, ich habe es wegen dir getan.)

SHEPARD: Du willst mir also sagen, du stehst auf Nasenbohrer? Das könnte unseren Deal zunichtemachen.

DENVER: Bis hierhin war es nett. Goodbye.

DENVER: Nur eines noch ...

SHEPARD: Schieß los.

DENVER: Du sagtest, keine Karten, Pralinen oder Blumen ...

SHEPARD: Auch keine Möpse.

DENVER: *weint*

DENVER: Warum quälst du mich?

SHEPARD: Gott, Bucky, das Für-immer mit dir wird ja so lustig werden.

• • •

DENVER: ANHANG HERUNTERLADEN

DENVER: DU BIST EIN LÜGNER!

SHEPARD: Bin ich nicht.

DENVER: Auch du glaubst an den Valentinstag!

SHEPARD: Ich habe keine Ahnung, wovon du redest.

DENVER: Du sagtest, du würdest nichts schicken, aber das hast du doch. Du bist ein heimlicher Romantiker.

SHEPARD: Ich sagte, ich schicke keine Karte, Schokolade oder Blumen.

SHEPARD: Oder keinen Mops.

DENVER: Aber du hast mir mopsförmige Kekse geschickt?

DENVER: Du liiiiiiebst mich.

SHEPARD: Ich ertrage dich. An einem guten Tag.

DENVER: Jaja. Du willst mich küssen.

DENVER: Argh. Warum habe ich das gesagt? Jetzt will ich dich küssen.

SHEPARD: WAS HAST DU VOR? HÖR AUF!

SHEPARD: Mist. Jetzt kann ich nicht aufhören, daran zu denken, dich zu küssen.

DENVER: ES TUT MIR LEID!

DENVER: Irgendwie.

DENVER: Du hast jetzt total einen Ständer, oder?

SHEPARD: Pff. Nein.

DENVER: Weißt du, ich habe gehört, dass ein Schwanz bei jeder Lüge, die man erzählt, um einen Zentimeter schrumpft.

SHEPARD: Ich habe keinen Ständer.

DENVER: Das ist eine ganz natürliche Reaktion, Shep. Frauen bekommen auch einen Ständer – in den Brustwarzen.

SHEPARD: Hör auf, zu reden, Denver.

DENVER: Oooh, du nennst mich beim vollen Namen? Du denkst total an meine Nippel, nicht wahr?

DENVER: Ich wette, dein Ständer ist richtig schmerzhaft gerade.

SHEPARD: Hör auf, Ständer zu sagen!

SHEPARD: Du bist zu anstrengend für mich, um jetzt einen zu haben.

DENVER: Du wirst später einen haben. Da bin ich mir sicher.

DENVER: Shep?

SHEPARD: Was?

DENVER: Ständer.

SHEPARD: VERDAMMT, DENVER!

19. Kapitel

»Willst du Speck, Eier und Toast oder Waffeln?«

»Biscuits und Gravy.«

»Das war keine Option.«

»Hätte es aber sein sollen.« Denny nippt an ihrem Kaffee – verfeinert mit ihrer eigenen Kaffeesahne – und blickt mich von der anderen Seite der Kücheninsel an.

Erinnerungen daran, wie sie gestöhnt hat, als sie es sich von mir mit Fingern und Zunge machen ließ, schießen mir durch den Kopf und lassen meinen Schwanz aufhorchen.

Nachdem sie von ihrem ersten Höhepunkt herunterkam, brachte ich sie zu einem weiteren. Als sie versuchte, auf die Knie zu gehen, um mir den Gefallen zu erwidern, ließ ich es nicht zu, brachte sie stattdessen ins Bett und nahm die verdammte kälteste Dusche meines Lebens.

Ich hätte mir mehr als alles andere letzte Nacht gewünscht, meinen Schwanz in ihr zu versenken, aber ich ließ es nicht dazu kommen, weil ich die Vorfreude auf unseren Ausflug nächstes Wochenende auskosten möchte.

Außerdem ist es erst drei Wochen her, dass Denny mich gehasst hat. Ich will sicherstellen, dass es kein Hassfick wird, wenn wir es endlich tun. Ich will, dass es passiert, weil sie zugibt, dass sie mich auch will.

Ich will, dass sie zugibt, dass sie mich nie gehasst hat.

»Wer hat nicht die Zutaten für Biscuits and Gravy vorrätig?«

»Normale Menschen.«

»Weißt du, ich habe eine Freundin, die immer Rapmusik hört, während sie und ihr Freund Frühstück machen. Sie nennen es *Breakfast and Beats*, und es ist total süß.«

»Klingt kitschig.« Ich kippe den Rest meines schwarzen Kaffees runter und stelle die schmutzige Tasse in die Spüle. »Das werden wir nicht machen.«

»Wir können uns Sinatra oder Michael Bubble anhören.«

»Bublé, aber ich sage immer noch nein.«

»Spaßbremse.«

»Findest du?« Sie nickt. »Also, ich wollte vorschlagen, dass wir unser Frühstück liefern lassen und den ganzen Morgen hierbleiben. Du kannst Biscuits and Gravy schlemmen, während ich das Gleiche mit deiner Pussy mache.«

Ihre Lippen öffnen sich zu einem kleinen Keuchen, und sie schlägt fest die Beine übereinander.

»Aber da ich ja eine Spaßbremse bin …«, ich hebe eine Schulter, » … schätze ich, wir gehen auswärts frühstücken. Ein Jammer. Leider kann ich das, was ich mit dir tun möchte, nicht in der Öffentlichkeit machen. Da müssen wir warten.«

Es liegt ihr auf der Zunge, mich um … na ja, um meine Zunge anzubetteln.

Aber Denny ist eben Denny, und sie tut es nicht.

Stattdessen nimmt sie die Schultern zurück, nippt an ihrem Kaffee und sagt: »Du zahlst.«

Ich schüttle den Kopf und unterdrücke ein Lachen, während ich in den Flur gehe, um mich fertig anzuziehen, und Denny allein lasse, damit sie ihre Entscheidung bereuen kann.

Ich mache mir nicht die Mühe, die Tür zu schließen, als ich mein Schlafzimmer betrete, wo ich mich bis auf meine Unterwäsche ausziehe und in meinen Schubladen nach Kleidungsstücken suche.

»Weißt du, wir könnten ja auch – was zum Teufel hast du da an?«

Ich wirble herum und versuche, mich zu bedecken, aber es ist sinnlos.

Denny stürmt herein und reißt meine Hände weg.

»Hast du etwa Mopsunterwäsche an?«

»N-nein!«

»Liegt er auf einem Pizza-Schwimmkissen?«

»Tut er nicht!«

Sie lacht, breitet meine Arme aus und mustert mich.

»Doch, tut er.« Sie schaut zu mir hoch, und ihre Augen funkeln. »Du hast ein ganz neues Level von verkorkst erreicht, Shepard.«

»Das ist Doug the Pug!«, sage ich zu meiner Verteidigung.

Steve stößt die Tür auf und geht zu Denny hinüber, als sei sie sein Frauchen. Sie nimmt ihn auf den Arm und schmiegt ihn an ihre Brust.

»Komm, Steve, das musst du nicht sehen.« Sie stupst

ihre Nase an seine und sagt leise: »Dein Dad ist ein Freak, aber er ist unser Freak.«

Unser.

Und das ist das erste Mal, dass ich vor meinem Hund einen Ständer kriege.

•••

»Mmm …«

»Warum klingst du beim Essen immer so, als hättest du einen Orgasmus?«

»Das weißt du genau, oder?« Sie schiebt ein weiteres Stück in Soße getunkten Speck in den Mund.

Tja, stimmt, das weiß ich.

Sie kaut und schluckt. Dann lehnt sie sich auf ihrem Sitz zurück und sieht sehr satt aus. »Ich war ausgehungert. Danke für das Frühstück.«

»Gern geschehen. Ich bin nur froh, dass wir uns darauf einigen konnten, Steve zu Hause zu lassen.«

»Ich denke immer noch, dass es idiotisch ist, dass ich ihn zurücklassen musste. Er ist einsam!«

»Deshalb habe ich ihn im Wohnzimmer untergebracht, mit Blick auf den Fernseher mit seiner Lieblingssendung, wie gewünscht.« Ich strecke einen Finger aus. »Nein, wie gefordert.«

»Das ist nicht dasselbe wie Kuscheln«, wendet Denny ein. »Komm schon, wir gehen besser los, wenn wir es noch zum Hochzeitsausstatter schaffen wollen.« Sie seufzt. »Ich kann nicht glauben, dass ich zweimal hintereinander ein ganzes Wochenende mit dir verbringen muss.«

»Also, wenn deine beste Freundin nicht auf eine Blitz-Hochzeit im Oktober bestehen würde, müssten wir das nicht tun.«

»Ach du lieber Himmel!« Sie presst die Hände auf die Brust. »Ich habe gar nicht daran gedacht, sie zu fragen – ist Allie schwanger? Haben sie es deshalb so eilig?«

»Ich glaube, sie sind einfach verliebt.«

Langsam verziehen Dennys Lippen sich zu einem Lächeln, als ich das sage. »Oha. Willst du damit sagen, dass du jetzt an die Liebe glaubst?«

Ich zucke mit den Schultern. »Meine Ansichten haben sich vielleicht im Laufe der Jahre geändert.«

»Ja? Was hat deine Meinung geändert?«

Du.

Ich wünschte, ich hätte den Mut, es laut auszusprechen; ihr zu sagen, dass ich in dem Moment anfing, an die Liebe zu glauben, als ich mich vor sechs Jahren in sie verliebte.

Ich werde nie vergessen, wie ich in meinem Zimmer umhertigerte und innerlich ausflippte, als mir bewusst wurde, dass ich mich in sie verliebt hatte.

Zach war während der Semesterferien zu Hause. Er war damals mit seiner Freundin dort, und es nervte mich, ihr verliebtes Getue mitanzusehen, also schrieb ich übermäßig viele SMS an Denver, um mich abzulenken.

Er ertappte mich, als ich über eine ihrer dämlichen Nachrichten lächelte, und da er glaubte – wie alle anderen auch –, es wäre Penny, zog er mich auf, wie große Brüder es tun.

»Ah, wie ich sehe, schreibst du wieder deiner Freundin. Da ist aber jemand verliebt.« Er schmatzte mit den Lippen und machte ein unerträgliches Kussgeräusch.

»Ja, und?«, gab ich zurück, ohne nachzudenken.

Ich war geschockt über meine automatische Reaktion und rannte in mein Zimmer. Dort rief ich AJ an und bat ihn, zu erklären, wie sich Liebe anfühlt.

Es war das verdammt peinlichste Gespräch in all den Jahren unserer Freundschaft, aber als es vorbei war, hatte ich meine Antwort.

Ich war in Denver Andrews verliebt, ein Mädchen, das über zweitausend Meilen entfernt lebte, ein Mädchen, das ich noch nie getroffen hatte und nur per Chat kannte. Ich hatte nie ihre Stimme oder ihr Lachen gehört, aber ich wusste bereits, dass ich sie liebte.

Trotzdem hielt mich das nicht davon ab, alles zwischen uns total kaputt zu machen.

Das passiert, wenn sich Zweifel und Ängste in deinen Kopf einschleichen.

Man baut wirklich große Scheiße – Scheiße, die man nicht wiedergutmachen kann, Risse, die Jahre brauchen, um zu heilen.

Risse, die dich zerstören können und jemanden aus dir machen, den nicht einmal du selbst wiedererkennst.

Ich weiß es, denn genau das ist mir passiert.

Ich habe einen Fehler gemacht, und aus dem sind schneeballartig weitere Fehler entstanden. Ich konnte es nicht aufhalten. Es spielte keine Rolle, wen ich dabei verletzte, denn egal, was ich tat, niemand konnte mich so sehr hassen, wie ich mich selbst hasste.

Mir ist klar, wie beschissen diese Logik ist.

»Wie geht's mit dem Artikel voran?«, erkundige ich mich, um das Thema zu wechseln und Dennys Frage nicht beantworten zu müssen, denn ich will sie nicht belügen.

Sie nimmt einen Schluck von dem Orangensaft, auf dem sie bestanden hatte, zusätzlich zu noch mehr Kaffee plus Wasser. Erstaunlicherweise hat sie von allen drei das meiste getrunken. »Ganz gut.«

»Worüber genau schreibst du denn?«

»Über dich.«

»Richtig, aber was genau über mich? Meine Spielstatistik? Meine Karriere?«

»Eigentlich weniger über Baseball. Ich möchte, dass die Leute den Goldjungen kennenlernen, den sie so sehr verehren. Ich ...« Sie streicht mit den Fingern über den beschlagenen Rand ihres Glases, ohne meinen neugierigen Blick zu erwidern. »Ich möchte, dass sie den Shep kennenlernen, den ich mal kannte ... Falls er noch existiert«, fügt sie leise hinzu.

»Das tut er.«

Sie sagt eine lange Zeit nichts, ihre ganze Aufmerksamkeit gilt ihrem Glas.

Ich schaufle noch ein paar Bissen in mich hinein, unsicher, wohin ich dieses Gespräch lenken will.

Sie leert ihr Saftglas, als wäre heimlich Wodka hineingemixt, und knallt es fast auf den Tisch.

Endlich blickt sie auf. »Ich fange an, das zu glauben.«

Hoffnung glimmt in mir auf.

Hoffnung, nach der ich mich gesehnt habe.

Hoffnung, die ich im Hinblick auf Denny unbedingt brauche.

Hoffnung, die jäh zunichtegemacht wird, als ich aufblicke und Zach entdecke.

Er zieht seine Freundin hinter sich her und will direkt an meinem Tisch vorbeigehen.

Unsere Blicke treffen sich.

Seiner verhärtet sich, und ich versuche, ihm nicht auszuweichen.

Er dreht sich zu Delia um und flüstert ihr etwas zu. Sie blickt zu mir und nickt. Sie beschleunigen ihre Schritte, wollen vorbeigehen, ohne ein Wort zu sagen.

Ich nehme es ihnen nicht übel.

»Delia!«

Ihr Kopf fährt herum, zu Denny, gerade als sie sich an unserer Sitzecke vorbeidrängen.

»Oh mein Gott, ich habe dich ewig nicht gesehen!« Denny steht auf, verlässt unsere Nische und wirft die Arme um die Freundin meines Bruders.

»Komisch, dich hier zu treffen«, sagt Delia, und ihr Blick zuckt zu mir herüber, als sie Dennys Umarmung erwidert. Es dauert nur einen kurzen Moment, aber ich erkenne die Panik darin.

Unnötige Panik, möchte ich hinzufügen.

Ich fühle mich unbehaglich, werfe ein paar Zwanziger auf den Tisch und stehe ebenfalls auf. Mir entgeht nicht, wie mein Bruder einen schützenden Arm um Delias Taille legt und sie an sich zieht.

»Denver, das ist Zach. Ich weiß, du hast letztes Jahr alles über ihn gehört.«

Denny schüttelt meinem Bruder die Hand. »Schön, dich kennenzulernen, Zach. Ich freue mich darauf, eines Tages deine Harry-Potter-Unterwäsche zu sehen.«

»Oh, das hast du noch nicht?« Er tut so, als wolle er seine Gürtelschließe öffnen, und Delia gibt ihm einen Klaps auf die Hand.

»Lass das.« Sie lacht. »Ich zeige ihr später Fotos. Zach hat Harry-Potter-Boudoir-Fotos für mich gemacht. Wir müssen uns mal treffen, damit ich dir die Ware zeigen kann.«

Ich räuspere mich und versuche, nicht zu lachen, denn das wäre *typisch* für meinen Bruder.

Denny meldet sich zu Wort. »Oh, wo sind meine Manieren? Kennt ihr Shep Clark?«

Keiner bewegt sich oder sagt etwas.

»Habt ihr mich gehört, Leute? *Der* Shep Clark.« Sie rollt ironisch mit den Augen. »Er ist hier so etwas wie eine Legende.«

Hitze steigt mir in die Wangen, ich scharre mit den Füßen und räuspere mich. »Äh, Bucky?«

»Ja, Cap?«

»Das ist Zach.«

Sie zieht die Nase kraus. »Schon klar. Delia hat ihn mir gerade vorgestellt.«

»Nein, Den, das ist Zach.«

Ich sehe, wie sich die Rädchen in ihrem Kopf drehen und ihr schließlich alles klar wird.

Nur AJ wusste von Denny und mir. Als sie hierherzog, um aufs College zu gehen, und ich alles kaputt machte, war alles vorbei. Wir lebten jeder unser Leben weiter, als gäbe es den anderen nicht. Wir taten alles, um sicherzustellen, dass wir keinen Kontakt miteinander hatten, abgesehen von der Campuszeitung. Sie verkehrte nicht in denselben Kreisen wie ich, und es war nicht allgemein bekannt, dass Zach und ich verwandt sind, also sind sie sich nie begegnet.

Bis jetzt.

»Was du nicht sagst!«, erwidert sie ziemlich laut und zieht damit ein paar neugierige Blicke von anderen Gästen auf sich. »Soll das ein Scherz sein?«

»Absolut nicht. Denver, das ist mein Bruder. Zach, das ist Denver Andrews.«

»Andrews?« Seine Brauen schießen nach oben bis zu seinem Haaransatz. Er sieht Delia an, und sie nickt. »Hm.« Er legt den Kopf schief und blinzelt Denver an. »Ich schätze, man sieht es.«

»Was verstehe ich hier nicht?«, frage ich.

»Denvers Zwillingsschwester Monty ist mit Robbie zusammen«, erklärt Zach.

»Delia und Denver kennen sich vom College. Sie hatten ein paar gemeinsame Seminare.«

»Und weil ich mich niemals wie das fünfte Rad am Wagen fühlen will, lehne ich immer ihre Angebote ab, gemeinsam abzuhängen«, ergänzt Denny.

Oh, verdammt. Die Sache wurde soeben noch viel komplizierter.

»Woher kennt ihr beiden euch?«, fragt Delia, und ihrer Stimme ist deutlich anzuhören, wie besorgt sie ist.

Ich weiß nicht, wie viel Denny über unsere Vergangenheit preisgeben will, also wähle ich die sicherste Antwort, die mir einfällt. »Wir kennen uns schon lange.«

»Tatsächlich?« fragt Zach, und ich weiß, was er wirklich sagen will: *Wie viele Stunden bedeuten wohl »schon lange«, Shep?*

»Wir, äh, wir kennen uns jetzt seit ungefähr sechs Jahren«, sagt Denny leise.

Zach, das Superhirn, rechnet in Sekundenschnelle nach, und sein Blick zeigt, wie überrascht er ist.

»Dein letztes Jahr an der Highschool.«

»Richtig«, erwidere ich.

»Bist du von hier, Denver?«

»Du weißt, dass sie es nicht ist«, sagt Delia. »Sie und Monty sind aus Montana.«

»Es ... erstaunt mich, dass sie sich schon so lange kennen«, sagt er kühl, und ich weiß, dass er eine verdammte Menge Fragen hat.

Wenn er jemals den Mumm aufbringt, mehr als zwei Minuten mit mir in einem Raum zu verbringen, werde ich sie gerne beantworten.

»Das ist eine lange Geschichte.« Denny winkt ab. »Wir müssen uns irgendwann mal treffen und darüber reden.«

War das eine Andeutung auf eine gemeinsame Zukunft?

»Also, das war ziemlich ... informativ«, sagt Denny und lacht. »Aber Shep und ich müssen los. Wir müssen noch ein paar Aufgaben als Best Man und Maid of Honor erledigen, bevor unsere Handys explodieren.« Sie umarmt Delia noch einmal. »Es war schön, dich zu sehen, Delia. Wir sollten uns bald mal treffen.«

Delias Blick gleitet wieder in meine Richtung. »Ja, sollten wir.«

Mir dreht sich der Magen um, Pancakes und Eier betteln darum, wieder hochzukommen bei dem Gedanken, dass Delia und Denny sich irgendwann zusammensetzen könnten. Ich weiß genau, dass Delia nichts Nettes über mich zu sagen hat.

Ich kann es ihr nicht verübeln, denn ich habe etwas wirklich Beschissenes getan, das nicht rückgängig zu machen ist.

Was uns zu meinem jetzigen Problem führt: ein gestörtes Verhältnis zu meinem Bruder und dessen Freundin, die, wie sich herausgestellt hat, eine ganz tolle Frau ist.

Ich bin das einzige Arschloch in dieser Konstellation. Ich weiß es, sie wissen es, und bald wird Denny es auch wissen.

»Es war schön, dich zu sehen, Zach«, sage ich aufrichtig, denn obwohl ich ihn verletzt habe, liebe ich ihn. Ich habe immer zu ihm aufgeschaut.

Er grunzt nur als Antwort, winkt Denny zum Abschied und führt Delia durch das Restaurant, ohne ein weiteres Wort mit mir zu wechseln.

»Das war lustig«, sage ich trocken, als sie außer Hörweite sind.

»Lustig? Versuch's doch mal mit superpeinlich.« Sie

knufft mich in den Arm. »Warum hast du mir nicht gesagt, dass dein Bruder so heiß ist? Ich hätte meine Zeit nicht mit dir verschwendet.«

Ich lache und schüttle den Kopf über sie.

»Ich habe allerdings ein paar Fragen. Glaub nicht, dass ich keine habe.«

»Das dachte ich mir«, sage ich und seufze schwer. »Aber später, okay? Ich will den Rest des Tages genießen.«

»Aber bald, ja?«

»Klar. Bald.«

Ich will das so lange wie möglich hinauszögern, denn ich weiß, sobald ich ihr die Wahrheit sage, wird sich für uns beide alles ändern. Das Loch in meinem Magen wird größer. In dem Moment, in dem ich Denny beichte, was ich getan habe, sind wir fertig. Und ich werde niemandem außer mir selbst die Schuld geben können.

Ich war ein Dreckskerl, der etwas wirklich Beschissenes getan hat, das kann ich nicht ändern. Ich kann es nicht rückgängig machen, obwohl ich es mir verdammt noch mal wünschen würde.

»Vor der Hochzeit?«

Ich schlucke und nicke. »Vor der Hochzeit.«

O Mann, ich hasse mich.

20. Kapitel

»Ich habe eine Scheißangst davor, übers Wochenende mit ihm wegzufahren.«

So.

Ich habe es laut zugegeben.

»Bei eurer Vorgeschichte kann ich dir das nicht verdenken«, sagt Allie mit gerunzelter Stirn.

Ich schaue zu ihr rüber – ihr Gesicht füllt mein Handy-Display aus –, während ich meine Klamotten in den neuen Koffer stopfe, den Shep mir geschenkt hat.

»Ist das dein Glücks-Höschen?«

»Du hast ein Glücks-Höschen?«, flüstert Monty ... ziemlich laut, wie ich hinzufügen möchte.

»Ist das Montana?«

Meine Schwester schiebt ihren Kopf neben meinen und winkt Allie zu. »Hey.«

»Erstens, hi. Ich hatte keine Ahnung, dass du da bist, sonst hätte ich nicht eure Schwesternzeit unterbrochen.«

»Das ist völlig in Ordnung«, beruhigt Monty meine beste Freundin.

»Zweitens, willst du behaupten, du hast keine spezielle

Unterwäsche, die du trägst, wenn du willst, dass dein verdammt heißer Freund dich besinnungslos vögelt?«

Montys Gesicht wird flammend rot. »I-i-ich ...«

»Oh mein Gott, ich glaube, du hast sie gebrochen, Allie!«, schimpfe ich. »Ist schon gut, Monty, du musst meiner hilflos geilen Freundin nicht antworten.«

»Robbie zieht es vor, dass ich überhaupt keinen Slip trage. Er findet, die sind nur im Weg«, gesteht meine Schwester und starrt auf ihre Hände, die sie im Schoß verkrampft.

Allie und ich tauschen einen Blick aus und brechen dann in Gelächter aus, weil Monty so verlegen aussieht.

»Dafür musst du dich nicht schämen, Mädchen. Steh einfach dazu!«

Monty lächelt zaghaft und errötet noch stärker, falls das überhaupt möglich ist.

»Wie auch immer, nein, das ist nicht mein Glücks-Höschen«, sage ich und versuche, meine Schwester vor weiterer Demütigung zu bewahren. Sie ist vielleicht keine Jungfrau mehr, aber immer noch ziemlich zurückhaltend. »Das traue ich mich gar nicht, einzupacken.«

»Du könntest auch ohne gehen ... wie deine Schwester«, sagt Allie mit einem verschlagenen Grinsen.

Monty bedeckt ihr Gesicht mit den Händen. »Hört auf damit!«

»War nur ein Scherz, Monty. Ich bin eigentlich sehr stolz auf dich. Ich würde dich umarmen, wenn ich könnte, aber ich bin damit beschäftigt, durch dieses Einkaufszentrum zu stapfen und nach einem anständigen Kuchenmesser zu suchen.«

»Hat dir nicht gefallen, was sie in der Brautbedarfs-Boutique hatten?« frage ich.

»Mir schon, aber meinem Portemonnaie nicht.« Allie seufzt. »Vergiss das alles. Warum hast du so viel Angst vor der Unterwäsche? Ich war mir sicher, dass ihr beide es längst treibt wie die Irren. Da ist so viel sexuelle Spannung – das war schon immer so.«

»Nun, das ist nicht der Fall. Ich ... weiß nicht, ob ich dazu bereit bin mit ihm, nach allem, was war.«

»Immerhin hat er es dir auf dem Küchentresen besorgt.«

»Was!« Monty springt vom Bett auf. »Ich frühstücke dort regelmäßig!«

Ich winke ab. »Es war nicht mein Küchentresen, sondern seiner.«

»Oh.« Sie setzt sich wieder hin. »Okay. Dann macht ruhig weiter.«

»Nur weil ich ihn machen lasse ...«, ich schaue zu Monty und dann wieder zu Allie. »Nur weil ich ihm das erlaubt habe, heißt das nicht, dass ich bereit bin, mit ihm zu schlafen.«

»Bist du das etwa nicht? Für dich ist es schon eine Ewigkeit her.«

»Mein Körper sagt, ich soll ihn vögeln bis zum Wahnsinn, aber mein Herz? Das ist der Teil, der Angst hat.«

»Und das aus gutem Grund.« Allie nickt. »Okay, das verstehe ich, aber ... du machst diese Gelegenheitssex-Nummer schon seit Jahren. Warum probierst du das nicht einfach mit Slug?«

»Igitt. Sein Name ist Slug?«, unterbricht Monty.

»Nein, das ist nur ein Spitzname. Wir wagen es nicht, seinen richtigen Namen auszusprechen«, erklärt Allie.

Ich erinnere mich noch an Sheps Zähneknirschen, als ich ihn das erste Mal Slug nannte, weil er genau wusste, was das bedeutete – dass ich ihn hasste. Es spielte keine Rolle, dass wir beide wussten, dass ich ihn niemals wirklich hassen konnte. Die Absicht zählte.

Aber jetzt könnte ich ihn nicht mehr Slug nennen, selbst wenn ich es versuchen würde. »Denny?«, fragt Allie.

»Ich ...«

Ich bin nicht sicher, ob ich das mit Shep tun kann. Er ist mehr als eine unverbindliche Affäre. Das war er schon immer, und wir beide wissen das. Verflixt, sogar Allie weiß das.

Wenn ich mit Shep schlafe, reiche ich ihm mein Herz auf einem Silbertablett, sodass er damit tun kann, was er will.

Ich muss einfach hoffen, dass er es nicht wieder zerbricht.

»Ich werde jetzt etwas sagen, und ich könnte total danebenliegen, aber ich könnte auch recht haben. Ich habe das Gefühl, dass ich recht habe, Zwillings-Intuition und so.«

»Wirst du es irgendwann ausspucken?«, drängt Allie.

»Tut mir leid«, murmelt Monty. »Jedenfalls denke ich, da du diesen Slug-Typen so viele Jahre versteckt hast – ich meine, fast niemand weiß von ihm –, hattest du wohl einen guten Grund dafür. Du magst ihn sehr. Mehr, als du bereit bist, anderen und dir selbst gegenüber zuzugeben, und das ist völlig in Ordnung. Ich denke nur, es gibt einen Grund, warum du noch nicht mit ihm ins Bett gesprungen bist. Er bedeutet mehr. *Der Sex* wird mehr bedeuten. Deshalb kannst du nicht einfach deine übliche Gelegenheitssex-Nummer durchziehen.«

»Das ist buchstäblich das, was mir auch gerade durch den Kopf gegangen ist«, erwidere ich leise. Und fassungslos.

Monty sitzt da und sieht ziemlich zufrieden mit sich aus.

»Ist das wahr, Denny? Du stehst immer noch auf ihn?«

Ich schaue zu Allie, kaue auf meinen Lippen und nicke.

»Ha!« Sie reckt die Faust und tanzt herum, als hätte sie gerade im Lotto gewonnen. »AJ schuldet mir auf jeden Fall zwanzig Mäuse!«

»Was zum Teufel, Allie?!«

Sie hört auf zu tanzen und ist total außer Atem. Meine beste Freundin ist nämlich hyperaktiv. »Was? Wir wussten, dass ihr beide noch ineinander verliebt seid. Habt ihr gewusst, dass er AJ neulich anrief, um darüber zu reden? Habt ihr auch gewusst, dass eigentlich Penny bei all diesen Veranstaltungen sein Date sein sollte, er ihr aber abgesagt hat, damit er stattdessen dich einladen konnte? Ihr zwei seid verliebt.« Sie zieht das Wort in die Länge und macht Kussgeräusche am Telefon. »V-E-R-L-I-E-B-T!«

Sie fängt an, Nat King Cole zu trällern, und ich möchte so gerne auf diesen kleinen roten Knopf drücken und sie zum Schweigen bringen.

Ich hasse Shep nicht mehr.

Aber es ist auch nicht so, dass ich ihn immer noch liebe.

Das kann nicht sein ... oder?

»Allie!«

»Meine Güte, ich habe versucht, für dich zu singen, du Göre!«

Monty singt da weiter, wo Allie aufgehört hat, und ich werfe das nächstbeste Kissen nach ihr und treffe sie mitten ins Gesicht.

»Rache!«, schreie ich, als sie es zurückwirft und mich verfehlt. »Ich würde euch am liebsten beide ohrfeigen. Ich liebe ihn nicht.«

»Aha!« Allie verdreht die Augen.

»Was immer du sagst«, stimmt Monty zu.

Ich zeige auf Monty und dann auf die Tür. »Raus mit dir.« Dann sehe ich Allie an. »Ich lege jetzt auf.«

»Ich liebe dich ... aber nicht so sehr, wie du Slug liebst. Okay, bis bald.«

Sie legt auf, während mein Finger über dem Knopf schwebt.

Monty fällt mit einem Lachanfall zurück aufs Bett. Ich schnappe mir das Kissen und decke ihr Gesicht zu, um sie zu ersticken.

»Ha, ich kann es nicht erwarten, ein Einzelkind zu sein.«

»Wir haben immer noch Chuck!«, höre ich heraus, obwohl ihre Stimme halb erstickt klingt.

Ich hebe das Kissen für eine Sekunde an und grinse finster auf sie herab. »Noch.«

21. Kapitel

Fünf Jahre zuvor, April

DENVER: ANHANG HERUNTERLADEN

SHEPARD: Was ist das?

SHEPARD: Ist das eine Hundebox?

DENVER: Richtig. Ich habe sie auf einem Flohmarkt für 5 Dollar gefunden. Ich wette, da drin hätte ein Mops viel Platz.

SHEPARD: Auf jeden Fall, besonders wenn er unsichtbar ist. Eine Menge Platz.

DENVER: Du bist ein Traumzerstörer.

SHEPARD: Hey, ich sage ja nicht, dass du dir nicht eines Tages deinen eigenen Mops kaufen kannst. Nur ich werde dir keinen kaufen.

DENVER: Hm. Wir werden sehen.

DENVER: Weißt du, wie viele Schwänze ich an der Straßenecke lutschen müsste, um einen Mops zu kaufen? Gut, dass ich meine nuttigen Pumps von der Homecoming-Party nicht weggeworfen habe.

SHEPARD: Mindestens zehn.

DENVER: OH MEIN GOTT. Du WILLST also, dass ich mich prostituiere?

SHEPARD: Ich meine, es ist ein Mops, Den – wer würde sich nicht für einen Mops prostituieren?

DENVER: Wenn ich es mir recht überlege ... du solltest hierherfliegen.

SHEPARD: Ja? Das wäre cool.

DENVER: Das wäre es, denn dann könnte ich dir die Scheiße aus dem Leib prügeln.

SHEPARD: Wow. Sag, was du wirklich empfindest.

DENVER: Ich glaube nicht, dass ich so lange tippen könnte.

SHEPARD: Ich werde wohl davon ausgehen, dass du mich einfach so sehr liebst.

DENVER: Klar. Lassen wir es dabei.

SHEPARD: Moment, du wolltest eine Hundebox kaufen?

DENVER: … ja.

SHEPARD: Ich überdenke gerade so einiges. Du bist irre.

DENVER: Ah. Ha. Du suchst nur nach einer Ausrede, um aus unserem … Deal herauszukommen.

DENVER: Weißt du, das klingt SO komisch, als befänden wir uns in einer Art arrangierter Ehe.

SHEPARD: Es fühlt sich wirklich ein wenig seltsam an.

SHEPARD: Aber es fühlt sich auch komisch an, dich meine Freundin zu nennen oder so was in der Art.

DENVER: Ja, das geht zu weit, vor allem, da wir uns noch nie begegnet sind.

SHEPARD: Außerdem betrüge ich dich seit Monaten mit meiner anderen »Freundin«.

DENVER: Gutes Argument.

SHEPARD: Wie wär's mit ... du gehörst mir?

DENVER: Nein.

DENVER: Zu barbarisch.

SHEPARD: Schon gut, schon gut.

SHEPARD: Reserviert! Du bist für mich reserviert!

DENVER: Hmm ... gefällt mir.

DENVER: Ich denke, damit können wir leben. Außerdem wirkt dadurch das Ganze sehr viel weniger ernst.

DENVER: Nicht, dass es nicht ernst wäre, denn das ist es, aber du verstehst, was ich meine.

DENVER: Glaube ich.

SHEPARD: Wenn es jemand versteht, dann ich.

SHEPARD: Wie zum Teufel konnten wir es so weit kommen lassen?

DENVER: Es lag einfach an meinem Charme und Witz.

SHEPARD: Bin ziemlich sicher, dass ich dich mit MEINEM Charme und Witz eingewickelt habe.

DENVER: Oh, bitte. Du bist derjenige, der zuerst angefangen hat, sich zu verlieben.

DENVER: MÖGEN! Ich meine, mich zu mögen.

DENVER: Shep? Habe ich dich verloren?

SHEPARD: Ich bin noch da, Den.

DENVER: Tut mir leid, das habe ich nicht so gemeint.

SHEPARD: Das solltest du aber.

DENVER: Wie? Ich sollte was?

SHEPARD: Das so meinen. Du solltest das so meinen.

DENVER: Oh.

SHEPARD: Ja. Oh.

DENVER: Ach, verdammt, jetzt werde ich nie einen Mops bekommen.

SHEPARD: Was?

DENVER: Wie soll ich mich prostituieren, wenn ich weiß, dass du in mich verliebt bist?

SHEPARD: Ich ... wie bitte?

DENVER: Ja, wie bitte! Ich wollte wirklich diesen Mops.

SHEPARD: Bucky?

DENVER: *grummelt* Was.

SHEPARD: Ich werde dir einen Mops kaufen.

DENVER: WIRKLICH?

SHEPARD: Ja. Und jetzt hör auf, darüber zu reden, dass du dich prostituieren willst.

SHEPARD: Also, für jemanden, der alles Mögliche nicht darf, was normale Teenager dürfen, hast du wirklich eine wilde Fantasie.

DENVER: Ich gebe Allie die Schuld.

SHEPARD: Ich könnte Allie auf der Stelle küssen.

DENVER: Du denkst jetzt total an Blowjobs, nicht wahr?

SHEPARD: Nee.

SHEPARD: Aber auch ja.

DENVER: Cap?

SHEPARD: Warte mal, ich versuche, mich zu konzentrieren.

DENVER: Oh mein Gott, hör auf, so abartig zu sein!

SHEPARD: Noch ein Monat, Bucky. Ein Monat.

DENVER: Noch ein Monat bis was?

SHEPARD: Bis ich dich so dermaßen küsse.

DENVER: Zählst du die Tage runter?

SHEPARD: Vielleicht.

DENVER: 32.

SHEPARD: Wer ist jetzt verliebt?

DENVER: Ich.

22. Kapitel

Der Sound meines Lieblings-Sinatra-Songs *I've Got You Under My Skin* erfüllt den Innenraum des Taxis, während wir den Highway hinabfahren, und ich kann mir ein Grinsen nicht verkneifen, weil dieser Song einfach so gut zu uns passt.

»Warum lächelst du?«, fragt Denny.

Ich schüttle den Kopf und lüge: »Ich kann einfach nicht glauben, dass du immer noch diese Hundebox hast.«

»Tja, gern geschehen.«

»Hattest du in den letzten fünf Jahren überhaupt einen Hund?«

Sie schüttelt den Kopf und streicht mit der Hand über den Mops, der auf ihrem Schoß liegt. »Nö. Ich habe die Box für Steve aufgehoben.«

»Und was hast du in der Zwischenzeit damit gemacht?«

»Ich habe ein Stück Sperrholz daraufgelegt und darüber eine Decke und nannte es ein Regal.«

Ich werfe ihr einen ungläubigen Blick zu.

»Was?«, sagt sie. »Ich war eine arme College-Studentin! Ich meine, ich hatte gerade mein ganzes Leben aufgegeben und war zweitausend Meilen weit von zu Hause weggezogen, für einen Jungen, den ich liebe.«

Ich halte den Atem an.

Liebe?

»Liebte … m-meine ich – mit einem t.« Sie versucht, es herunterzuspielen, scheitert aber kläglich und stammelt.

Aha.

»Was war das? Mein T? Du willst mein Teil spüren?«

»Bring mich nicht zum Kotzen, Shep.«

»Kannst du das ernsthaft sagen, nachdem du so viele Orgasmen allein schon dank meiner Zunge hattest?«

Sie streicht sich ein unsichtbares Haar aus dem Gesicht und rutscht auf ihrem Sitz hin und her. »Ich … schätze, das ist ein guter Punkt.«

»Das habe ich mir gedacht. Gern geschehen.« Ich schaue zu ihr hinüber. »Ich weiß nicht, wie stellst du dir denn vor, dass wir ihn ins Hotel schmuggeln sollen?«

»Ich habe meine Kinotasche dabei.«

»Kinotasche?«

»Du weißt schon, die Tasche, die du mit ins Kino nimmst, damit du all deine Snacks da reinstopfen kannst, wie einen Burger und Pommes.«

»Du nimmst Burger und Pommes mit ins Kino?«

»Einmal habe ich das gemacht.« Sie zuckt mit den Schultern, als wäre das die normalste Sache der Welt. »Manchmal ist man einfach besonders hungrig, während man versucht, rechtzeitig zu einem dieser billigen Kinoabende zu kommen, und es läuft einem die Zeit davon, also improvisiert man. Das kommt vor.«

»Erinnere mich daran, dich nicht mehr in der Öffentlichkeit auszuführen.«

»Ach, du bist nur eifersüchtig, weil du keine Kinotasche hast. Außerdem kannst du mich immer noch ins Kino ausführen. Es ist schließlich dunkel da drin, also wird niemand wissen, dass wir zusammen sind.«

»Ist das deine Art, mich zu bitten, dich ins Kino auszuführen?«

Sie tippt sich ans Kinn, und Steve schnaubt, als sie aufhört, ihn zu streicheln. »Bei einem echten Date hätte ich nichts dagegen.«

»Ein richtiges Date, aha? Also zählt das Frühstück neulich nicht als ein echtes Date? Oder was ist mit all diesen Galas, zu denen ich dich ausführe? Und das Kleider-Shoppen?«

»Das waren alles Pflichtveranstaltungen.«

»Das Frühstück war eine Pflichtveranstaltung?«

»Ja. Wenn du einem Mädchen einen Orgasmus bescherst, bist du verpflichtet, ihr Frühstück zu machen. Kennst du die Regeln nicht?«

Ich lache. »Anscheinend nicht.«

»Kein Wunder, dass du nach all den Jahren noch nicht sesshaft geworden bist.«

Ich habe auf dich gewartet.

»Ich meine, abgesehen von der Tatsache, dass du dich so offensichtlich nach mir verzehrt hast.«

Ich mustere sie. »Tatsächlich?«

»Ich sagte offensichtlich, oder?«

»Willst du damit sagen, dass du mich beobachtet hast?«

»Also, hast du mal deinen Hintern gesehen? Du hast

dich mir gegenüber vielleicht wie ein totaler Arsch verhalten, aber das heißt nicht, dass ich keine Augen im Kopf habe, Shep.«

Ich stoße ein überrascht hüstelndes Lachen aus. »Also, es ist schön, zu wissen, dass du mich all die Jahre immer noch als Pin-up-Boy benutzt hast.«

»Willst du damit andeuten, dass ich beim Perle-Reiben an …«, sie schaudert, » … dich gedacht habe?«

»Das wollte ich nicht, aber da du damit angefangen hast, nehme ich an, es war so.«

Die Rädchen in ihrem Kopf drehen sich, als sie überlegt, wie sie sich aus dieser Klemme herauslügen kann. Es ist offensichtlich, so wie ihre Augen vor Verlegenheit glänzen.

»Äh, also, es war nicht so«, bringt sie endlich stammelnd heraus.

»Aha. Wenn du es sagst, Den.«

»Shepard!« Sie stößt mit dem Finger in meine Richtung. »Nimm das zurück!«

»Nope. Mir gefällt die Vorstellung, dass du dir … wie nanntest du es? Die Perle gerieben und dabei an mich gedacht hast.«

»Shepard!«

Ich beuge mich vor und stelle Sinatra noch ein bisschen lauter.

»Ich bin noch nicht fertig mit dir!«, schreit sie über den sonoren Gesang hinweg.

Nein, noch lange nicht.

•••

»Willst du, dass ich einen Herzinfarkt bekomme, Den? Willst du, dass ich die ganze Nacht mit einem extrem harten Ständer herumlaufe?«

Sie lächelt mich verlegen an. »Es ist nur ein Kleid. Beruhige dich.«

»Von wegen nur ein Kleid«, murmle ich, während sie sich darauf konzentriert, ihren Ohrring durch das Loch zu stecken, und ich den Blick über die Schönheit, die vor mir steht, gleiten lasse.

»*The way you look tonight* … Also, das ist … *Verdammt.*«

Sie lächelt, als ich für sie Sinatra zitiere und ihren traumhaften Körper mit Blicken verschlinge.

Sie trägt das schwarze Kleid mit den Cutouts … endlich. Ich könnte mir selbst dafür auf die Schulter klopfen, wie gut ich das ausgesucht habe. Ich wusste in dem Augenblick, als ich es an der Tür der Umkleidekabine hängen sah, dass es *das* Kleid für sie war. Ich musste Annabelle einen Hunderter zustecken, damit sie es der anderen Frau in der Boutique abnahm, aber das war die Sache wert.

Besonders dafür, wie es sich um ihren Hintern schmiegt.

Es sind Momente wie diese, in denen ich mich dafür schlagen möchte, dass ich uns vor all den Jahren aufgegeben habe – nicht die Momente, in denen ich auf ihren Hintern starre, sondern die kleinen Dinge.

Wir beide in einem Hotelzimmer, während wir uns auf eine andere Veranstaltung vorbereiten.

Steve, zusammengeringelt auf dem Kissen. Es war lustig, ihr zuzusehen, als sie versuchte, ihn in ihre Tasche zu schmuggeln, ohne zu wissen, dass ich bereits für ein haustierfreundliches Zimmer einen Aufschlag gezahlt hatte.

Dennys Schminksachen neben meinem Kram auf dem Badezimmertresen.

All die kleinen Dinge und Momente, die zu den großen führen – die habe ich alle verpasst, und ich bin ein Narr, dass ich mich von meinen Ängsten und Zweifeln leiten ließ.

»Bist du fertig?«

»Was?« Ich löse den Blick von ihrem Hintern und begegne im Spiegel ihrem amüsierten Blick.

»Bist du fertig damit, auf meinen Hintern zu starren?«

Ich erhebe mich vom Bett und gehe auf sie zu. Ich liebe das Keuchen, das ihr entfährt, als ich sie zu mir heranziehe.

»Du hast nicht übertrieben, was die Sache mit dem Ständer angeht.«

»Nicht einmal ein kleines bisschen.«

»Du hast recht – *das* ist alles andere als ein bisschen.«

Ich stöhne, als sie den Hintern an mir reibt. *Flittchen.*

Ich ziehe sie fester an mich, damit sie aufhört, sich zu bewegen, denn sonst schaffen wir es nicht zur Gala, und ich habe eine ganze Menge ausgegeben für die Plätze heute Abend.

»Wenn du glaubst, dass ich dich nicht den *ganzen* Abend anstarren werde, liegst du falsch, Den. Ich habe vor, dich anzustarren …«

Sie fängt meinen brennenden Blick im Spiegel auf, spürt die Intensität, die von mir ausgeht, das aufsteigende Verlangen – das Bedürfnis, ihr das Kleid vom Körper zu reißen, am liebsten sofort.

Ihre Brust hebt und senkt sich erwartungsvoll.

»Dich anzufassen …«

Ihre Augen folgen meinen Bewegungen, als ich mit den Fingern am Rand des Ausschnitts entlangfahre, und sie bekommt eine Gänsehaut. Und ich liebe es.

»Dich zu schmecken.«

Ich halte ihr Gesicht fest und presse meine Lippen auf ihre, nehme ihren Mund gänzlich und ohne Zärtlichkeit in Besitz. Nach diesem Kuss wird sie definitiv ihren Lippenstift neu auftragen müssen.

Sie wimmert, als ich mich zurückziehe, und ich streiche mit den Lippen über ihren Hals und knabbere an der Haut unter ihrer Ohrmuschel. Das wird einen Abdruck hinterlassen, und es ist mir scheißegal. Soll es doch jeder sehen.

Ich habe Denver Andrews schon vor verdammt langer Zeit für mich reserviert, und daran hat sich nichts geändert.

Zögernd löse ich mich von ihren perfekten Lippen. Auch sie zögert, drückt sich an mich, will mich.

Geduld, Den.

Ihre Augen öffnen sich, und unsere Blicke treffen sich im Spiegel.

»Und zu ficken.«

Das Feuer in Denvers Augen lodert hell auf.

»Alles klar?«, füge ich hinzu.

Sie nickt, und ich gehe aus dem Bad, solange ich dazu noch in der Lage bin.

• • •

»Komisch, dich hier zu treffen.«

»Verdammt noch mal, Brax. Muss ich deine hässliche Visage bei jeder dieser Veranstaltungen sehen?«

Er zuckt zusammen. »Ich fürchte ja. Ich schulde dem Coach die Stunden, weil er mir letztes Jahr bei einer Sache geholfen hat. Ich habe die ganze Saison über Gala-Dienst.«

»Nun, Gott sei Dank ist sie fast vorüber. Diese Galas sind ganz schön kostspielig.«

»Allerdings.« Er grinst. »Aber das ist es wert. Du solltest zu dem Weihnachtsfest kommen, wenn wir die Geschenke an die Kinder verteilen. Ihre kleinen Gesichter zu sehen, Mann ... das ist jeden einzelnen Cent wert.«

»Wie viel haben wir heute Abend eingenommen?«

»Beinahe hundertfünfzigtausend Dollar.«

Meine Augenbrauen schießen nach oben. »Tatsächlich? Verdammt, ich bin stolz auf uns.«

»Ich auch.«

»Hast du ein Date mitgebracht?«

»Nee.« Er nimmt einen Schluck von der Limonade, die er trinkt. »Ich bin zurzeit nicht wirklich an einer Partnerin interessiert. Ich versuche, mich auf meine Karriere zu konzentrieren.«

Meine Aufmerksamkeit gleitet hinüber zu Denny, die wieder einmal mit neuen Freunden plaudert.

Ich bin dankbar, dass Penny bereit war, sich herauszuhalten. Wir sind beide zu ungesellig in solchen Situationen. Denny dagegen – sie blüht auf.

»Ich dachte auch mal, das wäre das Beste. Habe deswegen eine Menge Fehler gemacht. So habe ich viele Jahre versäumt, die ich mit einer Frau hätte teilen können, die meine ganze Welt verändert hat.« Ich löse den Blick vom größten Fehler meines Lebens und richte ihn auf meinen Teamkollegen. »Es war falsch, Brax – verdammt falsch.«

Er wirft einen Blick auf Denny. »Weiß sie das?«

»Ich glaube, sie fängt an, es zu begreifen.«

»Gut. Pass bloß auf …«

»Dass ich es nicht vermassle?«

Er lacht und hebt beide Hände. »Hey, Mann, ich meine ja nur. Männer sind manchmal Idioten. Wir sind anfällig dafür, Scheiße zu bauen.«

»Glaub mir, das weiß ich.«

»Viel Glück, Kumpel. Ich bin der Erste auf der Liste und habe gerade mein Zeichen bekommen. Ich bin weg.« Er klopft mir auf die Schulter. »Oh, und übrigens, ich bin mir ziemlich sicher, dass sie da drüben wieder einmal den Leuten erzählt, dein Schwanz wäre nur wenige Zentimeter lang.«

»Verflucht noch mal.«

Ich kippe den Rest des Champagners – den ich immer noch hasse – hinunter und mache mich auf den Weg zu jener Frau, gerade rechtzeitig, um den Bullshit zu hören, den sie von sich gibt.

»Und dann hat er gesagt: ›Es geht nicht um die Größe des Bootes, sondern um die Größe der Wellen.‹ Ich wusste, ich konnte den armen Kerl nach diesem Spruch nicht verlassen. Es war offensichtlich, dass er verzweifelt jemanden brauchte, der bei ihm bleibt.«

Sie seufzt mitfühlend, und die Mädels um sie herum geben kichernd ihre halbherzigen Kommentare ab.

Unglaublich, wie die Mädels das schlucken … urkomisch, wie leichtgläubig sie sind.

Ein paar Damen werfen mir ein trauriges Lächeln zu, die Art von Lächeln, die sagt: *Nur gut, dass deine Taschen tief sind.*

Ich räuspere mich und unterdrücke den Impuls, zu lachen, als eine von ihnen die Augen aufreißt, denn ich stehe direkt hinter Denver.

»Bucky.« Es kostet mich alles, was ich habe, einen ernsten Ausdruck auf meinem Gesicht zu bewahren und die Belustigung aus meiner Stimme herauszuhalten.

»Entschuldigen Sie, meine Damen.« Sie dreht sich auf dem Absatz um, ein schelmisches Lächeln umspielt ihre Lippen. O Mann, ich möchte sie jetzt so gerne küssen, weil ich genau weiß, welches Spiel sie spielt. »Ja, Cap?«

»Kann ich dich kurz sprechen?«

»Klar doch.«

Ich packe sie am Ellbogen und führe uns eilig aus dem Raum. Sie lacht auf dem ganzen Weg dorthin und winkt einigen der Bekanntschaften zu, die sie in den letzten Wochen dazugewonnen hat.

»Ma'am, gibt es einen ruhigen Ort, an dem mein Gast und ich uns unterhalten können?«, frage ich eine Kellnerin, die an uns vorbeigeht.

»Wir dürfen eigentlich nicht zulassen, dass Gäste diese Räume benutzen.«

»Bitte, sie hat mir gerade gesagt, dass sie Herpes hat, und wir müssen darüber reden.«

Dennys Lachen hallt von den Wänden wider. Der Kellnerin bleibt der Mund offen stehen. Sie blickt zwischen mir und meinem Date hin und her, total verwirrt, da bin ich mir sicher.

Mit einem zittrigen Finger deutet sie den Flur hinab. »Da unten ist ein leerer Lagerraum, aber nicht für …«

»Danke, das wird reichen.«

»V-viel Glück«, murmelt die arme Frau, als ich Denny weg- und zur Tür dieses Raumes ziehe.

In dem Moment, in dem ich das Schloss einrasten lasse, drücke ich sie mit dem Rücken gegen die Tür, sodass sie zwischen meinen Armen eingesperrt ist.

Plötzlich lacht sie nicht mehr.

»Das letzte Mal, als du das gemacht hast, habe ich bewiesen, dass ich definitiv meine Zunge einzusetzen weiß.«

Sie nickt.

»Und dieses Mal nehme ich an, dass du wieder auf etwas aus bist?«

Sie nickt wieder.

»Was habe ich dir über Spiele gesagt, Denver?«

»Dass sie nicht zu mir passen.« Sie hebt eine Schulter. »Das ist interessant, wo ich doch immer wieder gewinne.«

Diese Runde wird sie nicht gewinnen. Das werde ich sicherstellen.

23. Kapitel

Shep presst seinen Mund auf meinen und raubt mir damit alles, was ich noch sagen könnte.

Ich liebe es, dass er mein Spiel durchschaut hat, und ich liebe es noch mehr, dass er direkt in meine Falle tappt. Ich musste die ganze Zeit an sein Versprechen denken, mich zu ficken, seit wir das Hotelzimmer verlassen haben.

Das war vor zwei Stunden.

Zwei ganze Stunden, in denen ich meine Schenkel zusammengepresst und diese Gedanken verdrängt habe, um mich nicht in einem Raum voll fremder Menschen zu blamieren.

Zwei Stunden reine Folter.

Ich schätze, das ist nichts im Vergleich zu den Jahren, die wir getrennt verbracht haben, und zu der Traurigkeit, die mich manchmal befiel. Ich habe so sehr versucht, ihn zu ignorieren, mein Leben weiterzuleben, alles zu tun, außer an Shepard Clark zu denken, aber es war sinnlos.

Das Universum brachte uns zu oft zusammen, und es war die reine Qual.

Also, ja, ich könnte noch ein bisschen länger überleben,

ohne dass Shep sein Versprechen einlöst, aber das heißt nicht, dass ich das will.

Ich schiebe die Hände unter Sheps Anzugjacke, kralle mich an ihm fest und ziehe ihn so eng an mich wie nur irgend möglich. Ich sehne mich danach, seinen Körper an mir zu spüren.

Viel zu viel Stoff trennt uns.

»Zieh dein Kleid hoch«, sagt er, als ob er meine Gedanken lesen könnte.

Er geht auf die Knie, und ich falle fast um bei dem Anblick. Nur gut, dass er mich an den Hüften festhält.

Wenn ich eines über Shep weiß, dann, dass er es liebt, mich mit seinem Mund zu verwöhnen.

Das ist gut, denn ich liebe das auch.

Langsam, die Vorfreude auskostend, winde ich meinen Körper, bis mir das Kleid auf die Hüften hinabrutscht. Zum Glück ist das Material ein wenig elastisch.

»Im Ernst, Denny?« Shep keucht fast, als ich schließlich nackt vor ihm stehe.

»Was? Ich wollte nicht, dass sich etwas abzeichnet.«

»Verdammt.« Er fährt sich mit einer Hand übers Gesicht. »Ich könnte dich erwürgen dafür, dass du den ganzen Abend so herumgelaufen bist.«

»Schon wieder redest du von Asphyxiophilie.«

Ohne ein weiteres Wort teilt er mit der Zunge meine Schamlippen, findet meinen Kitzler und saugt daran.

Ein lautes Stöhnen entweicht mir, und Shep zieht sich zurück und grinst mich mit feuchten Lippen an.

»Du solltest das vielleicht etwas leiser machen, Den.«

»Du solltest vielleicht die Klappe halten und mir weiterhin beweisen, wie gut du mit deiner Zunge bist, Shep. Du willst doch … ah, verdammt!«

Er benutzt seine Daumen, um mich zu öffnen, und bearbeitet mich gleichzeitig mit Lippen und Zunge, und, *zur Hölle mit ihm*, ich könnte für immer mit ihm in dieser Kammer bleiben.

Ich stoße rhythmisch mit dem Becken gegen ihn, und er genießt es, mich auf seinem Gesicht und seiner Zunge reiten zu lassen, bis ich mich am Rand der puren Glückseligkeit befinde. Ich muss mir selbst die Hand auf den Mund drücken, um nicht laut loszuschluchzen, als ein Orgasmus mich zu überwältigen droht.

Gerade als ich im Begriff bin, zu explodieren, zieht Shep sich zurück.

»Was zum …«

Er steht auf, seine Hand bedeckt meinen Mund, bevor ich ein weiteres Wort sagen kann.

»Wie war das mit dem Gewinnen?«

»Ich hasse dich«, zische ich.

»Es ist ein schmaler Grat zwischen Liebe und Hass, Bucky.«

Mein Herz rast. Das könnte die ehrlichste Aussage sein, die er je von sich gegeben hat.

Ich weiß schon lange, dass Shep und ich nie miteinander fertig waren. Selbst als er mich vor all den Jahren gedemütigt und sich von mir abgewandt hat, habe ich im Grunde gewusst, dass es nicht vorbei war. Das mit uns konnte nie vorbei sein.

Das Schicksal hatte andere Pläne.

Das ist die einzige Möglichkeit, zu erklären, dass das Universum uns immer wieder zusammengebracht hat.

Ich lasse die Hände auf den Gürtel um Sheps Taille sinken und öffne die Schnalle. Das Klirren des Metalls hallt von den Wänden wider, fast wie Schüsse, in der ansonsten so stillen Kammer.

»Sag mir, dass du ein Kondom dabeihast, Shep.«

Ohne ein weiteres Wort zieht er seine Börse aus der Gesäßtasche und bringt ein Folienpäckchen zum Vorschein.

»Gott sei Dank.«

»Ich bin mir zu neun Prozent sicher, dass man beim Sex nicht über Gott reden darf.«

Ich schiebe die Hose und die engen schwarzen Boxershorts über seine Hüften und schließe die Finger um seinen Schwanz, sobald er frei ist.

Sheps Lider senken sich, als er sich nach vorne fallen lässt und mit einer Hand an der Tür abstützt, während ich ihn streichle.

»O Mann«, stöhnt er. »Ich glaube nicht, dass du so weitermachen kannst, Den. Ich bin schon zu nah dran.«

»Dann tu was dagegen.«

Er grinst und sagt: »Nur wenn du wieder rausgehst und den Mädchen sagst, dass mein Schwanz definitiv länger ist als drei Zentimeter.«

Ich streichle ihn wieder. Wieder stöhnt er.

»Shep?«

»Ja?«

»Halt die Klappe und fick mich.«

Innerhalb von Sekunden reißt er mit den Zähnen das Kondom auf und streift es sich über.

Ehe ich michs versehe, schlingt er sich eins meiner Beine um die Hüfte und stößt mit einer schnellen Bewegung in mich hinein.

»*Ah, verdaaaaaammt.*« Es kommt heraus wie ein Zischen.

Ich nehme seinen Kopf in beide Hände, fahre mit den Fingern durch sein Haar und halte ihn fest, während er mit einer solchen Schnelligkeit immer wieder in mich hineinstößt, dass wohl keiner von uns lange durchhält.

Gut. Langsamen Sex auf dem Sofa können wir uns für später aufheben.

»Heilige Scheiße. Das ist besser, als ich es mir hätte vorstellen können.« Er senkt seine Stirn auf meine und tupft mir sanfte Küsse auf die Lippen. »Hast du jemals über uns nachgedacht, Denny? Wie es wäre, wenn ich in dir wäre?«

»J-ja.«

»Und was du dir vorgestellt hast – war es besser als das hier?«

»Ja.«

Er zieht sich zurück, stößt aber weiter in mich hinein. »Warum?«

Meine Schulterblätter werden gegen die Tür gedrückt, und ich weiß, das wird blaue Flecken hinterlassen, aber das ist mir egal. Trotz meiner Antwort auf seine Frage würde ich das gegen nichts eintauschen wollen.

»Weil du mich geliebt hast.«

Seine Stöße kommen zum Stillstand, und ich finde es schrecklich, dass es aufhört. Seine Finger berühren mein

Gesicht und lenken meine Aufmerksamkeit auf seines. Es ist dunkel in der Kammer, aber unsere Augen haben sich genug an das dämmrige Licht gewöhnt, und ich weiß, dass er mich mit einem Ausdruck von Schmerz und Verlangen und Verwirrung ansieht.

Und in meinen Augen sind die gleichen Gefühle gespiegelt.

Nach einer gefühlten Ewigkeit legt er seine Stirn wieder an meine und stößt härter als je zuvor in mich hinein.

Ich liebe jede gottverdammte Sekunde davon.

Unser Keuchen erfüllt den Raum, so laut, dass ich weiß, wenn jemand an der Tür vorbeikäme, er oder sie wüsste genau, was wir hier drinnen tun.

Ich schiebe die Hand zwischen uns, ziehe Kreise um meine Klitoris, so kurz vor der Erlösung. An der Art, wie sich Sheps Atem verändert, merke ich, dass auch er so weit ist.

Seine Lippen gleiten über meine Ohrmuschel.

»Du sagst, es wäre besser gewesen, wenn ich dich geliebt hätte.«

Seine Stimme ist heiser, fast rau, und er hört nicht auf, in mich hineinzustoßen.

Ich sage nichts, weil ich weiß, dass er keine Antwort erwartet.

»Ich habe Neuigkeiten für dich, Denver.«

Noch ein Stoß. Noch ein Stöhnen.

»Ich habe, verdammt noch mal, nie aufgehört.«

Die Welt um mich herum stürzt ein.

24. Kapitel

Fünf Jahre zuvor, Mai

DENVER: ANHANG HERUNTERLADEN

DENVER: Ich habe es geschafft!

DENVER: Meine ich das bloß, oder ist es an der Ostküste wahnsinnig feucht? Ich habe das Gefühl, als würde ich versuchen, unter Wasser zu atmen.

• • •

DENVER: Hey, alles klar? Ich habe gestern geschrieben und keine Antwort bekommen.

DENVER: Allie und ich haben heute Sachen für die Wohnung besorgt. Sie hat den halben Laden leer gekauft.

DENVER: Shep?

DENVER: Na ja, schreib mir einfach, wann immer du dazu kommst. Bestimmt hast du total viel zu tun.

• • •

DENVER: Ich mache mir langsam Sorgen. Ich habe seit Tagen nichts von dir gehört.

DENVER: Ist alles in Ordnung?

DENVER: Ich habe versucht, dich anzurufen. Ich weiß, das machen wir eigentlich nicht, aber ich musste es einfach versuchen.

DENVER: Bitte lass mich einfach wissen, dass es dir gut geht.

• • •

DENVER: Okay, das ist jetzt mein letzter Versuch. Wenn du nicht antwortest, kann ich nichts daran ändern. Allie und ich werden auf der Party am Freitagabend sein. Mal sehen, ob wir uns dort sehen. Gute Nacht, Shep.

• • •

»Warum zum Teufel solltest du sie einladen?«

»Äh, weil sie die beste Freundin meiner Freundin ist und das Mädchen, auf das du stehst. Ist doch klar, du Schwachkopf.« AJ rollt mit den Augen und nimmt einen langen Zug von seinem Bier, ohne sich um meinen eindeutig genervten Ton zu kümmern. »Was ist los, Alter? Plötzlich stehst du nicht mehr auf Denny? Was ist los?«

Oh, ich stehe auf Denny. Ich stehe *unheimlich* auf Denny.

Manche würden sagen, *viel zu sehr*.

Ich liebe sie.

Und das ist verdammt beängstigend.

Ich stecke so tief in dieser seltsamen Fernbeziehung, die wir führen, dass es unmöglich gesund sein kann. Es macht mir Angst … richtig Angst.

So sehr, dass ich letzte Woche aufgehört habe, Denny zu antworten. Ich habe den Schwanz eingezogen, wie ein verdammtes Weichei, und mich vor ihr und meinen Gefühlen versteckt.

Es ist zu viel für mich, zu intensiv.

Ich will es zu sehr.

Was, wenn es nicht klappt? Was, wenn es mit uns nicht klappt? Was, wenn ich nicht das bin, was sie will? Das wird umso schlimmer, je näher wir uns kommen.

Also tue ich das, was verantwortungsvoll ist – ich beende es, bevor es weitergehen kann.

»Du läufst doch nicht etwa aus Angst davon, oder?«

Ich starre meinen besten Freund an, genervt, dass er mich so gut kennt. »Halt die Klappe, AJ.«

»Ich sage ja nur, du solltest es wenigstens mit ihr versuchen. Sie ist ziemlich cool.«

»Und was ist, wenn sie mich hasst?«

»Oh, sie wird dich auf jeden Fall hassen, besonders wenn du sie verdammt noch mal abservierst, nachdem sie wegen dir hierhergezogen ist.«

»Sie ist nicht wegen mir hierhergezogen. Sondern wegen Allie.«

»Was auch immer ihr zwei Schwachköpfe euch einreden wollt.« Er nimmt noch einen Schluck. »Ich gehe nach hinten. Schick Allie einfach hin, wenn sie kommt, was jeden Moment der Fall sein muss.«

»Warum holst du deine Freundin nicht selbst?«

Er schüttelt seine Flasche. »Weil ich verdammt noch mal kein Bier mehr habe, deshalb.«

Ich schlage ihn auf den Rücken, als er sich herumdreht.

»Hör auf, mich zu schlagen.«

»Ich hasse dich!«

Er lacht. »Lügner. Geh zur Tür.«

Da merke ich, dass es tatsächlich an der Tür klingelt.

Meine Finger beginnen, zu kribbeln, und ich muss von zehn rückwärts zählen, um nicht in die entgegengesetzte Richtung zu rennen.

Tu es einfach, Shep. Bring es hinter dich.

Ich bahne mir einen Weg zwischen den Leuten hindurch und versuche, nicht durchzudrehen, während ich auf die Tür zugehe.

Ich gebe mir keine Zeit zum Innehalten oder Nachdenken. Ich reiße einfach die Tür auf und stehe Denny zum ersten Mal überhaupt gegenüber.

O Mann.

Sie sieht *toll* aus – richtig atemberaubend. Die Fotos in den sozialen Netzwerken werden ihr nicht gerecht. Ihr dunkles Haar ist nachlässig zu einem Zopf geflochten, der ihr über die Schulter fällt, und ihre grünen Augen sind so viel strahlender, als ich es mir je hätte vorstellen können.

Ich reiße mich zusammen und richte den Blick auf Allie, entschlossen, Denny nicht noch einmal anzusehen.

»Was machst du denn hier?«

Ich weiß, was zum Teufel sie hier macht. Ich zögere das nur so lange wie möglich hinaus, warte auf den richtigen Moment, denn anscheinend liebe ich es, mich zu quälen.

Sie starrt mich nur an, also gehe ich zur Seite und winke die beiden herein. »Er ist hinten.«

Mir entgeht weder der Blick, den Allie Denny zuwirft, noch der, den Denny ihr zuwirft, bevor sie versucht, meinen Blick zu erhaschen.

Ich lasse es nicht zu, weil ich weiß, dass ich sonst zusammenbreche.

Mit einem Seufzer ergreift Denny Allies ausgestreckte Hand und lässt sich von ihrer besten Freundin durch die Masse der Körper ziehen.

Ich lasse sie in der Menge verschwinden, sehe zu, wie Denny von der Menge verschluckt wird.

Ich brauche einen Moment. Ich muss nachdenken. Ich muss mich vergewissern.

Nein. Nicht nachdenken. Tu es einfach.

Ich gehe nach hinten zu den anderen, wild entschlossen. Die Jungs im Raum beäugen sie, und ich will jeden einzelnen von ihnen verprügeln.

Stattdessen lehne ich mich gegen den Türrahmen, die Arme über der Brust verschränkt, damit meine Fäuste nicht von selbst herausschnellen.

»Mit wem bist du hier, Süße?«

Süße – argh. Diese Scheiß-Kosenamen.

»Ich gehöre zu …«

»Sie ist mit Allie gekommen«, falle ich ihr ins Wort.

Ich weiß nicht, warum ich es sage, aber ich kann es nicht mehr zurücknehmen, zumal ich den Schmerz in Dennys Blick sehe.

Es gefällt ihr nicht, dass ich nicht gesagt habe, dass sie zu mir gehört. Ja, sie hasst es.

Das ist gut. Vielleicht kann ich sie dazu bringen, mich auch zu hassen. Das wird es einfacher machen.

»Richtig.« Sie zeigt mit einem zittrigen Finger auf Allie. »Ich bin hier mit ihr … *nur* mit ihr.«

Ihre Worte versetzen mir einen Stich, aber ich lasse es mir nicht anmerken.

Ich kann nicht. Ich *muss* jetzt weggehen. Ich habe keine andere Wahl. Entweder jetzt Schluss machen oder in Flammen aufgehen. Ich war noch nie jemand, der mit Feuer spielt.

»Da du frei bist, willst du tanzen?«

Sie blickt wieder zu mir.

Ich rühre mich nicht.

»Klar. Sehr gern«, sagt sie, ein falsch-fröhliches Lächeln auf den Lippen.

Der Typ erhebt sich von seinem Stuhl. »Ich bin Cade.«

Sie lässt ihre Hand in seine ausgestreckte gleiten, und der Kontakt lässt mich taumeln. Es ist noch schlimmer, als er sie an sich zieht und an seine Brust drückt.

Er grinst. »Ich dachte nur, wir sollten das hinter uns bringen, bevor wir auf der Tanzfläche Liebe machen.«

Verdammter Mist.

Sie lächelt ihn neckisch an und isst ihm sozusagen aus der Hand.

»Liebe, soso? Das hast du im Sinn?«

Cade steht auf ihren Mund, aber das ist verdammter Bullshit, weil *ich* schon auf diesen Mund stehe.

Ich muss mich abwenden, bevor ich etwas tue, was ich später bereue, wie etwa meinen Mannschaftskameraden zu verprügeln, weil er versucht, mir mein Mädchen zu stehlen.

Jemand schubst mich an, stolpert und verschüttet Bier auf meinem Shirt.

Na toll.

»Oje! Es tut mir so leid, Slug.« Ich versuche, nicht zusammenzuzucken bei dem Spitznamen. »Ich habe dich nicht gesehen.«

Von wegen nicht gesehen.

»Wie auch immer. Willst du tanzen?«

Ich schaue sie nicht einmal an oder warte auf ihre Antwort, meine Augen sind zu sehr damit beschäftigt, Denver durch den Raum zu verfolgen.

Mein Blut kocht, als Cade die Arme um ihre Taille

schlingt. Ich tue dasselbe mit dem Mädchen in meinen Armen, denn wenn ich es nicht tue, werde ich verdammt noch mal ausrasten.

Dennys Blick findet mich wieder. *Warum muss sie ständig zu mir herüberschauen?*

Ich kann es sehen, sogar von der anderen Seite des Raumes – ich sehe den Hass und die Wut, die in ihr lodern.

Gut, Denny. Gut.

Cade streichelt ihren Nacken. Ich ahme ihn nach. Alles, was er mit Denny macht, mache ich mit dem Mädchen in meinen Armen. Denny hasst es, sie hasst es körperlich, wenn er sie berührt. Ich kann von hier sehen, dass sie sich wünscht, ich wäre es.

Sie will mich, so wie ich sie will, und ich will sie wirklich sehr.

In diesem Moment wird mir klar, dass ich das durchziehen muss, denn Denver Andrews könnte mich wirklich brechen.

Sie befreit sich aus Cades Armen, schenkt ihm noch ein Lächeln und rennt hinaus.

Ich verschwende keine Zeit, als ich ihr hinterherlaufe. Ich muss sicherstellen, dass ich das bis zum Ende durchziehe.

Ich finde sie am Fuße der Treppe, und alles in mir schreit, dass ich zu ihr gehen und sie in meine Arme schließen und sie von diesem ganzen Schmerz befreien sollte.

Aber ich tue es nicht.

Stattdessen sage ich: »Du solltest gehen.«

Sie dreht sich um und reißt vor Überraschung den Mund auf.

»G-gehen?« Es kommt nur als ein ersticktes Flüstern heraus. »Wie meinst du das? Ich bin nur hierher, um frische Luft zu schnappen, nicht um zu gehen.«

»Ich meine, was ich sage.« Sie blickt mich forschend an, lange genug, um zu erkennen, dass ich nicht scherze, aber nicht lange genug, um zu erkennen, dass ich lüge und sie insgeheim anflehe, zu bleiben. »Du solltest gehen«, wiederhole ich.

»Warum?«

»Weil ich es verdammt noch mal sage.«

Ich kann nicht glauben, dass das passiert, kann nicht glauben, dass ich das tue.

Ich habe mich geirrt. Das hier ist falsch.

Es tut weh. Es tut verdammt weh, und es sollte nicht wehtun. Es sollte diesen Schmerz verhindern, nicht ihn entfachen.

»Warum tust du das?«, fragt sie leise und kann die Tränen kaum zurückhalten. »Habe ich etwas falsch gemacht?«

Ich löse meinen Blick von ihrem, ich weiß, das muss ich, sonst brechen ihre Tränen meinen Willen. »Wir haben beide gewusst, dass das so kommen würde.«

»Haben w-wir?« Ihre Stimme bricht, und ich finde es schrecklich. »Ich habe das nämlich ganz sicher nicht erwartet. Ich bin wegen *dir* hierhergekommen – wegen *uns* ... weil wir füreinander *reserviert* sind. Wir reden seit Monaten darüber. Ich habe ganz sicher nicht damit gerechnet.«

Einen Moment lang schließen sich meine Augen, und

eine Zukunft, in der Denver mich verlässt, blitzt in meinen Gedanken auf.

Das tut noch viel mehr weh als das hier.

»Doch, hast du, Denver.«

Dass ich sie beim vollen Namen nenne, erschreckt sie; ich sehe es an der Art und Weise, wie sich ihre Atemzüge beschleunigen.

»Du hast von Anfang an gewusst, dass ich nicht für eine feste Beziehung geeignet bin«, rede ich weiter, und je länger ich rede, desto wütender wird sie. »Was immer du dir in deinem Kopf zurechtgelegt hast, es ist dein Problem. Ich kann das nicht.« Ich schnippe mit dem Finger zwischen uns hin und her, um es zu verdeutlichen.

»Was auch immer das war, es ist vorbei.«

Zorn lodert in ihrem Blick auf.

Gut. Sei wütend. Hasse mich, Den. Hasse mich so, wie ich mich gerade hasse.

Und das tut sie. Sie hasst mich. Ich kann es sehen.

Ohne ein weiteres Wort dreht sie sich auf dem Absatz um und geht den Gang hinunter.

»Ich meine es ernst, Denver. Es ist vorbei.«

Ich kann nicht sagen, ob ich versuche, sie oder mich selbst zu überzeugen.

»Ich habe dich gehört, laut und deutlich … Slug.«

Mein Atem stockt, und ich weiß, dass sie das bemerkt.

Sie hat es getan. Sie hat mich Slug genannt.

In diesem Moment weiß ich es. Ich weiß es.

Cap und Bucky? Es ist endgültig aus zwischen uns.

Und der Schmerz ist genau das, was ich nicht wollte.

25. Kapitel

»Du bist schuld, dass wir in einer Kammer eingesperrt sind, weil du deinen Schwanz nicht in der Hose behalten konntest!«

»Vor ein paar Minuten habe ich keine Beschwerden von dir gehört, als besagter Schwanz in dir steckte. Alles, was ich gehört habe, war dein Stöhnen und schweres Atmen, vielleicht ein paar Schreie nach ›mehr‹.«

Sie schlägt mir auf die Brust, und ich lache, was sie dazu bringt, erneut nach mir zu schlagen.

Ich verstehe nicht, warum sie sich jetzt so aufregt. Was wir gerade getan haben? Das war *irre*.

Ich muss verrückt sein, denn ich habe keine Ahnung, wie ich so viele Jahre überstanden habe, ohne sie zu berühren.

»Umbringen, Shep! Ich werde dich umbringen!« Denny hämmert an die Tür.

»Hilfe! Ich werde ihn ermorden, und ich bin viel zu süß für den Knast!«

»So dramatisch.« Ich rolle mit den Augen, obwohl sie mich nicht sehen kann. »Lass mich nachschauen, ob Braxton noch hier ist.«

Ich ziehe mein Handy heraus, scrolle durch die Kontakte und tippe auf seinen Namen, da geht das Deckenlicht an.

»Oh verdammt, Weib!« Ich schütze meine Augen. »Das ist grell!«

»Na und?«

»Und was, du ungeduldiges kleines Miststück? Er geht nicht dran.«

Denny schnaubt, verschränkt die Arme vor der Brust und tippt rhythmisch mit der Fußspitze auf den Boden. Ich kann nicht anders, ich muss wieder über sie lachen. Sie sieht so verdammt süß aus, wenn sie sich aufregt, wenn sie noch von innen heraus glüht, weil sie gerade einen Orgasmus erlebt hat. Ihre Haare sind durcheinander, ihr Kleid ist zerknittert, und man sieht ihr so eindeutig an, dass sie etwas angestellt hat.

Der Klingelton in der Leitung hallt in meinem Ohr wider, und ich will gerade auflegen, als ich endlich Braxtons Stimme aus dem Lautsprecher höre.

»Du hast es vermasselt, oder?«

»Erstens, Blödmann. Zweitens, nein, jedenfalls nicht so, wie du denkst. Bitte sag, dass du noch hier bist.«

»Verdammt, nein. Ich bin schnell abgehauen. Ich habe auch ein Leben außerhalb von philanthropischen Veranstaltungen. Warum? Was ist los?«

Ich stöhne. »Verdammter Mist. Folgendes ist passiert …«

Sein tiefes Lachen dröhnt aus dem Lautsprecher. »Mit diesen Worten fängt nie etwas Gutes an.«

»Ich habe mich sozusagen selbst in einer Kammer eingeschlossen … mit Denny.«

Er ist still ... so still, dass ich denke, er hat aufgelegt, also checke ich die Leitung.

Nein, er ist noch dran.

»Braxton?«

»Tut mir leid«, sagt er und lacht. »Aber habt ihr zwei auf einer Wohltätigkeitsgala gefickt?«

»Ich ...« Ich versuche, mir eine Lüge auszudenken, aber nichts klingt richtig, also entscheide ich mich für die Wahrheit. »Ja.«

»Oh, verdammt.« Noch mehr Gelächter. »Du bist wirklich total daneben, Clark, so was von ... Wenn die Trainer davon Wind kriegen ...«

»Ich weiß, ich weiß. Ich wäre für immer draußen, aber es war ein Risiko, das ich eingehen musste.«

»War es das? Hättet ihr nicht warten können, bis ihr wieder auf eurem Zimmer seid?«

»Tut mir leid, aber hast du das Kleid gesehen?«, flüstere ich ins Handy. »Weißt du was, antworte nicht darauf.«

»Ich schüttle nur den Kopf über dich, Clark.«

»Ja. Ja.«

»Willst du vielleicht Joe anrufen? Er ist immer noch da, er wird als Vorletzter gehen.«

»Verdammter Hurensohn«, murmele ich zähneknirschend.

Braxton, der Bastard, lacht wieder.

»Ich denke allerdings gerade ernsthaft daran, umzudrehen, falls du dich dadurch besser fühlst. Ich bin wirklich nahe daran, es zu tun, nur um zu sehen, wie Joe euch herauslässt.«

»Ich lege jetzt auf, Idiot.«

»Viel Glück, Clark.«

Er legt auf.

»Er kann uns nicht helfen?«

Ich schüttle den Kopf. »Nein.«

»Hast du noch andere Teamkollegen hier?«

»Keine, die ich anrufen möchte.«

Sie marschiert auf mich zu und streckt die Hand aus. »Dann werde ich es tun. Gib her.«

»Auf keinen Fall!« Ich drücke das Handy an meine Brust. »Kommt nicht infrage.«

»Du wirst jemanden anrufen, der uns hier rausholt, oder das …«, sie wedelt mit den Fingern zwischen uns hin und her, » … war eine einmalige Sache.«

Ich grinse sie an. »Oh, Den. Wir haben Jahre darauf gewartet, dass das passiert. Wir wissen beide, dass ich nichts weiter tun muss, als den Finger zu krümmen, um dich wieder ins Bett zu kriegen.«

»Willst du diese Theorie testen, Cap?«

»Ich würde mit doppeltem Einsatz darauf wetten.«

Sie knirscht mit den Zähnen, weil sie weiß, dass ich recht habe. Wieder stürzt sie sich auf mein Handy.

Natürlich verfehlt sie es.

Danke, Baseball-Reflexe.

Sie dreht sich wieder zur Tür um und klopft laut und heftig dagegen. »Helft uns!«

»Still! Wenn mein Trainer das hier herausfindet …«

»Du fickst mich in einer Abstellkammer, während du eigentlich Geld für wohltätige Zwecke sammeln solltest?«

»Ja, genau. Wenn er das herausfindet, bin ich am Arsch. Wir müssen das diskret behandeln.«

Sie hebt die Hand, wie um noch einmal an die Tür zu klopfen. Ein harter Blick aus grünen Augen durchbohrt mich aus geringem Abstand. »Dann fängst du wohl besser an, eine Nummer zu wählen, Shep.«

»Du bist verrückt.«

Sie hebt eine Augenbraue.

»Keine Sorge«, ich zwinkere, »ich mag das.«

Zögernd, weil ich weiß, dass er mir auf unerträgliche Art die Hölle heiß machen wird, scrolle ich zu Joes Nummer und drücke auf Anruf.

»Rufst du mich von innerhalb des Gebäudes an? Wohin bist du verschwunden?«

»Ich, äh, also ich brauche deine Hilfe.«

»Oh, das klingt gut.«

Ich höre das Grinsen in Joes Stimme, und jetzt möchte ich mich dafür umbringen, dass ich uns das angetan habe.

»Ich bin in einer Abstellkammer eingesperrt.«

»Moment mal, du steckst in einer Kammer und brauchst meine Hilfe, um rauszukommen? Ich fühle mich geschmeichelt, Clark, aber ich spiele nicht für dieses Team.«

»Joe …« Ich kneife mich in die Nase. »Ich bin nicht allein.«

»Mit wem bist du zusammen? Mit dem Mädel, das du mitgebracht hast?«

»Natürlich.«

Er lacht dröhnend. »Oh wow, Mann. Das ist mutig, wenn

man bedenkt, wie viel Ärger du dir schon eingehandelt hast. Du bist ein Vollidiot.«

»Ich brauche keine Ansprache, Joe. Ich brauche Hilfe.«

»Wo bist du?«

»Wenn du durch den Haupteingang hinausgehst und dann links abbiegst, wir sind am Ende des Gangs in dem kleinen Abstellraum.«

»Gib mir fünf.«

Er beendet das Gespräch.

»Wird er helfen?«

»Ja, aber das wird seinen Preis haben.«

Sie grinst schief. »War es das wert?«

Ich möchte ihr eine witzige Antwort geben, ein freches Grinsen, flirtend, lustig, locker – aber ich kann nicht.

Da ist etwas, was mich mehr stört, als ich zugeben möchte, und wenn Denny und ich eine gemeinsame Zukunft haben sollen, muss ich anfangen, mich zusammenzureißen, und mit ihr über meine Ängste reden, dieselben, die mich vor all den Jahren dazu gebracht haben, mich von ihr zurückzuziehen.

»Ich weiß es nicht, sag du es mir, Madame ›Es-war-nicht-so-toll-wie-ich-es-mir-vorgestellt-habe‹.«

Sie senkt den Kopf, und ich merke, dass ihr zum ersten Mal richtig klar wird, was wir gerade getan haben.

Ich gehe zu ihr, lege einen Arm um ihre Taille und ziehe sie nah an mich heran. Sanft lege ich zwei Finger unter ihr Kinn und bringe ihr Gesicht ganz nah an meines.

Ihre Wangen sind immer noch gerötet von der Ekstase,

ihre Stirn glänzt von Schweiß, und sogar ihr Make-up sieht aus, als hätte es schon bessere Tage gesehen.

Aber sie ist immer noch so verdammt schön.

»Hast du es ernst gemeint?«, flüstert sie.

»Mehr als alles andere.«

»Ich möchte dir glauben.«

»Dann tu es.«

Sie seufzt und schließt die Augen vor meinem intensiven Blick. »Ich habe dich das schon mal sagen hören, Shep. Ich habe gehört, wie du gesagt hast, dass du es ernst meinst, und am Ende war es doch nicht so.«

»Ich habe es immer ernst gemeint, Den, sogar damals. Sogar als ich dich von mir weggestoßen habe.«

»Dann sag mir, warum?« Sie lässt ihren Kopf an meine Brust sinken. »Warum konnten wir nicht zusammen sein?«

Ich drücke ihr einen sanften Kuss auf die Schläfe. »Weil ich ein verdammtes Weichei bin, wenn es um Liebe geht. Ich bin wie versteinert vor Angst, dass man mir das Herz brechen könnte. Ich will nicht den gleichen welterschütternden Schmerz erleben wie meine Mutter, als mein Vater starb. Also laufe ich weg, verstecke mich und stoße Menschen von mir weg, besonders die Menschen, die mir besonders viel bedeuten.«

»Ich gehe nirgendwohin, Shep. Ich hatte nie vor, irgendwo hinzugehen.«

»Das weiß ich jetzt.«

»Ich kann das nicht noch mal mit dir machen, wenn du mir doch nur das Herz brichst.«

Für einen Moment, nur einen einzigen Moment, huschen Zach und Delia durch meinen Kopf, aber ich schiebe sie weg.

Ich bringe Dennys Gesicht wieder an meines und zwinge sie, mir in die Augen zu sehen.

»Das wird nicht passieren.«

Ich bin ein Lügner.

Und das Traurigste daran? Wir glauben beide, was ich sage.

• • •

Es sind fast zwanzig Minuten vergangen, als es an der Tür klopft.

»Clark?«

»Oh, Gott sei Dank«, murmle ich und stoße mich von der Wand ab. »Joe. Mann, ich hätte nie gedacht, dass ich mal so glücklich sein würde, deine Stimme zu hören.«

»Sag das noch mal, nur ein bisschen lauter. Ich glaube, das Mikrofon hat das nicht erfasst.«

»Ich habe gelogen. Geh weg.«

»Nein!«, schreit Denny, rennt zur Tür und reißt am Griff. »Bitte lass uns raus!«

»Nicht bevor Clark mir sagt, dass ich der beste Shortstop im Team bin und dass ich den größten Schwanz habe.«

»Dein Schwanz ist riesig, und du bist der beste Shortstop!«

»Danke, Schätzchen, aber ich muss es aus Clarks Mund hören.«

»Das war das Abartigste, was ich je aus deinem Mund

gehört habe, und du redest eine Menge Blödsinn«, sage ich leise zu Denny. »Du musst es zurücknehmen.«

»Gut, ich nehme es zurück, aber du musst es sagen. Ich bekomme langsam das Gefühl, hier drin zu ersticken. Wenn das der Preis ist, den du zahlen musst, dann zahl ihn.«

»Clark? Ich werde wieder auf der Party gebraucht. Es heißt jetzt oder nie.«

»Sag es«, drängt Denny.

»Verdammt«, stöhne ich. »Du bist der beste Shortstop im Team, und du hast den größten Schwanz!«

Joe lacht hämisch, dreht den Knauf und reißt die Tür auf. Sein grinsendes Gesicht füllt den Türrahmen aus.

»Was geht, Arschbacke?«

Ich ergreife Dennys Hand und schiebe mich an ihm vorbei.

Applaus setzt ein, und der Lärm erfüllt den ansonsten leeren Flur.

Einige Jungs aus dem Team stehen draußen und johlen, als Denny und ich unseren beschämenden Abgang machen.

»Gut gemacht, Clark!«

»Ja! Nicht übel!«

»Du bist der wahre MVP!«

Denny, wie sie nun mal ist, fängt an, die Jungs zu highfiven und zu fist-bumpen, offenbar sehr stolz auf sich selbst.

Oh, zum Teufel. Ich senke den Kopf und ziehe sie mit mir vorwärts, so schnell ich kann.

Als wir beim letzten Spieler ankommen, windet Denny sich aus meinem Griff und wendet sich an die Menge.

»Ich möchte diesen Moment nutzen, um einige Gerüchte anzusprechen, die ihr vielleicht über Shepard Clark gehört habt – Gerüchte, die von mir verbreitet wurden.«

Sie hören alle gebannt zu, ein amüsiertes Grinsen im Gesicht.

Bastarde.

»Ich lag falsch, als ich sagte, Sheps Penis sei nur drei Zentimeter lang. Das war eine Fehleinschätzung meinerseits.«

Was will sie …?

Sie zwinkert mir kurz zu. »Es sind eindeutig vier.«

Damit verbeugt sie sich, huscht den Flur hinab und lässt mich mit offenem Mund stehen. All meinen Teamkollegen kommen die Tränen vor Lachen.

»Ich bin dafür, dass wir sie behalten«, sagt Joe.

Ein Lächeln schleicht sich auf mein Gesicht, während ich der Frau hinterherstarre, die mich gerade in einer Abstellkammer gevögelt hat, mich dazu gebracht hat, ihr meine Liebe zu gestehen, und dann all meinen Freunden erzählt hat, dass ich einen Vier-Zentimeter-Schwanz habe, als wäre das nichts.

Ich bin auch dafür, dass wir sie behalten.

26. Kapitel

Ich hatte recht. Ein unverbindliches Verhältnis mit Shep wäre unmöglich.

Alle Gefühle, die ich in den letzten fünf Jahren für ihn hatte, waren plötzlich wieder da, als er in mich eindrang.

Ich empfand die Liebe, den Hass, die Hingabe, die Wut und den Schmerz – alles.

Mit jedem Stoß, jeder sanften Berührung ... war alles wieder da und wollte mir aus der Brust springen.

Und als er mich fragte, ob es so war, wie ich es mir immer vorgestellt hatte? Da konnte ich mich nicht überwinden, ihn anzulügen, nicht, während er in mir war.

Deshalb bin ich danach schnell zur Toilette gerannt. Ich habe einen Moment für mich gebraucht, um durchzuatmen und zu verarbeiten, dass er gesagt hatte, er habe nie aufgehört, mich zu lieben.

Wie ist das möglich, wenn er mir doch so wehgetan hat? Wie ist es möglich, dass ich ihn immer noch liebe, trotz allem?

Ist es das, was man Schicksal nennt? Jemanden zu lieben, selbst wenn man weiß, dass man es nicht tun sollte? Zu wissen, dass jemand die Macht hat, einen zu zerstören, und ihm trotzdem sein Herz zu öffnen?

Wenn ja, hatte Shep vielleicht recht damit, Angst vor dem Schicksal zu haben. Es ist verdammt beängstigend.

Ich beende die Restaurierung meines Make-ups und glätte die Strähnen, die sich aus der komplizierten Frisur gelöst haben, zu der ich mein Haar hochgesteckt habe.

Sobald ich zu dem Schluss gekommen bin, dass ich nicht ganz offensichtlich so aussehe, als wäre ich gerade flachgelegt worden, mache ich mich auf den Weg zurück in den großen Ballsaal.

Ich mische mich wieder unter die Gäste und lasse mir von einer der Kellnerinnen ein Glas Champagner geben.

»Sobald wir in unserem Zimmer sind, gehört dein Hintern mir.«

Sheps warme Hand gleitet über meinen Körper, und ich lächle gegen das Glas, das ich gerade an die Lippen führe.

»Wow, wir gehen schon zum Analverkehr über? Das geht aber schnell bei dir.«

Er schüttelt den Kopf. »Ich weiß nie, was als Nächstes aus deinem Mund kommt, Denny.«

»Ist das gut oder schlecht?«

»Gut – meistens.«

»Wann magst du es denn nicht?«

»Na ja, wenn du jedem erzählst, dass ich einen Vier-Zentimeter-Schwanz habe, zum Beispiel.«

Ich versuche, nicht zu lachen. »Du hast recht – drei waren viel glaubwürdiger.«

»Verdammt, Denny«, murmelt er, zieht mich an sich und

drückt mir einen Kuss auf die Wange. »Diesmal behalte ich dich.«

Ich drehe mich zu ihm um und fange seinen hungrigen Blick mit meinem ein. »Wirklich?«

»Wenn du mich lässt, Bucky.«

Ich nehme noch einen Schluck Alkohol, für mehr Selbstvertrauen.

»Mal sehen, Cap. Mal sehen.«

• • •

»Was machst du da?«, fragt Shep, als ich auf die Knie sinke, sobald wir das Hotelzimmer betreten. Er schmunzelt. »Steve ist in seinem Käfig – du selbst hast ihn hineingesetzt.«

»Ich bin nicht wegen Steve auf den Knien.«

Seine Augen werden dunkler. »Den …«

»Hast du nicht gesagt, ich könnte nur in einem dieser Kleider für dich auf die Knie gehen?«

Er schluckt schwer und nickt.

Ich hatte noch nie große Lust auf Blowjobs. Es fühlt sich immer mehr nach Arbeit an als nach Vergnügen. Aber jetzt ist es anders.

Es geht um Shep, also war es wohl nicht anders zu erwarten.

Ich wende den Blick nicht ab, als ich seine Gürtelschnalle öffne, zucke mit keiner Wimper, als das Geräusch seines Reißverschlusses von den Wänden widerhallt, und wende den Blick auch nicht ab, als ich ihm Hose und Boxershorts abstreife.

Ich wage es nicht, die Augen zu schließen, als ich ihn zum ersten Mal in meinen Mund nehme.

Sheps lustvolles Keuchen erfüllt den Raum, als ich beginne, an ihm zu saugen. Angenehmer Druck baut sich bereits zwischen meinen Beinen auf.

»Nein«, befiehlt er mit angestrengter Stimme, als ich beginne, die Augen zu schließen.

Er greift in mein Haar und zieht gerade fest genug, dass ein winzig kleiner Schmerz mich zwingt, ihn weiterhin anzuschauen.

»Wage es nicht, Bucky.«

Ich wage es nicht.

Er stöhnt, als ich ihn tiefer aufnehme, und die Feuchtigkeit zwischen meinen Beinen steigt auf ein peinliches Niveau. Ich wünschte, ich hätte vorausgedacht und mein Kleid hochgezogen, damit ich wenigstens meine Klitoris reiben kann, aber hier geht es nicht um mich. Es geht um ihn, und ich bin mir sicher, dass es nicht viel braucht, um Shep zu einer dritten Runde zu überreden.

Sein Atem geht rasend schnell, und ich merke, dass er schon ganz nahe daran ist. »Verdammt, das ist so peinlich. Ich bin kurz davor, zu kommen.«

Ich ziehe mich von ihm zurück, streichle ihn aber weiter und grinse provozierend zu ihm hoch. »Ich kann aufhören, wenn du willst.«

»O Mann, willst du mich umbringen.« Er beißt sich auf die Lippe, drückt sich meiner Hand entgegen und unterdrückt ein weiteres lustvolles Stöhnen. »Wenn du jetzt nicht weitermachst, lasse ich es an deinem Hintern aus.«

»Ah, schon wieder mein Hintern.«

»Den?«

»Ja, Shep?«

»Mach weiter.«

Ich führe ihn wieder in den Mund, atme durch die Nase und nehme ihn tiefer als zuvor in mich auf. Seine Beine zittern, und seine Reaktion lässt mich erregt summen.

»Ah, verdammt, verdammt«, murmelt er.

Er zieht fester an meinem Haar, eine Geste, die mich fast zum Höhepunkt bringt, und das alles, ohne dass Shep mich unterhalb der Taille auch nur berührt.

»Den, wenn du nicht willst, dass ich dir meine Ladung in den Hals blase, beweg dich.«

Ich rühre mich nicht.

»Letzte Chance«, zischt er.

Ich ziehe mich ein wenig zurück, jedoch ohne ihn freizugeben, und sauge fest, bis er sich in meinem Mund entleert.

Ich lasse ihn los, lehne mich zurück und bin zufrieden, als er sich gegen die Tür fallen lässt, schwer und unregelmäßig atmend.

»Jesus, Den.«

»Was habe ich gesagt …«

»Neun Prozent«, stößt er mit einem erstickten Lachen hervor. »Ich weiß.«

• • •

»Hör auf, an meinen Füßen zu lecken, Shep.«

»Warum sollte ich dir die Füße lecken?«

»Ähm, weil du ein Freak bist.«

»Stimmt, aber doch nicht so einer.« Er dreht sich zu mir um, und ich spüre seinen Atem in meinem Nacken. »Zwei Dinge: Erstens, ich bin zu müde, um dir die Füße zu lecken – du hast mich ausgelaugt mit all den Orgasmen –, und zweitens, hast du auch mal daran gedacht, dass es Steve sein könnte, der an deinen Füßen leckt?«

Ich weiß nicht, woher er die Energie nimmt, sich gerade jetzt herumzurollen. Ich könnte mich nicht rühren, selbst wenn ich es versuchen würde.

Ich musste nicht lange warten, bis Shep sich für den Orgasmus revanchierte. Sobald er sich erholt hatte, hob er mich vom Boden auf und ging mit mir unter die dampfend heiße Dusche, wo er mir zeigte, dass Sex in der Dusche *wirklich* Spaß machen kann.

Dann zeigte er mir, dass Sex im Bett auch toll ist, und dort sind wir geblieben, zu erschöpft, um uns zu bewegen.

»Erstens: Steve weiß, dass ich das hasse. Zweitens, willst du sagen, du würdest mir die Füße lecken, wenn du nicht zu müde wärst?«

Obwohl ich ihn nicht ansehe, weiß ich, dass er mit den Augen rollt. »Schlaf, Den.«

»Erst kuscheln.«

»Ich kuschele nicht.«

»Du hast auch gesagt, du machst nichts, was mit ernsthafter Beziehung zu tun hat … oder Liebe …«

Er stöhnt und schlingt den Arm um mich und schmiegt sich an meinen Rücken. Wir passen perfekt.

»Kannst du mir etwas sagen?«

»Kannst du mir versprechen, dass du einschläfst, nachdem ich es dir gesagt habe?«

»Ja, und im Gegensatz zu dir halte ich mich an meine Versprechen.« Er kneift mir mit der freien Hand in den Hintern, und ich schreie auf und versuche, mich ihm zu entwinden, aber er hält mich noch fester. »Du hast ja schon den ganzen Abend versprochen, es mit meinem Hintern zu treiben.«

Er schüttelt den Kopf. »Was soll ich dir sagen, Bucky?«

»War es etwas, das ich getan oder gesagt habe?«

Ich muss das nicht weiter ausführen. Er weiß genau, worauf ich mich beziehe.

Es sind dieselben Fragen, die ich ihm vor all den Jahren gestellt habe, als ich auf dieser Veranda stand.

Habe ich etwas getan, um ihn wegzustoßen? Habe ich etwas gesagt, das ihn veranlasst hat, die Flucht zu ergreifen?

»Nein, das warst nicht du.« Er drückt mir einen Kuss auf den Hals. »Zach und seine Verlobte hatten sich getrennt.«

»Jetzt, wo ich weiß, dass er Delias Zach ist, kann ich mir nicht vorstellen, dass er jemals mit jemand anderem verlobt war.«

»Es hat nicht lange gehalten, und es hat mir Angst gemacht. Sie waren jahrelang zusammen, bevor sie sich verlobt haben. Sie sollten das Paar sein, das das College übersteht. Das haben sie aber nicht. Sie sind gescheitert, und ich hatte Angst, dass wir auch scheitern würden.«

»Du hast uns nicht mal eine Chance gegeben, Cap.«

»Ich weiß.« Ein weiterer Kuss. »Aber da waren all diese Zweifel, sie haben sich immer tiefer eingegraben. Was, wenn ich nicht gut genug für dich wäre? Was, wenn ich dich nicht glücklich machen könnte? Du bist für mich quer über den Kontinent gezogen – was, wenn ich dir nicht alles geben könnte, was du brauchst? Was, wenn mir Baseball doch wichtiger wäre als du? Da war so vieles, auf das ich keine Antworten hatte.«

»Aber so ist das Leben. Wir haben auf nichts davon eine Antwort.«

»Erzähl das mal dem achtzehnjährigen Shep. Ich habe nämlich immer geglaubt, ich hätte alle Antworten. Ich war verdammt noch mal der König der Welt.«

Ich lache. »Das denkst du immer noch.«

Ich spüre sein Lächeln in meinem Nacken. »Schuldig, aber damals lag ich falsch, Den. Es war falsch von mir, all meine Unsicherheiten auf dich zu projizieren. Das ist etwas, was ich immer wieder getan habe. Ich habe denselben Fehler mehrere Male nach … uns gemacht, aber ich bin bereit, mir das einzugestehen. Ich bin bereit, das zu akzeptieren.«

Ich wende mich zu ihm um, kuschle mich an ihn und suche im Halbdunkel seinen Blick. »Was hat sich geändert?«

Shep vergräbt sein Gesicht in den Kissen. »Duwimiaulang.«

»Was?«

»Duwimiaulang.«

»Was?«

Er dreht den Kopf zu mir und grinst. »Sag noch einmal ›Was?‹. Ich warne dich. Ich warne dich doppelt.«

Ich ziehe die Nase kraus. »Äh, was?«

»Oh Gott, du hast den Film nicht gesehen.« Er dreht sich

von mir weg und steht vom Bett auf ... nackt. Dabei bewegt er sich so schnell, dass Steve herunterfällt, unter den Tisch rennt und sich in seinem Körbchen versteckt. »Tja ...«, Shep wirft die Hände in die Luft, » ... es war nett mit dir. Ich nehme jetzt meinen Welpen und verschwinde.«

»Wag es nicht, Steve auch nur anzurühren!« Ich setze mich ruckartig auf und ziele mit dem Zeigefinger auf ihn. »Ich habe *Pulp Fiction* sehr wohl gesehen. Jetzt komm zurück ins Bett.«

»Oh, Gott sei Dank«, sagt er, während er ausatmet. Er schüttelt den Kopf und schlüpft zurück unter die Decke. »Ich dachte, wir wären erledigt.«

Wir kuscheln uns wieder genauso aneinander wie vorher.

»Sag's mir.«

»Gut, aber nicht lachen.«

»War es das, was du gesagt hast? Dass ich dich auslachen würde?«

»Erraten. Jedenfalls waren es Allie und AJ. Sie, äh, sie waren es, die mich zum Glauben gebracht haben.«

»Woran?«

»Liebe. Schicksal. Der ganze Schwachsinn, der dir so wichtig ist.«

»Dann also auch der Weihnachtsmann, Valentinstag und wie riskant es ist, Pop Rocks und Cola zu mischen?«

Er lacht und erinnert sich an das, was er vor all den Jahren zu mir gesagt hat. »Ja, all dieser Schwachsinn.«

»Wie das?«

»Sie haben es geschafft.« Er streicht mir ein Haar aus dem Gesicht, das mir übers Auge gefallen ist.

»Sie haben das College überstanden, AJs Baseball-Karriere und auch all den anderen Mist. Sie haben es geschafft.«

Ich beuge mich vor, komme ihm so nah, dass er denkt, ich würde ihn küssen, und dann flüstere ich an seinen Lippen: »Ich hab's gesagt.«

Er schmunzelt, als ich mich zurückziehe. »Das hast du. Und es hat mich dazu gebracht, über uns nachzudenken ...«

»Und was wir alles verpasst haben.«

»O Mann, da ist so viel.«

»Wir könnten schon mindestens drei Möpse haben.«

»Ist Steve nicht genug für dich, Den?«

»Du kannst ein Mädchen nicht einfach fragen, wie viele Möpse genug sind. Das ist barbarisch.«

Er lacht, und ich rolle mich auf den Rücken und spüre, wie er mir Löcher in die Seite meines Kopfes starrt.

»Was?«

»Letzten Monat, als ich wegen einer dummen Entscheidung fast meine Karriere verloren hätte, wurden mir all die anderen Dinge bewusst, die ich wegen dummer Entscheidungen verloren habe.«

»Welche?«

»Der Respekt meiner Eltern. Eine Beziehung zu meinem Bruder. Manche Freunde. Und das Wichtigste von allen ...« Er hält inne und atmet zitternd aus. »Du.«

»Ich bin hier, Shep.«

»Ich bin auch hier, und ich gehe nirgendwohin – diesmal nicht.«

Ich sage nichts mehr.

Ich starre lange an die Decke, so lange, dass Steve in seiner Ecke des Zimmers zu schnarchen beginnt.

Aber nicht Shep. Er ist immer noch wach ... wartet und starrt.

Ich rolle mich wieder zurück zu ihm und fange den Blick seiner braunen Augen mit meinem ein.

»Ich gehe auch nicht weg, aber, Cap?«

»Ja?«

»Diesmal kein Bullshit?«

»Kein Bullshit. *Until the end of the line.*«

Meine Augen weiten sich. »Ich glaube, ich bin gerade gekommen. Du hast für mich Captain America zitiert.«

Er zwinkert. »Gern geschehen.«

Und dann drücke ich ihm ein Kissen aufs Gesicht.

27. Kapitel

Ich war nie der Typ, der über seine Gefühle redet, habe den Kram immer für mich behalten, weil es niemand etwas angeht, außer mich selbst. Gestern Abend mit Denny so offen darüber zu reden, was für eine verfickte Scheißangst ich davor habe, verletzt zu werden, das war für mich ein erstes Mal. So ehrlich war ich schon lange nicht mehr, wahrscheinlich nicht, seit uns ein Bildschirm und zweitausend Meilen trennten.

Es war nicht gelogen, als ich ihr sagte, dass ich sie immer noch liebe. Wie könnte ich jemals aufhören? Natürlich liebe ich sie, verdammt. Ich hatte damals nur nicht die gottverdammten Eier, mein Herz aufs Spiel zu setzen.

Jetzt, im Auto auf dem Weg nach Hause, betrachte ich sie aus dem Augenwinkel, staune, wie ihre Wimpern Schatten auf ihre Wangen werfen, liebe die Sommersprossen auf ihrem Nasenrücken, den Schwung ihrer Lippen, die die gleiche Farbe haben wie ihre Nippel.

»Ich kann spüren, wie du mich anstarrst.«

»Nein, kannst du nicht.«

»Kann ich doch, du Arsch.«

»Arsch? Redet man so mit dem Mann, der einem eine wilde Nacht voll heißer Lust beschert hat?«

»Du hast mich vielleicht gevögelt, Shep, aber ich bin immer noch ein bisschen sauer auf dich.«

Als ihr das Wort »vögeln« über die Lippen kommt, zuckt mein Schwanz, und das ist so gar nicht der richtige Zeitpunkt dafür.

Ich räuspere mich. »Warum, Den?«

»Wegen damals. Weil du es für uns versaut hast. Weil du mich dazu gebracht hast, dir hinterherzulaufen, und mich dann im Stich gelassen hast.«

»Ich ...«

»Du hast mir nie gesagt, warum.«

Ich wage einen Blick auf sie. Sie lehnt immer noch an der Seitenscheibe, die Augen geschlossen, als könne sie mich bei diesem Gespräch nicht ansehen, und ich kann es ihr nicht verübeln.

Irgendwie möchte ich sie dafür küssen, denn ich glaube, ich kann es im Moment nicht ertragen, sie anzusehen.

»Ich hatte Angst.«

»*Ich hatte Angst.* Das ist deine großartige Begründung dafür, dass du so getan hast, als würde ich nicht existieren, nachdem ich mein Leben zusammengepackt habe und für dich quer über den Kontinent gezogen bin? Dass du mich einfach mir selbst überlassen hast, total allein und total verängstigt?« Die Verbitterung ist ihrer Stimme deutlich anzuhören.

»Es ist die Wahrheit, Den. Ich habe dir gestern Abend gesagt, dass ich Angst davor hatte, das durchzumachen, was meine Mutter durchgemacht hat. Ich hatte eine Scheißangst davor, mich in jemanden zu verlieben, den ich noch nie zuvor getroffen hatte, ich hatte eine Heidenangst, dass mir jemand so viel bedeuten könnte.« Ich packe das Lenkrad noch fester. »Die einzige Sache, für die ich jemals Leidenschaft empfunden hatte, war Baseball. Das war alles für mich. Das sollte so bleiben.«

»Wir waren jung, Shep. Du hattest noch dein ganzes Leben vor dir, deine Baseball-Karriere ...«

»Ich hatte auch noch mein ganzes Leben vor mir für die Liebe. Damals war es noch zu früh dafür, als ich eine Karriere vor mir hatte, eine Zukunft, die ich auf keinen Fall ruinieren wollte.«

»Und doch hast du es letzten Monat fast geschafft ... ohne mich. Du hättest mich und Baseball haben können«, erwidert sie.

Ich schüttle den Kopf. »Damals nicht. Ich konnte mir die Ablenkung nicht leisten. Es ging darum, entweder meinen Lebenstraum von der ersten Liga zu verfolgen oder einem Mädchen hinterherzujagen, das ich nie persönlich kennengelernt hatte.«

»Ich hasse es, wie du das sagst«, sagt sie mit leiser Stimme. »Als ob das, was wir hatten, nichts bedeutet hätte.«

»Es hat alles bedeutet, und das war das eigentlich Erschreckende«, sage ich ehrlich. »Ich war bereit, meinen Traum für dich aufzugeben. Das hat mir unheimlich Angst gemacht.«

»Du hättest dich nicht für immer vom Baseball verabschiedet.«

Ich lache. Es klingt trocken und dunkel und traurig, sogar in meinen Ohren. »Aber das hatte ich schon.«

Sie setzt sich in ihrem Sitz auf und blickt endlich zu mir hoch. »Wie meinst du das?«

»Ich wurde von einer anderen Schule rekrutiert, die ein besseres Team hatte.«

»Was!«, schreit sie so laut, dass sie Steve aufweckt, der anfängt, an ihrer Brust hochzukrabbeln und wie verrückt zu winseln.

Sie drückt ihn an sich. »Tut mir leid, Kleiner, ich wollte dich nicht erschrecken. Dein Dad hat gerade eine große, unerwartete gottverdammte Bombe auf mich geworfen, und ich bin zwei Sekunden davon entfernt, ihm in den Hintern zu treten.«

»Am liebsten würde ich dich jetzt vögeln«, sage ich.

Sie starrt mich böse an. »Stell mich nicht auf die Probe, Shepard.«

Denny nimmt Steve in die Arme und schiebt ihn in den Käfig auf den Rücksitz. Sie wickelt eine Decke um ihn und schließt die Tür; erst nachdem er sich beruhigt und eingeringelt hat, dreht sie sich zu mir um.

Verwöhnter kleiner Scheißer.

»Erklär es mir.«

»Was, kein ›bitte‹?«

»Shepard ...«, warnt sie, und ihr Ton reicht aus, um mir einen Schauer über den Rücken zu jagen.

Ich atme lange aus. »Ich habe es bereits gesagt: Ich wurde von einer größeren, besseren Schule angeworben. Ich war kurz davor, zuzusagen.«

»Was ist passiert?«

»Du hast mir zu Weihnachten deine Aufnahmebestätigung vom College geschickt. Am nächsten Tag habe ich angerufen und abgesagt.«

Ihr Kinn fällt herab, und sie schüttelt den Kopf, starrt mich an, als ob ich verrückt wäre. »Aber ... aber ... warum zum Teufel solltest du das tun?«

»Du. Wir. Weil wir uns gegenseitig etwas versprochen hatten. Weil du gekommen bist, um mit mir zusammen zu sein.«

»Was ist mit AJ? Er ist ja auch hergezogen.«

»Stimmt, aber AJ ist ein Baseball-Typ. Er wusste, was für eine große Sache es war, von diesem College rekrutiert zu werden. Er hat mir gesagt, ich soll es versuchen.«

»Warum solltest du das tun, Shep?«, fragt sie, verzweifelt nach Antworten suchend.

»Warum?«

»Ich habe schon gesagt, warum: wegen dir, weil ich dich geliebt habe, Den. Ich wollte mit dir zusammen sein.«

»Warum hast du mich dann verlassen? Warum hast du mich ignoriert? Ich bin auf dieser Party aufgetaucht, und du hast mich ausgeschlossen – buchstäblich! Du hast mir nicht nur das Herz gebrochen, du hast mich auch zu Tode blamiert. Warum? Ein klassischer Fall von kalte Füße?«

»Es wurde zu real.«

»Wie bitte?«

»Die *Reservierung*.« Ich wedele mit der Hand zwischen uns hin und her. »Wir wurden zu real. Dass du tatsächlich da warst, das hat mir Angst gemacht. Was, wenn ich nicht das wäre, was du wolltest oder erwartet hast? Was, wenn es mit uns nicht funktionieren würde? Was, wenn wir versagen würden? Was, wenn ich es bereuen würde, das Angebot nicht angenommen zu haben?«

»Sicher, Shep, sicher, aber was wäre, wenn du alles warst, was ich erwartet und erhofft habe? Was, wenn es mit uns klappen würde? Was, wenn wir nicht scheitern würden? Was, wenn du es nicht eine Sekunde bereuen würdest? Was, wenn der verdammte Papst in den gottverdammten Wald scheißen würde? Es gibt eine Menge Was-wäre-Wenns im Leben.« Sie schüttelt den Kopf. »Vor etwas Angst zu haben ist kein Grund, davonzulaufen.«

Meine Fingerknöchel am Lenkrad werden weiß.

Sie hat recht. Ich weiß, dass sie recht hat.

Wenn ich zurückgehen und alles ändern könnte, würde ich es tun. Ich würde Denny nicht wegstoßen. Ich würde mich meinen Problemen stellen. Ich würde für uns kämpfen.

Aber ich kann es nicht ändern. Alles, was ich tun kann, ist, es ihr gegenüber wiedergutzumachen.

»Ich weiß das jetzt. Wenn du dich dadurch besser fühlst, die einzige Entscheidung, die ich in den letzten fünf Jahren bereut habe, ist die, dass ich uns keine Chance gegeben habe, nicht, dass ich das Angebot dieser Schule nicht angenommen habe. Es ging um uns ... immer nur um uns.«

Sie verschränkt die Arme vor der Brust und stößt ein hämisches Lachen aus. »Gut. Das solltest du auch bereuen. Wir wären verdammt fantastisch zusammen gewesen.«

Ich kichere und schaue zu ihr rüber, genieße die Art, wie

ihre Lippen zucken, als ob sie sich selbst mit ihrem Sarkasmus zum Lachen gebracht hätte.

Das ist typisch Denny: Es macht Spaß mit ihr. Sie ist beim besten Willen nicht perfekt. Sie weiß *genau*, wer sie ist.

Und ich bin ein gottverdammter Narr, dass ich sie aufgegeben habe.

»Das können wir immer noch sein, Bucky.«

Ihr Blick gleitet in meine Richtung, und für einen Moment blicke ich in ihre grünen Augen und halte ihren Blick fest, dann wendet sie sich ab und flüstert: »Ich weiß, Cap, und das ist es, was mir Angst macht.«

• • •

»Was machst du am Freitag?«

»Hast du gerade meinen *Hund* gefragt, was er an diesem Freitag vorhat?«

»Was? Neeein!«, erwidert sie gedehnt. »Vielleicht.«

»Du hast ernsthafte Probleme.« Ich schnappe mir Denvers Koffer von der Ladefläche des Trucks und lasse ihn auf den Boden fallen. »Er hat übrigens nichts vor.«

»Oh. Hm.« Sie beugt sich in den Truck, um sich Steve zu schnappen, und ich genieße die Aussicht auf ihren Hintern, als sie sich dabei strecken muss. »Gut zu wissen.«

Ich drücke mich an sie, als sie sich aufrichtet, und ich bin sicher, dass sie die Auswirkungen der Aussicht, die sie mir gerade gegönnt hat, genau spüren kann.

»Ich auch nicht«, sage ich, meine Lippen an ihrem Ohr.

Ihr Atem kommt plötzlich stotternd. »D-das ist schön,

Shep.« Sie weicht zurück. »Hör auf, mich noch mal vögeln zu wollen.«

»Wolltest du nicht sagen, noch mal, noch mal, noch mal?«

»Wie oft willst du *noch mal* sagen?«

»So oft wie nötig, um aufzuholen, wie oft wir nicht ... gevögelt haben? Ist das das richtige Wort?«

»Argh«, stöhnt Denny, nimmt Steve aus seiner Box und dreht sich zu mir um. »Halt die Klappe.«

Ich lache und gehe einen Schritt von ihr weg, damit ich sie nicht etwa gleich wieder in meinen Truck stoße, um sie für immer festzuhalten.

»Warum willst du wissen, was Steve am Freitag macht?«

»Gala, Mensch.«

»Wir haben bis nach der Hochzeit frei.«

»Wirklich? Du meinst, ich muss die nächsten zwei Wochenenden nicht mit dir verbringen?«

»*Müssen*? Nein. *Wollen*?« Ich lehne mich an sie. »Du willst Zeit mit mir verbringen, besonders nach diesem Wochenende. Spiel mir nichts vor, Den.«

Auf der Fahrt hierher haben wir nicht mehr über unsere Vergangenheit gesprochen. Alles, was wir gesagt hatten, ließen wir zwischen uns in der Luft hängen, besonders den Teil über unsere gemeinsame Zukunft.

Ich will eine – ich wollte immer eine –, und es gibt mir so viel Hoffnung, dass Denny das auch will.

»Wie wäre es, wenn wir einen Waffenstillstand schließen? Versuchen wir es mit der Zukunft, die wir verpasst haben?«

»Du meinst die, die du uns gestohlen hast?«

»Denver ...« Ich reibe mir den Nacken und versuche, die Knoten zu lösen, die sich durch die Anspannung der letzten Stunden gebildet haben. »Ich gebe mir hier wirklich Mühe.«

»Ich weiß. Das war nicht fair. Ich meine, das war es sehr wohl, aber ich hätte es nicht aussprechen sollen.« Sie kickt gegen unsichtbare Steine auf dem Boden, um meinem Blick auszuweichen. »Tut mir leid«, murmelt sie.

»Du brauchst dich nicht bei mir zu entschuldigen, nicht nach allem, was passiert ist.«

Sie hebt den Kopf. »Waffenstillstand?«

»Nur wenn du einverstanden bist, dich diese Woche mit mir zu verabreden.«

Sie strahlt mich an. »Das fände ich gut.«

»Was?« Ich ziehe eine Augenbraue hoch. »Du tust nicht so, als ob du mich hasst? Du verkündest nicht, dass du nicht mit mir in der Öffentlichkeit gesehen werden willst?«

»Nö. Wir haben Waffenstillstand geschlossen. Außerdem, wenn wir ins Kino gehen, wird es dunkel sein. Das Kino zählt nicht als öffentlich.« Sie zwinkert und nimmt ihren Koffer. »Wir sehen uns später, Shep.«

»Denver?«

Sie beschleunigt ihren Schritt, ruft aber über ihre Schulter: »Ja?«

»Hast du nicht etwas vergessen?«

»Nicht, dass ich wüsste.«

»Willst du mir jetzt allen Ernstes den Hund klauen?«

Steve bellt in ihren Armen. Sie geht noch schneller, der Koffer hüpft hinter ihr über den unebenen Bürgersteig.

Sie wirft mir einen besorgten Blick zu. »Nein!«

»Versuchst du, mich ins Haus zu locken?«

»Ganz sicher nicht.«

»Denver?«

»Kann sein!«

Ich sprinte los, und es ist leicht, sie einzuholen. Ich schlinge den Arm um ihre Taille und ziehe sie zu mir. Sie lacht atemlos.

»Na gut. Du hast mich ertappt.«

»Du bist die langsamste Läuferin der Welt.«

»Ich trage einen Welpen und ziehe meinen Koffer, weil jemand ihn nicht für mich in meine Wohnung hochträgt.«

»Du hättest nur fragen müssen«, flüstere ich ihr ins Ohr.

Sie lässt ihren Koffer zu unseren Füßen fallen. »Na schön. Shep, würdest du bitte meinen Koffer für mich tragen?«

»Und?« Ich lasse nicht locker.

Sie tut so, als wäre sie verärgert. »Und kommst du bitte mit rein?«

Ich grinse sie an. »Ich dachte schon, du würdest nie fragen.«

Wir verbringen den Rest des Tages zu zweit in ihrer Wohnung.

28. Kapitel

Gegenwart

DENVER: HILFE! Sie hat mich gekidnappt und will mich nicht gehen lassen.

SHEPARD: Wenn ich AJs gesamte
Smoking-Einkaufstour hindurch leiden muss,
dann musst du die gesamte
Kleider-Einkaufstour mit Allie durchleiden.
Außerdem, sollten Frauen nicht auf diesen
Quatsch stehen?

DENVER: Klischee, oder?

DENVER: Eigentlich liebe ich es, Kleider zu kaufen. Nur nicht mit Allie. Das ist die reinste Folter.

DENVER: Sie ist SO wählerisch.

SHEPARD: Ich denke, sie hat das Recht, wählerisch zu sein, wenn es um ihr Hochzeitskleid geht.

DENVER: Aber sie sieht in allem fantastisch aus. Sie könnte einen verdammten Müllsack tragen und trotzdem umwerfend aussehen.

DENVER: Ich weiß, ich weiß. Ich bin einfach nur zickig.

SHEPARD: Alles in Ordnung?

DENVER: Ja. Ich bin nur müde.

SHEPARD: Und wessen Schuld ist das?

DENVER: Deine. Eindeutig deine.

SHEPARD: Da bin ich anderer Meinung.

SHEPARD: »Oh, Shep! Mach genau so weiter mit deiner Zunge!«

SHEPARD: »Ja, ja, JA! So ist es gut, Shep!«

SHEPARD: »MEHR, SHEP!«

DENVER: OH MEIN GOTT! BIST DU FERTIG?!

DENVER: Und wage es nicht, FAST zu sagen!

SHEPARD: Dann ist dieses Gespräch vorbei.

DENVER: GOTT SEI DANK.

DENVER: Außerdem ... kannst du vielleicht heute Abend wieder das mit deiner Zunge machen?

SHEPARD: Du Flittchen.

SHEPARD: Morgen. Nach unserem Film-Date?

DENVER: Oder vorher. Ich meine, wie es dir passt.

SHEPARD: Verdammt. Ich wünschte, ich könnte jetzt deinen versauten sexy Mund küssen.

SHEPARD: Und deinen Hals.

SHEPARD: Nicht zu vergessen, diese Titten.

SHEPARD: Verdammt. Ich werde alles an dir küssen. Sogar deine Füße.

DENVER: Siehst du, ich wusste, dass du ein Freak bist.

DENVER: Hör auf, mich zu nerven. Ich versuche gerade, ein Hochzeitskleid zu kaufen!

SHEPARD: Eine Sache noch ...

DENVER: Nein. Geh weg.

DENVER: Na gut. Was ist?

SHEPARD: Schon gut. Du hast den Augenblick ruiniert.

DENVER: Sag's mir.

SHEPARD: Nein.

DENVER: Shep!

DENVER: SHEPARD!

DENVER: O Mann. Ich werde dich umbringen. Zum Glück steht mir Orange.

• • •

SHEPARD: Willst du vor dem Film essen oder danach?

DENVER: Ich dachte, ich wäre dein Abendessen.

SHEPARD: Du hast recht. Danach klingt gut.

DENVER: Das war ein Scherz. Lass uns vorher gehen. Ich musste heute das Mittagessen auslassen, werde also riesigen Hunger haben.

DENVER: Okay, okay. Du hast mich erwischt. Es war nicht wirklich ein Scherz, aber ich BRAUCHE irgendwann Nahrung.

SHEPARD: Jetzt bin ich verwirrt.

SHEPARD: Essen wir vorher oder nachher?

DENVER: JA. Gott, Shep. Füttere mich oder iss mich. WAS IST DARAN SO SCHWER?

SHEPARD: Ich fange wirklich an, diese ganze »Wir-sollten-es-noch-mal-versuchen«-Sache zu überdenken.

DENVER: Ganz im Ernst?

SHEPARD: Nope. Irgendwie gefällt mir das Chaos.

DENVER: Gute Antwort.

SHEPARD: Warum musstest du das Mittagessen ausfallen lassen?

DENVER: Ich bin mit diesem Artikel über einen gewissen Baseball-Star in Verzug.

SHEPARD: Hauptsache, du schreibst über seine Schwanzlänge. Für all seine Fans ist diese Information superwichtig.

DENVER: *solide vier Zentimeter* NOTIERT.

DENVER: Irgendwelche anderen Wünsche?

SHEPARD: Nope. Ich bin ehrlich gesagt sehr gespannt darauf, den Artikel zu lesen. Und auch ein bisschen nervös.

DENVER: Warum nervös?

SHEPARD: Ich weiß, ich bin nicht der netteste Mensch der Welt. Ich weiß, ich war ein Dreckskerl. Ich weiß, ich habe dich verletzt. Es fällt mir schwer, mir auszumalen, was du möglicherweise über mich schreiben könntest.

DENVER: Du bist aber nicht mehr der Dreckskerl, der du einmal warst. Sicher, du hast vor ein paar Wochen versucht, ein Mädchen in

einem Supermarkt aufzureißen, aber Menschen
ändern sich. Du bist in einer … nun, ich würde
nicht sagen Beziehung, sondern in
einem festen »Mal-sehen-wohin-
das-alles-führt«-Verhältnis. (Ein exklusives
Verhältnis, nebenbei bemerkt, also reserviere
diese vier Zentimeter für dich und mich,
danke.) Was uns betrifft, nicht vergessen …
Neuanfang, erinnerst du dich?

SHEPARD: Da kommen noch ein paar Dinge auf dich zu …

SHEPARD: Ich bin sehr beeindruckt, dass wir gerade über alles geredet haben, ohne darüber zu reden. (Und, nebenbei bemerkt, ich bin ganz deiner Meinung. Halte deine Schinkengardine für jeden außer mir geschlossen.)

DENVER: OH MEIN GOTT. NEIN. WAS ZUM
TEUFEL? SHEPARD?

DENVER: NENNE SIE NIE WIEDER
SCHINKENGARDINE!

SHEPARD: Filetstückchen?

DENVER: WARUM IMMER NUR FLEISCH?

SHEPARD: Nachtfalter?

DENVER: Besser ... ein bisschen.

DENVER: Oh Gott. Ich muss mir die Augen auswaschen.

SHEPARD: Es tut mir nicht leid.

DENVER: Oh, das sollte es.

DENVER: Ganz im Ernst, du brauchst dir wegen dem Artikel keine Sorgen zu machen. Ich mag den Shep, den ich gerade kennenlerne.

SHEPARD: Du magst mich also?

DENVER: Ich ertrage dich.

SHEPARD: Du maaaaagst mich.

DENVER: DU BIST OK.

SHEPARD: Du magst mich ... irgendwie?

DENVER: Siehe oben.

SHEPARD: Aber auch Ja, oder?

DENVER: *grummelt* Ja.

SHEPARD: Ha. Ich wusste es.

29. Kapitel

»Anemonen.«

Ich greife nach den Blumen, die Shep mir hinhält, und halte sie an meine Nase.

»Sie haben keinen Duft«, erklärt er mir.

»Das habe ich gemerkt. Das ist … merkwürdig. Danke für die Blumen ohne Duft.« Ich ziehe die Wohnungstür weiter auf. »Komm rein. Ich bin fast fertig.«

Er rührt sich nicht.

»Willst du es nicht wissen?«

»Was wissen?«

»Was sie bedeuten?«

»Ach so«, meine ich. »Ich bin neugierig. Sag es mir.«

Ein wölfisches Grinsen breitet sich auf seinem Gesicht aus, als er sich tief zu mir herabbeugt. Seine Lippen befinden sich gefährlich nahe an meinen. Ich spüre seinen Atem, er kitzelt meine Sinne, und ich möchte meine Lippen so gerne auf seine drücken, was irgendwie erbärmlich ist, denn es ist erst zwei Tage her, dass ich ihn das letzte Mal gesehen habe.

»Sag‘s mir«, wiederhole ich.

»Das Warten ist ein Teil des Spaßes.«

Ich weiß genau, was er vorhat: mich heiß zu machen und mich dann während unseres Dates auf die Folter zu spannen.

Nicht heute Abend.

»Das nennt man Vorfreude, nicht wahr?«

Seine Mundwinkel zucken. »Kann sein.«

Ich gehe auf die Zehenspitzen, bewege mich noch näher auf ihn zu, lasse aber immer noch nicht zu, dass sich unsere Lippen berühren. Seine Pupillen weiten sich, und ich höre, wie sein Atem stockt.

Shep will diesen Kuss genauso sehr wie ich, aber ich bin entschlossen, ihn in seinem eigenen Spiel zu schlagen, also kein Kuss für ihn.

Ich streiche mit meinen Lippen über seine, so sacht und so schnell, dass ich weiß, er wird glauben, er habe es sich nur eingebildet.

»Shep?«

Er grunzt als Antwort.

»Dieses Spiel können zwei spielen.« Ich trete zurück und lasse ihn im Eingang stehen.

»Verdammt noch mal«, murmelt er, bevor er schließlich hereinkommt, meine Tür schließt und den Kopf schüttelt über meine Mätzchen.

Ich lächle und mache mich auf den Weg in die Küche, um meinen neuen Blumenstrauß ins Wasser zu stellen.

»Wirst du das zu unserem Date tragen?«

Ich blicke an mir herab und fange an, mir Sorgen zu machen. »Was ist daran verkehrt?«

»Nichts, überraschenderweise. Du siehst normal aus. Und sexy.«

»Arsch.« Ich zeige ihm den Vogel und werfe die alten Blumen von ihm in den Müll. »Jeans und T-Shirt – da kann man nichts falsch machen.«

»Ehrlich gesagt, ich glaube, das nennt man eine Bluse, kein T-Shirt.«

»Technisch gesehen nennt man es ein Kümmer-dich-um-deinen-eigenen-Scheiß-Shirt.«

»Muss schwierig sein, die zu vermarkten.« Er grinst.

»Oder etwas, das man über einem Badeanzug trägt. Das ist dasselbe.«

»Du trägst einen Badeanzug bei unserem Date? Im Oktober?«

Ich hebe eine Schulter und fülle die Vase, die ich in der Hand halte, mit Wasser. »Was? Das ist mein Glücks-Shirt.«

»Willst du damit sagen, dass du das auch für andere trägst?«

»Habe ich schon, ja.«

»Funktioniert es?«

»Wie ein Talisman.«

»Und ist es das, worauf du es heute Abend anlegst: Sex zu haben?«

»Na klar.« Ich zupfe an den Blumen, bis der Strauß hübsch und üppig wirkt. »Ich dachte, du weißt, dass ich nur wegen der Orgasmen mit dir ausgehe.«

»Verdammt. Ich dachte, es wären mein Charme und mein gutes Aussehen.«

»Nun ja, du bist ganz attraktiv und so, aber dein Charme? Mit dem kommst du nicht weit.«

»Worte tun weh, weißt du.«

»Nicht, wenn sie wahr sind.« Ich zwinkere ihm zu und mache mich dann auf den Weg in mein Schlafzimmer, um meine Sachen zu holen.

»Die Wahrheit ist nicht lustig!«, ruft er, aber ich höre das Lachen in seiner Stimme.

Ich verpasse meinem Haar den letzten Schliff, überziehe es mit einer weiteren Schicht Haarspray und prüfe schnell, ob mein Make-up perfekt ist.

Seltsam, dass es sich jetzt so normal anfühlt, Shep in meiner Wohnung zu haben, zumal ich ihn vor einem Monat noch nicht einmal auf dem Radar hatte.

Na schön, das ist eine Lüge. Ich hatte ihn schon immer auf dem Radar. Ich hatte nur gelernt, das Blinken zu ignorieren, das er aussendete.

Das kann ich jetzt allerdings nicht mehr. Es geht nicht, nicht nach allem, was in den letzten Wochen passiert ist.

Am Sonntag, als er mich ins Haus gejagt hat, fühlte ich mich wie das glücklichste Mädchen der Welt, so wie damals, wenn ich mein Handy in meinen Kleiderschrank schmuggelte, um mit ihm zu chatten. Mein Herz pochte aufgeregt in meiner Brust, während ich darauf wartete, dass er mir zurückschrieb, und ich genoss den Nervenkitzel, der mir heiß werden ließ, wenn ich jemanden auf der Treppe hörte.

Das Gefühl, beim Chatten mit Shep etwas Verbotenes zu tun, war vielleicht das, was unsere Beziehung in Gang gesetzt hat, aber er war es, der sie am Laufen hielt. Er fesselte mich mit seinen Nachrichten und seinem Witz, und ich wusste fast auf Anhieb, dass ich jemand Besonderen gefunden hatte.

Ich hatte keine Ahnung, dass er mein Herz brechen würde, aber ich wusste, es würde auf jeden Fall für ihn schlagen.

Eine junge Liebe muss nicht immer die richtige sein, aber wenn sie es ist, ist sie auf die beste Art richtig ... und wenn mein Herz mir eines sagt, dann, dass wir – Shep und ich – einfach richtig sind. Und ich bin bereit, dafür zu kämpfen.

»Wir sollten heute Nacht zu Hause bleiben!«, ruft er aus dem Wohnzimmer. »Dann kann ich dich auf der Couch vernaschen.«

»Kommt nicht infrage.« Ich hole meine Tasche vom Bett und gehe durch den Flur zurück. Ich stelle mich vor den Fernseher und halte die Tasche hoch. »Ich habe meine Kinotasche schon gepackt.«

Sheps Augenbrauen schießen in die Höhe. »Was hast du da alles drin?«

»Noch nichts. Wir überfallen den Supermarkt und besorgen uns ein paar Süßigkeiten. Komm schon. Wir dürfen nicht zu spät kommen.«

»Du weißt schon, dass ich einen *dicken* Vertrag mit der MLB unterschrieben habe, oder? Was bedeutet, dass ich etwas Geld auf dem Konto habe?«

»Klar, aber wo ist der Nervenkitzel, wenn man Snacks *kauft*?«

»Ich dachte, der Film sollte der Nervenkitzel sein, nicht der Weg dorthin.«

»Beweg deinen Hintern, Shep.« Ich strecke die Hand aus, damit er sie ergreift. »Du verschwendest wertvolle Zeit, die wir zum Auswählen der Süßigkeiten benötigen.«

»Es ist komisch«, sagt er, legt seine Hand in meine und überlässt mir die Anstrengung, ihn hochzuziehen. »Ich kenne dich jetzt schon so lange und entdecke immer wieder neue Seiten von dir.«

»Ich mag Schildkröten.«

»Was?«

»Ich mag Schildkröten – Meeresschildkröten. Sie sind die süßesten kleinen Kreaturen überhaupt. Ich trenne religiös Müll, weil ich den Gedanken nicht ertrage, dass eine kleine Baby-Meeresschildkröte an meinem Plastik verenden könnte.«

Er sieht mich verblüfft an.

»Was?«

»Ich werde dich jetzt küssen.«

»Was? Warum denn? Weil ich …«

Sein Mund bedeckt meinen, und ich zögere nicht, meine Lippen an seine zu schmiegen. Er drückt seine Zunge gegen meine, und wir zerren aneinander, als hätten wir das nicht erst vor zwei Tagen getan.

Ich kann nicht genug von ihm bekommen. Und er kann nicht genug von mir bekommen.

Es ist beängstigend und aufregend zugleich.

Der Kuss ist hart, und heiß, und vorbei, bevor ich es will.

»O Mann.« Shep legt seine Stirn an meine. »Ich glaube

nicht, dass ich jemals genug davon bekommen werde, dich zu küssen.«

»Warum hast du mich geküsst?«

»Weil du süß bist, Den. Und weil ich es verdammt noch mal einfach wollte.«

Meine Lippen verziehen sich zu einem Lächeln. »Das genügt mir.«

• • •

»Isst du jedes Popcorn einzeln?«

»Wie denn sonst?«

Shep schiebt seine Pranke in den Riesenbecher und stopft sich eine Handvoll in den Mund. »So.«

»Wie stilvoll, Shep.«

Er schluckt und nickt in Richtung meiner großen Handtasche. »Komisch – so etwas aus deinem Mund. Nicht zu glauben, dass sie deine Tasche nicht kontrolliert haben. Es ist offensichtlich, dass du das halbe Süßigkeitenregal da drin hast.«

»Und ...« Ich wühle in meiner Handtasche, bis ich finde, was ich suche. »Die Hälfte des Chips-und-Flips-Regals.«

»Niemand nimmt Chips mit ins Kino.«

»Ich war hungrig! Du hast dich geweigert, mit mir vor dem Film essen zu gehen.«

Er reißt mir die Tüte aus den Händen, nimmt eine Schachtel heraus und wedelt mit ihr in meine Richtung. »Chicken Nuggets, Denver – du hast mich dazu gebracht, anzuhalten und dir Chicken Nuggets zu besorgen!«

»Was?« Ich reiße ihm die Nuggets aus der Hand. »Ich hatte Hunger! Ich habe dir gesagt, du sollst mich vor dem Film füttern.«

»Ich konnte erst für später einen Tisch reservieren.«

»Es ist klar, dass ich mit einem Dollar-Menü zufrieden gewesen wäre, Shep.«

»Ich schwöre, in den nächsten fünfzig Jahren gehe ich mit dir nur noch in Läden, die Dollar-Menüs anbieten.«

Ich erstarre, ein Chicken Nugget schwebt direkt vor meinem Mund. *Will er damit sagen …*

»Schieb es einfach in den Mund, Den. Das war ernst gemeint.«

Ich lache, verschlinge mein Last-Minute-Abendessen und verdaue nicht nur die Nuggets, sondern auch Sheps Worte.

Die nächsten fünfzig Jahre mit Shep? Das klingt irgendwie anstrengend, aber auch sehr reizvoll.

Es fällt mir schwer, zu glauben, dass wir noch vor ein paar Wochen eingeschworene Feinde waren.

Jetzt sitze ich neben ihm in einem dunklen Kino und denke an eine reale Zukunft mit ihm.

Das Schicksal ist seltsam.

»Erstens …«, sage ich, nachdem ich geschluckt habe, » … klingt ganz schön schmutzig. Zweitens, klingt … äh, gar nicht so schlecht. Ich meine, na ja, fünfzig? Ich weiß nicht so recht. Dann wäre ich ja superalt, und ich hätte lauter kleine Falten. Aber ich hätte nichts dagegen, *etwas* Zeit mit dir zu verbringen.«

»Also liebst du mich – alles klar.«

»Das habe ich nie gesagt.«

»Das musstest du auch nicht. Du hast es angedeutet.«

»Wie?«

»Pst!« Er legt einen Finger auf den Mund. »Der Film fängt an.«

»Wir sind die einzigen Leute hier drin!«

»Nein, seid ihr nicht!«, schreit jemand von der anderen Seite des Kinos.

Wir sitzen in der allerletzten Reihe, versteckt in einer dunklen Ecke. Der Typ muss an der gleichen Stelle auf der anderen Seite sitzen, denn als ich um den Projektionskasten herumspähe, sehe ich ihn nicht.

»Ach, und noch etwas: Niemand isst Chips während eines Films! Es ist laut und unerträglich. Esst einfach diese Chicken Nuggets, die ich bis hier riechen kann, und lasst die Chips weg.«

»I-ich ... Okay.«

»Sch! Der Film fängt gleich an!«, sagt der Fremde ungeduldig.

Shep schüttelt sich vor Lachen neben mir, und ich werfe ihm einen wütenden Blick zu.

»Was?«, flüstert er. »Ich habe doch gesagt, du sollst die Chips weglassen.«

»Halt die Klappe, du Arsch!«

Der Film beginnt, aber ich kann mich nicht auf die Leinwand konzentrieren. Alles, was mir durch den Kopf geht, sind Shep und eine mögliche Zukunft zusammen.

Ich will mit ihm zusammen sein. Wenn ich wirklich ehrlich zu mir selbst bin, wollte ich immer mit ihm zusammen sein, selbst als ich ihn hasste ... aber was mir einfällt, wenn ich an Shep denke, ist keine ernsthafte Beziehung, sondern der Herzschmerz von damals.

Ist er noch derselbe, der er damals war? Hat er sich tatsächlich verändert? Ich habe ihn über die Jahre beobachtet, jeden Tag ein anderes Mädchen an seinem Arm. Er wurde nie sesshaft, hat es nie versucht. Er kann, sooft er will, sagen, dass er auf mich gewartet hat, es wird dadurch nicht wahr.

»Hör auf, so laut nachzudenken, oder wir werden wieder angeschrien«, flüstert er mir ins Ohr.

»Ich denke nicht nach.«

»Doch, tust du wohl. Du machst dir Sorgen, dass ich es nicht ernst meine mit dem, was ich gesagt habe.«

»Woher weißt du das?«

»Weil ich dich kenne, Den. Ich habe dich immer gekannt, besser als irgendjemand auf der ganzen verdammten Welt.«

Er klappt die Armlehne zwischen uns hoch, nimmt Tasche und Snacks und schiebt alles auf den leeren Sitz neben sich.

Dann zieht er mich auf seinen Schoß, und plötzlich sitze ich rittlings auf ihm.

»Was machst du da?«, flüstere ich.

»Der Film ist blöd.«

»Das ist nur der Vorspann.«

»Ich habe gehört, dass er blöd ist.«

Im Lichtschein der hellen Leinwand sehe ich seine Augen glühen, und ich weiß genau, was er will – mich.

»Shepard Clark, versuchst du, mich dazu zu bringen, mit dir im Kino rumzumachen?«

»Ja. Ich meine, ich hatte gehofft, wir wären ganz allein, aber wir sind es ja fast.«

Dann küsst er mich. Und ich lasse ihn gewähren.

Ich spreize die Beine noch etwas, lasse mich weiter auf ihn sinken, schlinge die Arme um seinen Nacken und fahre mit den Fingern durch sein Haar.

Es fühlt sich weich an und zerzaust wie immer.

Shep lässt die Finger an meinem Rücken abwärtsgleiten, und diese Berührung fühlt sich an, als würde die Sonne mich liebkosen. Seine Hände tauchen unter den Rand meiner Jeans, und ich wünsche mir plötzlich, ich hätte etwas anderes an – etwas Zugänglicheres.

Er spricht meine Gedanken aus, mit seinen Lippen an meinen. »Warum konntest du nicht einen Rock anziehen?«

Sein Mund gleitet zu meinem Kinn und über meinen Hals. Wieder saugt er an dieser Stelle unter meiner Ohrmuschel. Seit er die entdeckt hat, habe ich dort einen ständigen Knutschfleck, und nichts dagegen.

Ich spüre, wie sich sein Schwanz unter mir gegen seine Jeans stemmt, da reibe ich mich an ihm und rotiere mit den Hüften, was ihn zum Keuchen bringt.

»Du Hexe.«

»Vorsicht«, murmle ich. »Ich bin oben – ich habe hier die Kontrolle.«

Er lacht leise. »Es ist so süß, dass du das glaubst.«

Ohne Vorwarnung öffnet er den Knopf meiner Jeans,

und mir wird klar, dass ich gar nicht bemerkt habe, wo sich seine Hände befinden.

Mit geschickten Bewegungen schiebt er eine in den Bund meines Slips, und ich muss ein Keuchen unterdrücken, als ich seine Finger auf meiner geschwollenen Klitoris spüre.

»Sch«, murmelt er. »Sei still.«

Er macht weiter, zeichnet kleine Kreise, bis ich fast in Flammen aufgehe, und dringt dann mit zwei Fingern in mich ein.

Er nimmt mein Keuchen in sich auf, und seine Zunge spielt mit meiner, während seine Finger in mich hinein- und herausgleiten. Der Orgasmus trifft mich aus dem Nichts, und ich reite auf Sheps Fingern, bis mich der letzte Schauer durchzuckt.

Während mein Puls sich wieder normalisiert, lasse ich mich gegen Shep sinken, befriedigt und erschöpft und gleichzeitig so verdammt high.

Er zieht die Finger aus mir heraus, und ich genieße das freie Gefühl.

Als er noch einmal meinen Kitzler berührt, beiße ich mir auf die Lippen, um nur kein Geräusch zu machen.

Gebannt beobachte ich, wie Shep die Hand zum Mund führt und an seinen Fingern leckt.

Oh heiliger Jesus …

Mit einem Schmatzen zieht er sie heraus und zwinkert mir zu. »Ich schätze, du hattest doch recht damit, dass ich dich zum Abendessen vernaschen würde.«

Ich kann ein zitterndes Keuchen nicht unterdrücken.

»Fickt ihr zwei etwa gerade?«

Der Augenblick ist durch die Unterbrechung ruiniert.

»Nein!«, brüllt Shep zurück und seine Lippen zucken. »Dieser Trailer ist einfach ganz schön heftig!«

»Für einen Kinderfilm, aber egal«, sagt der Fremde.

Wir prusten vor Lachen, ohne darauf zu achten, wie laut wir dabei sind.

»Psst«, macht er wieder.

Wir lachen noch lauter.

Ich lehne meinen Kopf an Sheps Brust. »Ich will, dass es nie aufhört.«

Ich weiß nicht, warum ich das sage, aber ich weiß, dass ich es so meine.

»Ich glaube, das fände ich gut.«

»Das macht mir Angst, Shep.«

»Mir auch.«

»Ich kann nicht anders, ich denke immer wieder …«

»Was wäre, wenn?«

Ich nicke. »Ja.«

»Es gibt viele Was-wäre-Wenns im Leben. Ein Schisser zu sein ist kein Grund, vor etwas wegzulaufen«, sagt er leise und wiederholt damit, was ich bei unserem hitzigen Gespräch im Truck gesagt habe. »Ich bin es leid, Angst zu haben, Denny. Das verspreche ich.«

»Deine Version eines Versprechens macht mir auch Angst.«

Er sagt nichts, und ich weiß nicht, ob das gut ist oder nicht.

30. Kapitel

»Alter, könntest du aufhören, hin und her zu tigern? Du machst mich langsam nervös.«

»Du *solltest* nervös sein. Du heiratest morgen.«

»Nee, Mann.« AJ lächelt und schüttelt den Kopf. »Ich denke immer nur: endlich. Ich kann immer noch nicht glauben, dass ich es mir in der Highschool von dir habe ausreden lassen. Weißt du, wie viele Jahre wir als Mann und Frau schon auf dem Buckel haben?«

»Du hast dich damals bei mir bedankt. Das kannst du nicht rückgängig machen.«

»Du hast recht – das Warten hat uns noch stärker gemacht.«

»Als ob du und Allie jemals stärker sein müsstet.«

»Moment mal ... war das ein Kompliment für mein Liebesleben?«

Ich werfe ihm einen Blick zu. »Halt die Klappe.«

Er lacht. »Aha. Wir wissen beide, dass du ein heimlicher Romantiker bist.«

»Bin ich nicht.«

»Sag das Denver. Du kaufst ihr Blumen mit symbolischer Bedeutung und überreichst sie ihr persönlich im Büro.«

»Ein Mal! Das habe ich ein Mal gemacht!«, widerspreche ich.

»Ein Mal ist genug.« Er zwinkert. »Wirklich, setz dich verdammt noch mal hin. Du machst mich noch wahnsinnig.«

Ich gehe mittlerweile seit zwei Stunden in meiner Küche auf und ab und schrubbe den Arbeitstresen, der sowieso schon viel zu sauber ist.

Das mache ich, wenn ich nervös bin: auf und ab gehen und putzen. Meine Teamkollegen machen sich ständig lustig, wenn ich im Umkleideraum auf und ab gehe und den Boden wische. Die Stadionsprecher finden das ein wenig schrullig, aber sie haben keine Ahnung, was für ein Zeichen von Stress das wirklich ist.

»Was geht dir herum in deiner großen Birne?«

Ich werfe den Lappen auf den Tresen und zwinge mich, einen Schritt rückwärts zu machen. Ich verschränke die Arme vor der Brust und atme langsam aus, um mich zu beruhigen.

»Komm schon, Mann. Rede mit mir.«

»Was, wenn sie mich hasst, sobald sie herausgefunden hat, dass ...«

»Du das größte Arschloch auf dem Planeten bist und dem Mädchen deines Bruders übel mitgespielt hast?«

Ich zucke zusammen. »Ja, genau das.«

AJ hat mich von Anfang an gedrängt, Denny von der Sache mit Delia zu erzählen. Ich habe ihm gesagt, ich würde es vor der Hochzeit tun.

Aber die Hochzeit ist morgen, und ich habe noch kein verdammtes Wort darüber verloren. Ich kann mich nicht dazu durchringen. Die Dinge laufen gut – unfassbar gut –, und ich will nicht, dass irgendetwas das ruiniert, schon gar nicht ein saublöder Fehler, den ich vor fast zwei Jahren gemacht habe.

Ich weiß aber, dass ich es ihr sagen muss. Es wäre falsch, es nicht zu tun, und ich weiß, dass ich deshalb so ein großes Ding daraus mache, weil Denny darauf reagieren wird – und zwar schlecht.

»Du musst es tun, Mann. Bring es einfach hinter dich, bevor sie es von jemand anderem erfährt.«

»Warum muss ich es ihr überhaupt sagen?«

Er sieht mich an und kneift die Augen zusammen. »Du weißt warum – weil du einen verdammten Fehler gemacht hast und sie wissen muss, was für einen Menschen sie in ihr Leben hereinlässt.«

»Aber ich bin nicht mehr diese Person.«

»Ich weiß, dass du das nicht bist, ich weiß das, aber das heißt nicht, dass du es nicht getan hast. Das bedeutet nicht, dass es nie passiert ist, nur weil du nicht mehr der bist, der du damals warst. Tut mir leid, Bruder, aber das ist so, als wenn du ein Vorstrafenregister wegen Körperverletzung hättest und ihr nichts davon sagen würdest.« Er schnippt mit den Fingern. »Oh, hoppla, du hast ja eins.«

Ich korrigiere ihn schnell. »Stimmt nicht – er hat keine Anzeige erstattet.«

»Du hast recht, nur eine Anklage wegen Zerstörung von Eigentum und eine Suspendierung von der MLB.« Er verdreht die Augen. »Mein Fehler.«

»Aber der Unterschied ist, dass sie das alles schon weiß und trotzdem in mich verliebt ist.«

AJ stößt sich von der Couch ab und gesellt sich zu mir in die Küche. Er stützt sich mir gegenüber mit beiden Händen auf den Tresen, sein Blick ist unerbittlich.

»Was?«, blaffe ich.

»Du willst, dass es dieses Mal anders ist, ja? Du willst, dass die Dinge nicht so verworren und beschissen werden wie beim letzten Mal? Du willst dir eine Zukunft mit ihr aufbauen?«

»Mehr als alles andere.«

Kein Zögern.

Das ist genau das, was ich will.

»Du willst ihrer *würdig* sein?«

»Ja.«

Er deutet auf mich. »Dann musst *du* es ihr sagen.«

»Warum kann ich es nicht einfach unter den Teppich kehren und nie wieder darüber sprechen?«

»Weil so etwas, mein Freund, der Ausweg für Pussys ist, und du bist keine Pussy.«

»Bist du sicher? Wie oft muss man es einer Pussy mit dem Mund besorgen, um selbst eine zu werden?«

AJ kneift sich in den Nasenrücken. »Verdammt, Clark. Du bist anstrengend.«

»Komisch – das hat deine Mom gestern Abend auch gesagt.«

»Shep …«, sagt er drohend.

Ich halte die Hand hoch. »Schon gut, schon gut. Ich werde es ihr sagen, aber wenn sie dann mit mir Schluss macht, ist es deine Schuld.«

Er lacht, aber es klingt freudlos. »Nein, das ist deine Verantwortung – total. Vergiss das nicht.«

Es ist eine bittere Pille, die ich schlucken muss, aber ich weiß, dass er recht hat.

Zur Hölle mit ihm, dass er so recht hat.

Ich muss es ihr sagen. Morgen. Vor der Hochzeit.

AJ stößt sich vom Küchentresen ab und verzieht sich ins Wohnzimmer. Er wirft sich wieder auf mein Sofa, das viel zu viel Geld gekostet hat, und drückt auf Play, um seinen Film fertig anzuschauen.

»Jetzt gib mir ein Bier! Betrinken wir uns, verdammt noch mal. Ich heirate morgen!«

• • •

»Nein, Shep, wir können die Hochzeit unserer besten Freunde nicht sausen lassen.«

»Bist du dir da sicher? Sie werden nicht mal merken, dass wir fehlen.«

»Du hast recht, sie werden den Best Man und die Maid of Honor überhaupt nicht vermissen.« Denny verdreht die Augen. »Geschwänzt wird nicht.«

»Aber … du siehst so heiß aus.«

Sie beißt sich auf die Unterlippe und verschlingt mich

mit Blicken, als wäre alles, was sie will, mich in diesem Smoking zu betrachten. »Du siehst auch nicht übel aus.«

Wieder gleitet ihr Blick langsam über mich.

Sie bemerkt das Grinsen, das meine Lippen umspielt, und sie reißt sich aus ihrer sexuellen Trance.

»Verdammt, Shep! Du hattest mich fast.«

Ich greife nach ihr, ziehe sie an mich heran, bis ich meine Lieblingsstelle unter ihrer Ohrmuschel mit den Lippen berühren kann. »Ich könnte dich immer noch …«

Sie seufzt und lässt sich gegen mich sinken. »Vielleicht nur ein schnelles – *nein!*« Sie weicht zurück und wehrt meine Versuche ab, sie wieder in die Arme zu nehmen. »Hör auf, so sexy zu sein!«

»Geht nicht. Es ist ein Fluch.«

»Shep!«

»Denny!«

Sie lacht und schüttelt den Kopf über mich. »Komm schon, wir müssen da raus. Die Trauung fängt bald an.«

»Ich sage dir, die können das auch ohne uns machen. Es sind nur etwa fünfzig Leute hier. Sie haben alles unter Kontrolle.«

»Du bist einfach nur geil.«

»Stimmt. Nächste Frage.«

»Ich habe keine Frage gestellt.«

Ich schlage mir mit der flachen Hand an die Stirn. »Ach so. Sorry. Ich habe nur Titten im Kopf.«

Sie rafft den unteren Teil ihres Kleides, drückt sich an mir vorbei und weicht im Vorbeigehen meinen Händen aus.

»Beweg deinen Hintern, Clark. Jetzt.«

Ich seufze. »Na schön. Bringen wir es hinter uns.«

»Vielleicht können wir uns während des Empfangs davonschleichen, nachdem wir alle Gäste begrüßt haben«, fügt sie hinzu, als sie sieht, dass ich in die Gänge komme. »Du musst immer noch Monty kennenlernen, und ich will unbedingt deine *Titanic*-Eltern treffen.«

Mir wird flau im Magen, die Nervosität von gestern Abend kommt mit voller Wucht zurück.

Ich habe auf alle erdenklichen Arten versucht, die Sache heute Morgen auf der Fahrt zum Veranstaltungsort wie nebenbei anzusprechen, aber ich konnte einfach nicht.

Nichts hat sich richtig angehört.

Hey, Den, es hat sich herausgestellt, dass du all die Jahre recht hattest – ich bin eine Sexmaschine.

Oder ...

Hey, Den, also vor ein paar Jahren habe ich ein Nacktfoto von der Freundin meines Bruders an ein paar Freunde aus dem Baseballteam geschickt.

Nichts hätte zum Augenblick gepasst. Also habe ich meinen Mund gehalten.

Jetzt, wo wir kurz davor sind, da hinauszugehen und uns allen zu präsentieren, habe ich das deutliche Gefühl, dass es vielleicht besser gewesen wäre, doch einfach damit herauszuplatzen.

Bitte, lass das nicht das Ende sein ...

»Das Ende?«, sagt Denny.

Ich blicke in ihre Richtung und merke, dass ich es laut ausgesprochen habe.

Sie lächelt mich an, und es ist so ein echtes Lächeln,

eines, das einem sagt, dass alles im Leben einfach perfekt läuft und nichts dir etwas ausmachen kann.

»Es ist nicht das Ende. Es ist erst der Anfang.« Sie streckt die Hand aus. »Komm schon, Cap.«

31. Kapitel

Shep hat sich schon die ganze Woche vor der Hochzeit seltsam verhalten. Es ist allerdings nicht sehr auffällig, und das erscheint mir erst recht besorgniserregend.

Ständig guckt er mich an, als würde er mich nie wiedersehen.

Jetzt gerade tut er es von der anderen Seite des Raumes, er beobachtet mich, während er an seinem Whiskey nippt. Ich wette, er ist begeistert, endlich etwas anderes zu haben als den ollen Champagner, den sie auf den Wohltätigkeitsgalas servieren.

»Er starrt so konzentriert herüber. Es wirkt …« Allie schluckt hörbar.

»Sexuell.«

»Das kommt daher, dass er hofft, dass wir uns nachher in irgendeine Kammer schleichen können. Ich habe ihm sozusagen versprochen, dass wir das tun.«

»Ihr werdet *doch nicht* auf meiner Hochzeit Sex haben!«

Ich grinse meine beste Freundin an. »Werden wir sehen.«

Sie schüttelt lächelnd den Kopf. »Du unverbesserliches kleines Flittchen.«

»Ach, komm schon. Tu nicht so, als würdest du dich mit AJ später nicht auch verkrümeln. Betrachte es einfach als Recherche. Wir erkunden den besten Ort und erstatten dann Bericht. Gern geschehen.«

»Es gibt ein Zimmer am Ende des Flurs, etwas klein, aber es sollte für gewisse Zwecke ausreichend sein«, mischt sich Delia ein und stellt sich neben mich.

»Jetzt schon?« Ich sehe sie mit hochgezogener Augenbraue an.

»Was? Hast du dir Zach mal angesehen? Dieser Nerd macht einfach alles an mir an.« Sie lacht und winkt ihrem Freund zu, der am anderen Ende des Raumes steht und eindeutig so aussieht, als hätte er gerade Sex gehabt.

»*Deshalb* sind wir Freunde«, sage ich zu ihr. »Allie, das ist Delia. Sie ist mit Sheps Bruder zusammen, Zach Hastings.«

Ich wollte schon den ganzen Abend Zach und Delia begrüßen und endlich Sheps Eltern kennenlernen, aber jedes Mal, wenn ich das Thema anspreche oder versuche, Shep in deren Richtung zu ziehen, lenkt er mich mit Küssen oder Kuchen ab.

Ich kann beidem nicht widerstehen.

Allies Augen weiten sich. »Zwei Dinge, und ich erwähne sie in der Reihenfolge ihrer Bedeutung. Erstens …«, sie wendet sich an Delia, » … hast du dir einen heißen Typen geschnappt. Er erinnert mich an einen erwachsenen Harry Potter.«

»Ja, nicht wahr?«, stimmt Delia zu. »Herzlichen Glückwunsch zu eurer Hochzeit. Die Trauung war wunderschön.«

»Danke.« Allie wird rot. »Es wurde auch Zeit.«

»Und zweitens?«, frage ich.

»Oh!« Sie wirbelt zu mir herum. »Du! Du hast ihn gerade *Shep* genannt. Du bist total verliebt.«

»Dass Zach heiß ist, hat also mehr Bedeutung, als mir zu unterstellen, ich sei in Shep verliebt?«

»Tut mir leid, aber hast du ihn dir angesehen? Ich will kein Schleimer sein, Delia, aber – *wow*.«

Delia lacht und zuckt mit den Achseln. »Was soll ich sagen? Ich habe die beste falsche Telefonnummer aller Zeiten erwischt.«

»Und du«, sagt Allie zu mir, »kannst still sein. Das war keine Unterstellung. Ich weiß, dass es wahr ist – du bist total in ihn verliebt. Es ist wie in der Highschool.«

»Highschool? Aber du und Monty seid erst fürs College hierhergezogen.« Delia sieht mich an, legt die Stirn in Falten und guckt verwirrt.

»Oh, das wusstest du nicht? Die beiden haben sich in der Highschool kennengelernt und sich verliebt, obwohl sie über zweitausend Meilen voneinander entfernt lebten.«

»Du verarschst mich.«

»Nope«, fährt Allie fort. »Shep hat immer so getan, als wäre er mit dieser anderen Tussi zusammen, aber er und Denny waren ganz schön verknallt. Ich bin AJ hierher aufs College gefolgt, und sie behauptet, sie sei mir gefolgt, aber ich weiß, dass sie wegen Shep hergekommen ist. Dann hat dieses Arschloch sie in dem Moment abserviert, als sie in die Stadt kam. Gott, ich bin immer noch so wütend auf ihn«, fügt sie hinzu.

»Wow. Das ist ja … interessant. Was ist passiert?«

»Er hat sie einfach abserviert.«

»Wir waren nie zusammen«, werfe ich ein.

Allie verdreht die Augen. »Ihr wart so gut wie zusammen.«

»Aber nicht offiziell.«

»Seid ihr zwei jetzt zusammen?«, will Delia wissen.

»Wir … gehen die Dinge langsam an.«

»So langsam, wie es Leute angehen lassen können, die so oft vögeln wie nur irgendwie möglich«, sagt Allie.

Ich senke den Kopf, um nicht in Allies grinsendes Gesicht blicken zu müssen, und starre in den Drink, mit dem ich mir ganz viel Zeit lasse.

Ich habe verdammt noch mal nie aufgehört.

Was Shep in der Abstellkammer gesagt hat, schießt mir durch den Kopf; es sind nämlich genau die Worte, die ich jetzt benutzen will.

Ich habe Shep jahrelang aus der Ferne geliebt, obwohl ich ihn so sehr hassen wollte.

Als ich aufblicke, merke ich, dass Delia mich mit einem ganz seltsamen Ausdruck ansieht. Es ist eine Mischung aus Unsicherheit und Hoffnung und etwas, das ich nicht genau zuordnen kann.

Ich hebe, stumm fragend, eine Augenbraue.

»Ich bin einfach … vorsichtig mit Shep. Er ist …«

»Ein verdammtes Arschloch«, unterbricht mich Zoe.

»Zoe! Du hast es geschafft!« Allie wirft die Arme um

den Hals ihrer Freundin und drückt sie fest an sich. »Vielen Dank, dass du gekommen bist.«

»Als ob ich deine Hochzeit verpassen würde. Hör schon auf.«

Es ist verrückt, dass ich Zoe im College nie kennengelernt habe, da sie Delias beste Freundin war. Aber wir lernten uns kennen, als Robbie und Monty anfingen, umeinander herumzutanzen, und ich dachte, sie wäre Robbies Date. Wir sind seitdem befreundet.

Tatsächlich war es meine Idee, dass AJ und Caleb zusammen ein Team für die Little League trainieren sollten. Zoe, Allie und ich hatten im Laufe der Saison viele Gelegenheiten, uns enger anzufreunden, also bin ich ein wenig überrascht, dass ich Zoe zum ersten Mal über Shep reden höre.

»Kennst du Shep gut?«

»Ihn gut kennen?« Zoe stöhnt. »Argh. Erinnere mich nicht an diesen Fehler. Er hat mich ausgeführt, ist mit mir ins Bett, und das war's – seine typische Vorgehensweise.«

Ich weiß, dass Shep im College nicht perfekt war. Er hatte einen gewissen Ruf, aber ich auch. Ich habe nie von ihm erwartet, dass er zölibatär lebt.

»Wie auch immer. Es war ja nichts anderes zu erwarten von *dem* Shep Clark.« Zoe zeigt auf Delia. »Aber ich habe viel mehr von ihm erwartet als das, was er meiner besten Freundin angetan hat.«

Mein Blick zuckt in ihre Richtung, und sie sieht mich an, als hätte sie Schmerzen.

Wegen der Erinnerungen oder weil sie sich wünscht, mir nicht sagen zu müssen, was ich nicht weiß?

»Delia?«, sage ich.

»Es ist nicht schön, Denny«, warnt sie.

»Erzähl es mir trotzdem.«

Sie und Zoe tauschen einen Blick aus.

»Du hast es ihr nicht gesagt?«, fragt Delia sie.

»Ich wusste nicht, dass es notwendig war.«

Delia seufzt, ihr Blick fällt wieder auf mich. »Bist du sicher? Es wird für euch beide wahrscheinlich alles verändern.«

Das Pochen in meiner Brust wird schneller, und ein Gefühl von Panik macht sich in mir breit.

Ich blicke in die Gesichter der anderen, sie schauen besorgt, ängstlich und – verdammt noch mal – mitleidig.

Ich *hasse* Mitleid.

»Ich habe das Gefühl, dass ich gerade etwas sehr Wichtiges verpasse. Worüber reden wir hier?«

»Ich fürchte, wir sind dabei, deiner Schwester das Herz zu brechen«, sagt Zoe zu Monty.

»Oh. Vielleicht sollte ich dann nicht anwesend sein.«

Sie will sich abwenden, aber ich halte ihre Hand fest, weil ich das Gefühl habe, dass ich alle Unterstützung brauchen werde, die sie mir bieten kann.

Monty erwidert den Druck und lässt mich damit wissen, dass sie nirgendwo hingeht.

»Sag es mir. Bitte.«

»Okay.« Delia räuspert sich. »Ich, äh, habe Zach ein Nacktfoto geschickt, als wir anfingen, zu daten. Er hat mich wegen Sexting genervt, und ich habe schließlich nachgegeben und ihm ein Nacktfoto geschickt. Es war eine wirklich süße, geschmackvolle Aufnahme und zeigte nur …«

»Kannst du dich auf die Fakten konzentrieren, D?«, fällt ihr Zoe ins Wort.

»Oh, tut mir leid.« Sie schüttelt den Kopf. »Jedenfalls waren wir an Thanksgiving bei Zachs Eltern, und ich habe ihm die Hölle heiß gemacht, weil er sich gegenüber meiner besten Freundin wie ein Arsch benommen hat, wegen dem Mädchenkodex.« Delia hält inne und lacht. »Witzig, wenn man bedenkt, dass Zoe bei meinem Ex gelandet ist und damit Regel Nummer eins gebrochen hat.«

»Wer schläft, der verliert«, winkt Zoe ab.

Mir gehen die Ohren zu von dem rhythmischen *Bum, Bum, Bum* meines hyperaktiven Herzens. Galle steigt mir in den Mund, und plötzlich wünsche ich mir, ich hätte nicht so viel Kuchen in mich hineingestopft, denn ich bin mir sicher, dass er mir gleich wieder hochkommt.

»Jedenfalls«, fährt Delia fort, »hatte Shep Zugriff auf das Foto, als er sich Zachs Handy geliehen hat.«

»Oh Gott«, entfährt es mir, und ich muss mir mit der Hand auf den Mund schlagen, um nicht zu spucken.

Delia zuckt zusammen. »Es tut mir leid, Denny.«

»Willst du damit sagen …« Allie beendet ihren Satz nicht.

»Sag es, Delia.« Ich drücke Montys Hand fester, um mich auf ihre Worte vorzubereiten. »Ich muss hören, wie du es aussprichst.«

»Ich will es nicht. Zoe, mach du es.«

»Auf keinen Fall. Shep ist dein Dämon, nicht meiner.«

»ErhatdasBildanseineFreundegeschickt«, stößt Delia schließlich in einem Atemzug hervor.

Das Pochen hört auf, und feurige Hitze tritt an seine Stelle. Mir stockt der Atem.

Ich habe mich geirrt.

Shep hat sich nicht verändert.

Er ist immer noch derselbe *Slug*, derselbe Dreckskerl, der er immer war, und ich bin wieder auf seine Spielchen hereingefallen.

• • •

»Da bist du ja. Ich habe überall nach dir gesucht.« Shep legt einen Arm um mich. »Was machst du hier draußen, ganz allein?«

Ich stehe in dem Pavillon, in dem Allie und AJ vor zwei Stunden ihr Gelübde abgelegt haben.

Ich musste weg von den anderen, als Delia endlich damit herausrückte, was Shep ihr angetan hat. Mein Magen revoltierte, und ich konnte es keine Minute länger in diesem Raum voll glücklicher Menschen aushalten.

Obwohl jede Faser meines Körpers protestiert, weil ich es liebe, Shep nah an mir zu spüren, entziehe ich mich seinem Griff und schaffe die Distanz, die für dieses Gespräch notwendig ist.

Er sieht niedergeschlagen und verletzt aus, aber das bin ich auch.

Allerdings habe ich wegen seines Verrats einen *Grund*, mich so zu fühlen. Er nicht.

Shep schiebt die Hände in die Taschen, wippt auf den Fersen und blickt mich besorgt an.

»Ist, äh, ist alles in Ordnung?«, fragt er leise.

Ich drehe mich von ihm weg, stütze mich auf das Geländer des Pavillons und starre hinaus in den Sonnenuntergang am Horizont. Es ist, als würde die Sonne über unserer Beziehung, oder wie auch immer man das inzwischen nennen soll, untergehen.

»Bucky?«

»Nicht.«

Er atmet schwer aus. »Du hast mit Delia gesprochen.«

Das Eis in meiner Stimme hat es ihm wohl verraten. Am meisten schmerzt, dass er damit gerechnet hat, wenn er automatisch darauf kommt.

»Warst du deshalb diese Woche so verschlossen? Warum warst du so komisch, als wir ihnen im Restaurant begegnet sind? Warum bringst du mich nie auch nur in die Nähe deiner Eltern?«

Er braucht einen Moment, um zu antworten, und ich kann nicht anders, ich frage mich, ob er versucht, sich eine Lüge auszudenken.

»Ja«, sagt er schließlich. »Das ist der Grund.«

»Wie kann es sein, dass ich keine Ahnung davon hatte?«

»Keiner hat eine Ahnung, nicht wirklich. Es wurde unter Verschluss gehalten, wegen meiner Baseball-Karriere.«

»Warum hast du mir nichts davon gesagt?«

»Weil es verdammt peinlich ist, Denny. Ich habe einen der größten Fehler meines Lebens gemacht – ich war in dem

Moment einfach nur neidisch –, und ich kann es nicht rückgängig machen.«

Ich drehe mich um und blicke ihn direkt an. »Wie konntest du ihr das antun?«

»Ich war dumm.«

»Mehr als dumm, Shep. Das ist ein massives Eindringen in die Privatsphäre.«

»Ich weiß.«

»Es ist ekelhaft und gefühllos und so übel, dass es wehtut, dich auch nur anzusehen.«

Er zuckt zusammen, als hätte ich ihm gerade mehrere Schläge in die Magengrube verpasst, und vielleicht habe ich das mit meinen Worten. Er hat jeden einzelnen Schlag verdient.

»Falls du dich dadurch besser fühlst, ich habe dadurch fast alles verloren.«

»Tu ich nicht. Ich würde mich um einiges besser fühlen, wenn ich wüsste, dass du nicht der *Slug* bist, für den dich alle jahrelang gehalten haben.« Ich schüttle angewidert den Kopf. »Ich dachte, du wärst besser als das, Shep.«

»Ich dachte auch, das wäre ich.«

»Warum hast du es dann getan?«

»Ich sagte doch, ich war neidisch.«

»Auf was?«

Er wischt sich mit der Hand über das Gesicht und tut es dann gleich noch einmal.

»Scheiße!«, schreit er, und das Echo hallt wütend um uns herum. »Auf die beiden, okay? Ich war grün vor Neid auf das, was sie anscheinend hatten, denn das hätten wir sein können.«

Seine Hände gleiten durch sein Haar, zerstören den perfekt zerzausten Look, den er hatte, und hinterlassen ein Chaos.

»Das hätten du und ich sein können.« Er senkt den Kopf. »Aber das hatte ich ja vermasselt, und da saß Delia und erinnerte mich an all die Mädchen, die ich benutzt habe, um dich aus meinem Kopf zu kriegen. Das schlechte Gewissen meldete sich. Alles fühlte sich falsch und eklig an, und ich war so verdammt wütend auf sie. Ich habe das Bild einfach an ein paar Jungs aus dem Team geschickt. So einen Scheiß haben wir ständig gemacht, Fotos weitergereicht. Es sollte nichts weiter bedeuten. Sie sollte nichts erfahren.«

»Ich wünschte, ich könnte sauer auf dich und deine bescheuerten Freunde sein, weil ihr Nacktfotos weitergebt, aber das wäre scheinheilig. Ich habe das selbst getan. Normalerweise sind es aber *unaufgeforderte* Dick-Pics von Typen, die ich nicht kenne. Sie kannten Delia. Sie kannten sie, und trotzdem hast du ihr das angetan. Das ist falsch auf so vielen Ebenen, Shep.«

»Ich weiß, aber ...«

Ich hebe die Hand, damit er schweigt. »Außerdem kannst du nicht immer dein mieses Verhalten auf mich und uns und das, was wir hatten, schieben. Du hast es versaut. Das warst du, niemand anders.«

Schuldbewusst lässt er die Schultern sinken.

Er ist im Unrecht, und er weiß, dass er im Unrecht ist, aber das ändert nichts, ändert nicht, was er getan hat.

»Ich kann dir verzeihen, dass du einen dummen, beschissenen Fehler gemacht hast, dass du dich einen Augenblick deines Lebens wie ein kompletter Idiot benommen hast. Wir alle machen Fehler, und ich würde es hassen, wenn man mir meine für immer vorwerfen würde, aber Delia ist meine Freundin, Shep, und du hast sie verletzt. Weißt du, wie viel Angst mir das macht bei dem Gedanken, dass ich eine Zukunft mit dir riskieren will? Was, wenn ich dich wütend mache? Was, wenn dich etwas anderes neidisch macht? Wird es mein Bild sein, das du an die Leute schickst?«

»Nein!«, brüllt er. »Nein. Das würde ich dir nie antun.« Seine Zähne knirschen, als sich seine Kinnmuskeln so verspannen, dass ich die Muskeln zucken sehe. Er weiß, ich habe einen berechtigten Einwand vorgebracht. »So bin ich nicht ... so will ich nicht sein.«

Ich kann sehen, wie sehr sich Shep im Laufe der Jahre verändert hat. Im College ist er herumgerannt, als wäre er der Größte auf dem Campus, und das war er in vielerlei Hinsicht. Aber jetzt ist er bescheidener. Er ist in seine Rolle als Promi hineingewachsen ... er ruht mehr in sich selbst.

Er engagiert sich ernsthaft für die Wohltätigkeitsprojekte, an denen er beteiligt ist. Er versucht nicht mehr, der coole Typ zu sein. Er ist einfach Shep.

Das bewundere ich an ihm.

Aber der Teil von ihm, der seine Fehler nicht eingestehen will? Der Shep, der ständig allen anderen die Schuld für seine Taten gibt? Das ist derselbe achtzehnjährige Junge, der mich ausgeschlossen hat, weil er nicht zugeben wollte, dass er mich liebte, wegen *Fehlern, die andere gemacht haben.*

Diesen Teil von ihm verabscheue ich.

»Dann beweise es, denn ich will dir glauben, Shep. Ich will dir glauben, so sehr, dass alles in mir danach schreit, dir nachzugeben, dir zu sagen, dass alles in Ordnung ist und wir die Sache vergessen sollten, aber ich kann nicht. Hier geht es um so viel mehr als um Delia. Es geht um das, was vor fünf Jahren passiert ist. Es geht um das, was letzten Monat passiert ist.«

»Denny …« Er macht einen Schritt auf mich zu, und ich weiche vor seinem Annäherungsversuch zurück.

»Nein. Solange du nicht aufhörst, alles und jeden für deine Fehler verantwortlich zu machen, kann ich das nicht. Ich kann so nicht weitermachen.« Ich deute mit einem Finger abwechselnd auf ihn und mich. »Ich kann das mit uns nicht mehr. Es fühlt sich nicht gesund oder richtig an. Es fühlt sich giftig und falsch an. Es fühlt sich an wie eine unerledigte Sache, und ich will so viel mehr sein als das.«

Er schüttelt den Kopf, will nicht hören, was ich ihm sage.

»Du bist mehr als das – so viel mehr.«

»Sag das all den Leuten, die du verletzt hast und die unter dir gelitten haben, wegen deiner komplizierten Gefühle für mich.«

Wir stehen schweigend da und lassen die Realität dessen, was sich gerade entfaltet, zwischen uns in der Luft hängen.

Ich kann mir keine Zukunft mit Shep aufbauen, wenn er an der Vergangenheit festhält. Wir haben gesagt »Neuanfang«, aber nichts fühlt sich wie ein Neuanfang an. Es fühlt sich an, als würden wir nur alte Wunden zudecken.

»Was kann ich tun, um deine Meinung zu ändern?«

»Im Moment weiß ich es nicht. Ich brauche etwas Zeit.«

»Trennen wir uns?«

»Ja. Nein. Ich weiß es wirklich nicht, Shep. Mir war nicht bewusst, dass wir überhaupt eine Bezeichnung haben für das, was zwischen uns ist.«

»Tu nicht so, als ob das keine Beziehung war. Du weißt, dass es eine war.«

»Gut, aber im Moment brauche ich Freiraum, okay? Ich muss nachdenken.«

»Okay, okay. Gut, ich hab's verstanden.« Er hebt resigniert beide Hände. »Aber Den?«

»Ja?«

Shep durchquert den Pavillon, und dieses Mal laufe ich nicht vor ihm weg. Seine Hände umschließen mein Gesicht, und ich habe Angst, dass er mich küssen wird – Angst, weil ich sicher bin, dass ich ihn auch jetzt noch küssen will.

Er ist kein schlechter Kerl. Das weiß ich. Er hat Fehler gemacht – zu viele, um sie zu zählen –, aber tief in seinem Herzen weiß ich, dass er kein *schlechter* Mensch ist.

Ich habe mal irgendwo gelesen, dass gute Menschen manchmal schlechte Dinge tun, aber das macht sie noch nicht zu schlechten Menschen.

Das passt so gut auf Shep, aber es macht mich nicht weniger wütend auf ihn.

Seine Finger gleiten über meine Wangen, und seine haselnussbraunen Augen blicken mich eindringlich an.

»Wenn du mich fragst, war das nie eine unerledigte Sache. Das kann es nicht sein, denn ich habe nie aufgehört, dich zu lieben.«

Er versucht nicht, mich zu küssen.

Er geht einfach weg.

Und ich bleibe stehen, und ich bin erleichtert und wütend und so verdammt durcheinander.

32. Kapitel

»Ich habe ja gesagt, sie hätte es von dir erfahren müssen.«

Ich seufze ins Telefon. »Ich weiß, AJ. Verdammt, ich weiß es, okay? Aber ich habe es nicht über mich gebracht, es laut auszusprechen. Es hat sich einfach ... widerlich angefühlt.«

»Das liegt daran, dass es widerlich war. Ich habe monatelang nicht mit dir geredet, erinnerst du dich?«

»Ja, ich erinnere mich.«

»Sie hat übrigens nicht ganz unrecht«, sagt er. »Du suchst nach Vorwänden und Ausreden für deine Taten.«

»Was zum Teufel soll das? Ist das hier die ›Stell-Shep-an-den-Pranger‹-Woche?«

»Nein. Es soll heißen, dass Shep sich am Riemen reißen muss, bevor er die Liebe seines Lebens verliert.«

»Solltet ihr nicht in den Flitterwochen sein?«, brumme ich unwirsch.

»Ja – und noch einmal danke, dass du dafür bezahlst, du Wichser.«

»Nichts zu danken.«

»Aber ...«, sagt er, als hätte ich nie etwas gesagt, »Ich

kann meinen Best Man nicht hängen lassen. Ich musste mich nach dir erkundigen. Du warst ganz schön fertig, als wir gegangen sind.«

»Du meinst, als Denver mir das Herz rausgerissen hat und deine Frau mich danach noch geohrfeigt hat?«

»Du musst zugeben, die Ohrfeige war ganz schön krass.«

»Wenn es nicht so wehgetan hätte, hätte ich vielleicht sogar einen Ständer gekriegt.«

»Shepard …«

Ich lache trocken. »War nur ein Witz … mehr oder weniger.«

»Hast du in der letzten Woche überhaupt mit ihr gesprochen?«

»Kein einziges Wort. Und das macht mir Angst.«

»Hast du versucht, sie zu erreichen?«

»Zu feige«, gebe ich zu. »Sie ist gruselig, wenn sie wütend ist.«

»Sie ist aus einem guten Grund wütend.«

»Ich weiß. Du erinnerst mich ständig daran. Ich wünschte, ich hätte deinen Anruf ignoriert.«

»Zum zehnten Mal diese Woche? Das würdest du nicht wagen.«

»Oh, AJ, manchmal staune ich, wie wenig du mich kennst.«

Ich kann ihn nicht sehen, aber ich bin mir sicher, dass er gerade genervt den Kopf wegdreht.

»Hör zu, Mann, du musst dich einfach zusammenreißen und mit ihr reden. Du bist nicht mehr der Kerl von damals.«

»Das habe ich ihr gesagt. Sie hat es mir nicht abgekauft.«

»Dann zeig es ihr.«

»Wie zur Hölle soll ich das machen? Ein verdammtes Plakat aufhängen, auf dem steht, wie sehr ich sie liebe?«

»Wenn es sein muss, dann mach das.«

»Babe! Ich bin zurück von meiner Massage! Lass uns Sex haben!«, schreit Allie im Hintergrund.

»Verdammt, ich muss los. Bring den Schlamassel mit Denver in Ordnung und sag Allie nicht, dass ich dich angerufen habe. Sie wird sagen, dass ich sie wieder hintergehe.« Er hält inne. »Warte, nein, sag es ihr ruhig, der Versöhnungssex war umwerfend letztes Mal. Bis bald.«

Er beendet den Anruf.

Ich stöhne und werfe mein Handy auf den Tresen, offenbar ein bisschen zu hart, denn es prallt ab und schlägt auf dem Fliesenboden meiner Küche auf.

Ich krümme mich, denn ich *weiß genau*, dass das Display gesprungen ist.

»Verdammte Scheiße«, murmle ich und schlage die Hände vors Gesicht. »Dieser Tag ist zum Kotzen!«

Steve bellt, und ich tue einfach so, als wäre das seine Art, mich zu bestätigen.

Hätte ich Denny einfach erzählt, was passiert ist, wäre das vielleicht nicht passiert – ach, wem mache ich hier was vor? Sie wäre trotzdem sauer gewesen, und das zu Recht.

Und sie hat ja auch recht, und AJ auch: Ich halte an der Vergangenheit fest. Ich nutze sie zu meinem Vorteil. Es musste erst Denny kommen und mich auf all meine Schwächen aufmerksam machen, damit mir das klar wurde.

Bei einer Sache lag sie allerdings falsch.

Ich habe mich *sehr wohl* geändert.

Ich muss nur noch einen Weg finden, ihr das zu beweisen.

• • •

Meine Handflächen sind schweißnass, die Knie schwach, die Arme schwer – aber immerhin habe ich mir nicht die Spaghetti-Soße meiner Mom auf den Pullover gekotzt, zumal sie immer noch verdammt sauer auf mich ist.

Zum millionsten Mal reibe ich die Hände an meiner Jeans ab. Meine Nerven sind gerade absolut am Ende, und ich kann nichts anderes tun, als wie ein Idiot herumzustehen.

Die Tür vor mir schwingt auf.

»Wie lange willst du noch draußen stehen? Du fängst an, die Nachbarn zu beunruhigen. Janet hat angerufen, um mir zu sagen, auf meiner Veranda steht ein ›strammer junger Mann, der aussieht, als würde er gleich in Ohnmacht fallen‹. Da ich nicht vorhabe, dich zu beatmen, und zu stur bin, um den Notarzt zu rufen, warum kommst du nicht einfach rein?«

Zach steht vor mir, die Stirn in Falten gezogen, der Unterkiefer angespannt vor Wut.

Das wird spaßig.

Er tritt zur Seite und winkt mich herein, zum ersten Mal seit ... nun, viel zu lange für Geschwister, die die Hälfte des Jahres in derselben Stadt leben.

»Danke, Mann«, sage ich, als ich über die Schwelle trete.

»Zieh die Schuhe aus.«

Er lässt mich im Foyer stehen, und ich fühle mich unwillkommen und verdammt unbehaglich.

Seht ihr? Spaß ohne Ende.

Als ich mir gerade die Schuhe abstreife, kommt ein komplett weißer Zwergziegenbock in Ryan-Gosling-Pyjama mit »Hey-Girl«-Aufdruck und Windel auf mich zugerannt und stößt mit dem Kopf gegen mein Schienbein, dass es fast wehtut.

»Lass das, du kleiner Scheißer.«

»Er hat eine richtig gute Menschenkenntnis.«

Ich blicke auf und sehe Delia über den Flur kommen. Ein kleines Lächeln spielt um ihre Lippen, aber ich weiß, dass es nicht mir gilt.

Meine Wange beginnt zu kribbeln, als ich sie sehe. Ich weiß, das ist nur das Echo der Ohrfeige, die sie mir gab, als Caleb mich damals bis zu ihrer Wohnungstür zerrte, damit ich mich »entschuldigte«. Wir wussten beide, dass es keine gute Entschuldigung war, aber sie ließ es trotzdem durchgehen. Ich verstehe nicht, wie sie mich so leicht davonkommen lassen konnte. Ich habe so viel Schlimmeres verdient, und sie hat so viel Besseres verdient als diese halbherzige Entschuldigung.

Warum wird mir das erst jetzt klar?

»Ja«, sage ich. »Scheint so.«

»Lass ihn in Ruhe, Marshy.« Sie bückt sich, hebt den kleinen Bock auf und legt ihn in ein Körbchen, das neben der Treppe aufgestellt ist. »Du kannst mitkommen.«

Ich folge ihr in die Küche, wo Zach sich hin und her bewegt, als wäre es sein Reich.

»Es gibt Pizza zum Abendessen. Ich hoffe, du hast deine eigene mitgebracht.«

»Zachary!«, schimpft Delia.

»Tut mir leid, dass es mir nicht leidtut«, grunzt mein Bruder, reißt den Kühlschrank auf und schnappt sich zwei Flaschen Wasser.

Er reicht eine Delia und öffnet die andere für sich selbst, ohne mir etwas anzubieten.

Tja. Spaß, so viel Spaß.

»Ich nehme an, du bist hier, weil Denver herausgefunden hat, dass du meinem Mädchen übel mitgespielt hast.« Zach nimmt einen Schluck aus seiner Wasserflasche und stößt dann eines dieser unausstehlichen, übertriebenen *Aahs* aus. »Bist wohl hier, um ein bisschen zu Kreuze zu kriechen und ihr zu beweisen, dass du kein totales Arschloch bist?«

Ich setze mich auf einen Stuhl an der Granit-Kücheninsel, nehme die Mütze vom Kopf und fahre mir mit der Hand durch die Haare.

»Zuerst ja, ich bin eigentlich nur wegen ihr hergekommen, aber dann habe ich Delia im Flur gesehen, und meine Wange fing an zu kribbeln, wie sie immer kribbelt, wenn sie in der Nähe ist.«

»Hast dir ganz schön eine von mir gefangen, was?«

»Habe ich«, erwidere ich. »Und es hat mich daran erinnert, was für eine beschissene Entschuldigung das damals war und dass ich mich nie richtig bei dir entschuldigt habe, so wie du es verdient hättest. Wenn ich wegen Denver hergekommen wäre, wäre es nur wieder das gleiche Spiel gewesen. Also, nein, ich bin nicht wegen ihr hier – oder wegen mir selbst. Ich bin wegen dir hier, Delia.«

»Wegen mir, aha?«

Ich nicke. »Tja. Also setz dich oder bleib stehen oder was immer du tun musst, weil ich nämlich gleich die Rede meines Lebens loslasse.«

Sie und Zach wechseln einen Blick. Er zuckt mit den Achseln. »Das ist eine Sache zwischen euch beiden. Ich mache Pizza. Ich sterbe vor Hunger.«

»Du hast gerade vor einer Stunde gegessen.«

»D, willst du etwa sagen, ich werde dick?«

»Niemals.« Ihr Grinsen sagt etwas anderes.

Delia geht um die Insel herum und setzt sich auf den Stuhl neben mir. »Du hast meine volle Aufmerksamkeit, Shep.«

Sie sieht mich eindringlich an. Unwillkürlich winde ich mich unter ihrem prüfenden Blick.

»Verflixt. Jetzt bin ich nervös.«

Sie lacht. »Musst du nicht. Ich verspreche, dich nicht mehr zu ohrfeigen ... denke ich.«

Zach hüstelt ein Lachen, tut aber weiter so, als wäre er unsichtbar und rollt den Pizzateig flach aus.

»Danke. Superberuhigend.« Ich räuspere mich. »Also, ich schätze, ich habe dir nie wirklich erklärt, warum ich getan habe, was ich getan habe.«

»Du hast gesagt, es war, weil ich dich wegen Zoe genervt habe.«

»Ja und nein. Ehrlich gesagt, war es verdammt nervig.

Ich meine, es war die College-Zeit, Delia, so was passiert auf dem College.« Ich zucke mit den Schultern. »Leute daten sich, und es klappt nicht, und das war's. Man hätte mich nicht beim Thanksgiving-Dinner darüber ausquetschen sollen.«

»Ich habe mich für meine Freundin aufgeregt, aber du hast recht. Ich meine, sie hat das Gleiche mit Jungs gemacht, also gab es keinen Grund für mich, dich deswegen anzugreifen. Es tut …«

»Wage es ja nicht«, falle ich ihr ins Wort.

»Bin auf seiner Seite«, wirft Zach in unsere Richtung.

Delia macht eine Geste, als würde sie ihre Lippen mit einem Reißverschluss verschließen und den Schlüssel wegwerfen.

»Wie auch immer, ja, ich war sauer auf dich, weil du meinen persönlichen Kram vor meiner Familie ausgebreitet hast, aber es war nicht nur das. Ich war neidisch.«

»Auf was denn? Auf meinen supersüßen Ryan-Gosling-Pyjama?«

»Und wie.« Ich lache. »Nein, auf dich und Zach.«

Mein Bruder hält inne, als ich seinen Namen erwähne, und ich kann seinen Blick auf mir spüren, aber so schnell, wie er angehalten hat, huscht er auch schon wieder in der Küche herum.

»Warum warst du eifersüchtig auf uns?«

»Du hast mich daran erinnert, was ich mit Denver hätte haben können.«

»Wie ist das eigentlich zustande gekommen?«, wirft Zach dazwischen.

»Lauschst du etwa?«, stichelt Delia.

»Was? Darf ein Typ keine Fragen stellen, wenn sein Bruder an der Highschool eine geheime Beziehung hatte?«

»So neugierig.« Sie schnalzt mit der Zunge.

»AJ wollte Allie in der Abschlussklasse einen Antrag machen, und ich fand das eine wirklich dumme Idee, also habe ich mich an Denver gewandt und sie gebeten, mir zu helfen, unsere Freunde davon zu überzeugen, dass sie Idioten sind und viel zu jung zum Heiraten. Eins führte zum anderen und ... ja. Wir wurden Freunde, und dann wurden wir viel mehr als das.«

»Durch SMS?«

»Genau.« Ich nicke. »Was ein weiterer Grund ist, warum ihr zwei mich so sehr an uns erinnert. Ihr hattet das, was ich auch haben sollte: einen unkonventionellen Anfang mit einem glücklichen Ausgang. Dein Generve wegen Zoe und all den anderen Fehlern, die ich über die Jahre gemacht habe, und meine Eifersucht ließen mir keine Ruhe, bis ich schließlich das Foto verschickt habe.«

»Warum hast du es überhaupt kopiert?«

Ich winde mich. »Weil ich ein Schwein war. Ich kann tatsächlich keinen anderen Grund nennen, als dass du eben heiß warst und ich das Bild haben wollte, also habe ich es genommen. Es war ein Gratis-Porno.«

»Das ist ... danke auch? Ich weiß gar nicht, was ich dazu sagen soll.«

»Vielleicht dass dieser ›Gratis-Porno‹ dich ganz schön was gekostet hat, hm?« Zach greift nach der Käsedose, nimmt eine Handvoll frischen Mozzarella heraus und verteilt ihn auf dem Teig. »War es das wert?«

»Nicht mal ansatzweise. Nichts für ungut, Delia.«

»Glaub mir« – sie hält ihre Hand hoch – »kein Problem.«

Wir verstummen, die einzigen Geräusche in der Küche kommen von dem riesigen Messer, mit dem Zach Zwiebeln zerkleinert.

Delia schiebt ihren Stuhl zurück und macht Anstalten, aufzustehen. »Nun, das war alles sehr inter…«

»Ich bin noch nicht fertig«, unterbreche ich sie, und sie fällt zurück auf den Stuhl.

»Du hast nichts mehr gesagt.«

»Du solltest den Mist hören, der mir durch den Kopf geht.«

»Dann spuck ihn aus.«

Sie ist so unheimlich, wenn sie ernst ist, was nicht oft der Fall ist.

»Verdammt. Okay.« Ich atme hörbar aus. »Ich habe dir das alles nicht gesagt, damit es so aussieht, als würde ich nach Vorwänden suchen, denn das tue ich nicht. Ich wollte nur erklären, was mir zu der Zeit durch den Kopf ging. Die einfache Wahrheit ist, dass ich etwas Dummes und Falsches und Entwürdigendes getan habe. Ich hätte es nicht tun dürfen.«

Zum ersten Mal richte ich den Blick direkt auf Delia. Ihr in die Augen zu sehen ist schmerzhaft, aber ich habe den Stich verdient.

»Delia, es tut mir leid. Ich entschuldige mich aus tiefstem Herzen. Ich bitte dich nicht um Vergebung. Ich meine, ich will sie unbedingt, aber ich bitte nicht darum. Ich möchte nur, dass du weißt und verstehst, dass ich diesen Moment in meinem Leben sehr, sehr bereue.«

Ich drehe mich zu meinem Bruder um. Er bemerkt die Bewegung, legt das Messer weg und schenkt mir seine volle Aufmerksamkeit.

»Ich schulde dir auch eine Entschuldigung, Zach. Es tut mir leid, dass ich dein Vertrauen missbraucht habe. Es tut mir leid, dass ich deine Freundin verletzt habe, und es tut mir leid, dass ich dich im Stich gelassen habe.«

Keiner von beiden sagt etwas für eine lange Zeit, so lange, dass ich fast das Gefühl habe, ich muss jetzt einfach gehen und abwarten, wie sich die Dinge entwickeln.

Delias Hand landet auf meinem Arm. Überrascht richte ich meine Aufmerksamkeit auf sie.

Ihre Lippen öffnen sich, und ich halte den Atem an, warte gespannt auf ihre Worte.

»Erstens, ich muss das sagen …« Sie grinst. »*Das* war also der Mist, der dir im Kopf herumgespukt ist?«

Meine Lungen brennen vom Sauerstoffmangel, und ich atme endlich ein und lache herzhaft.

»Tut mir leid, ich kann nicht so gut mit Worten umgehen – wahrscheinlich, weil ich eher ein Mann der Tat bin.«

»Hmm, macht Sinn.« Sie drückt meinen Arm. »Hör zu, ich weiß, du hast nicht darum gebeten, aber ich mache es trotzdem. Ich vergebe dir, Shep, aber nicht für dich, sondern für mich. Es ist meine Art, das alles loszulassen. Ich vergebe dir, aber ich werde es nicht vergessen. Ich werde mich immer an den Verrat und die Verletzung erinnern. Ich sage nicht, dass es zwischen uns nie gut sein wird, aber erwarte erst mal nicht, dass ich auf dich zurenne und dich umarme, wenn ich dich sehe.«

»Danke«, sage ich leise. »Das habe ich nicht verdient, aber danke.«

Sie schenkt mir ein kleines Lächeln und zieht die Hand weg.

»Welchen?«, fragt Zach abrupt und geht auf den Kühlschrank zu.

»Huh?«

»Welchen Belag?« Er holt einen dritten Teigklumpen aus dem Kühlschrank.

»Pizzabeläge – welchen willst du?«

Ich grinse.

Pizza ist Zachs Friedensangebot.

In diesem Moment weiß ich, dass alles mit den beiden gut laufen wird.

Wenn ich mir nur bei Denny so sicher wäre …

33. Kapitel

»Ich vermisse Steve.«

»Du meinst Shep?«

Ja. »Nein, einfach nur Steve.«

Es fühlt sich so falsch an, Shep zu vermissen, nachdem er etwas so Schreckliches getan hat, aber ich kann nicht anders. Ich habe versucht, ihn nicht zu vermissen. Ich habe es versucht, mithilfe von Eiscreme und Chips und so vielen Oreos, wie ich verdrücken konnte, aber nichts davon funktioniert. Nicht einmal meine Lieblings-Binge-Watching-Serie mit Teenagern, die Wörter benutzen, die ihren Horizont unrealistisch weit überschreiten, funktioniert.

Ich vermisse ihn immer noch.

Dass es sich so richtig anfühlt, bedeutet wohl, dass es nicht falsch sein kann ... glaube ich.

Monty rümpft die Nase über mich. »Steve ist der Mops, richtig?«

»Der süßeste Mops auf der ganzen verdammten Welt, ja.«

»Sie meint auf jeden Fall Shep«, sagt Zoe und quetscht

sich auf der Couch wieder zwischen mich und Monty. »Nicht wahr, Delia?«

»Ja, tut sie!«, ruft Delia aus der Küche.

Wir machen einen Mädelsabend, ohne Allie, die immer noch in den Flitterwochen ist. Wie diese glückliche Bitch sich mit ihrem Gehalt zwei Wochen Urlaub leisten kann, ist mir ein Rätsel.

»Es macht dich nicht zu einem schlechten Menschen, Denny.« Delia taucht im Wohnzimmer auf. »Es macht dich menschlich. Es ist dir erlaubt, ihn zu vermissen.«

»Und für dich ist es okay?«

Sie setzt sich im Schneidersitz auf den Boden, eine Schüssel mit Müsli wackelt unsicher auf ihrem Schoß. »Wenn du wegen mir Hassgefühle gegenüber Shep hast, dann aus den falschen Gründen. Ich hasse Shep nicht. Ich verabscheue, was er getan hat, aber ich hasse ihn nicht. Wir hatten ein langes Gespräch am Wochenende, und wir verstehen uns wieder. Nicht mögen, aber verstehen.«

Ich beuge mich vor. »Du hast mit ihm geredet?«

»Er kam zum Pizzaessen rüber und hat sich mir gegenüber endlich richtig entschuldigt. Es war … eigentlich ganz in Ordnung. Er war ganz in Ordnung. Diesen Schmerz loszulassen war gut. Ich meine, ich werde nie vergessen, was Shep getan hat, aber ich kann erwachsen genug sein, um es hinter mir zu lassen.«

Sie schaufelt sich ein paar Bissen Müsli in den Mund und zuckt mit den Schultern.

»Er … hat sich entschuldigt?«

»Mmpf«, antwortet sie, wobei ihr die Milch aus dem vollen Mund tropft.

»Falls du dich wunderst, das ist Delia-Sprache für Ja.« Zoe kneift sie in den Arm. »Vielfraß.«

Delia guckt verlegen, schluckt und wischt sich mit ihrem T-Shirt das Kinn ab. »Tut mir leid, ich meine, ja, das hat er. Und er wollte unbedingt, dass ich weiß, dass er das nicht für dich oder sich selbst tut, sondern für mich.«

»Hat er es ernst gemeint?«

»Weißt du, als er sich das erste Mal entschuldigt hat, war das die peinlichste Sache meines Lebens. Es war total halbherzig, und er konnte nicht einmal Blickkontakt mit mir aufnehmen.«

Sie stellt ihre Schüssel beiseite und zieht die Knie an die Brust. »Aber als er in unserer Küche saß, hat er mich direkt angesehen, und es war überhaupt nicht wie beim ersten Mal. Es war nicht einstudiert oder erzwungen. Es war echt.«

Ich denke über Delias Worte nach, bewege sie in meinem Kopf hin und her.

Sie legt die Hand auf mein Bein. »Es ist okay, ihm zu verzeihen. Ich tue es.«

»Wirklich?«

»Ja. Ich kann nicht ewig an dieser Wut festhalten. So bin ich nicht. Er hat einen Fehler gemacht. Er hat sich entschuldigt. Er ist der Bruder meines Freundes. Ich kann ihn nicht für immer ausschließen.«

»Das könntest du durchaus«, wirft Zoe ein.

»Aber so bin ich nicht, Zoe, und das weißt du. Mensch, du solltest das besser als jeder andere wissen. Ich meine, ich habe dir die Erlaubnis gegeben, meinen Ex-Freund zu daten.«

»Und ich liebe dich dafür, das tue ich wirklich. Caleb ist …« Sie fächelt sich selbst Luft zu. »Puh, ich kann nicht.«

»Er ist ziemlich süß«, wirft Monty ein.

»Ich weiß! Und diese Baseballkappe.« Zoe fällt praktisch in Ohnmacht. »Okay, okay, das war's.«

»Wirklich? Brauchst du ein paar Minuten allein in Dennys Badezimmer?«

»Nicht in meiner Wohnung!«

Zoe zuckt mit den Schultern. »Ich warte einfach, bis alle eingeschlafen sind.«

»Ihr seid ein Haufen geiler Weiber«, grummele ich und lasse mich auf der Couch tiefer sinken.

»Du bist nur neidisch, weil wir alle heiße Würstchen haben, die zu Hause auf uns warten, und du nicht.«

»Oh mein Gott, das musstest du mir jetzt unter die Nase reiben, Montana!«

»Darf ich darauf hinweisen, dass Robbie recht hatte? Wenn du ›Würstchen‹ sagst, ist das das Komischste, was ich je in meinem Leben gehört habe.« Zoe tippt auf ihrem Handy herum und hält es Monty vor die Nase. »Sag's noch mal. Ich will es aufnehmen.«

Montys Gesicht läuft feuerrot an. »N-nein!« Sie stößt das Handy weg.

»Du bist wie die weibliche Ausgabe von Robbie. Das ist so gruselig.«

»Gruselig oder süß?«, protestiert Zoe. »Sag Würstchen!«

»Nein, blöde Kuh! Geh weg!«

Monty springt von der Couch und rennt den Flur hinunter, Zoe folgt ihr dicht auf den Fersen und macht sich über sie lustig.

Delia lacht, zieht sich auf die Couch hoch und kuschelt sich neben mich.

»Weißt du, früher habe ich an Liebe und Schicksal und das Universum geglaubt. Ich dachte, die würden mich zu Shep hinführen, aber jetzt ... jetzt bin ich mir nicht mehr so sicher. Ich weiß nicht, wie irgendetwas davon möglich sein soll, nachdem ich weiß, was er getan hat.«

»Willst du meine Theorie hören?«, sagt sie nach einigen Augenblicken des Schweigens.

»Schieß los.«

»Ich glaube, das Universum treibt dich zu Shep, und ich denke, das liegt daran, dass du ihn zu einem besseren Menschen machst.«

»Aber mache ich das, Delia? Ich meine, sieh dir an, was er dir meinetwegen angetan hat. Das schreit für mich nicht gerade nach *anständiger Kerl*.«

»Ich werde es dir nicht verübeln, dass du Shep liebst. Das ist schon in Ordnung. Du solltest deine Entscheidung, ob du mit ihm zusammen sein möchtest, sowieso nicht von mir abhängig machen. Selbst wenn er sich nie entschuldigen würde, würde ich dich nicht verurteilen, wenn du mit ihm eine Beziehung führst.«

»Liebe?«, ächze ich. »Wer hat etwas von Liebe gesagt?«

Sie stößt mit ihrer Schulter gegen meine. »Du kannst mir nichts vormachen. Ich weiß, wie es ist, ein Mitglied der Hastings-Clark-Familie zu lieben. Es ist anstrengend und aufregend, diese alles verzehrende Art von Liebe. Selbst wenn man sie nicht lieben will, man muss es einfach.«

Ich nicke.

»Es ist okay, wütend auf ihn zu sein und ihn trotzdem zu lieben, ihm den Hals umdrehen und ihn gleichzeitig küssen zu wollen. Niemand ist perfekt. Sicher, was Shep getan hat, war schon echt übel, aber das macht ihn nicht zu einem schlechten Menschen, ganz und gar nicht. Er hat einen guten Teil des Sonntags damit verbracht, uns von der Wohltätigkeitsorganisation für Kinder mit Diabetes zu erzählen, der er angehört.«

Ich lächle unwillkürlich, als ich daran denke, wie aufgeregt Shep ist, wenn er hört, wie viel Geld bei jeder Gala, die wir besuchen, für einen guten Zweck gesammelt wird.

»Er ist so stolz darauf. Das einzige Mal, dass ich ihn jemals so leidenschaftlich und interessiert erlebt habe, war, als er über Baseball redete.«

»Und über dich«, ergänzt sie. »Wenn er über dich redet, ist er auch so.«

»Moooooonty!« Zoe wummert gegen die Schlafzimmertür. »Sag einfach Würstchen!«

»Geh weg!«

Delia und ich bekommen einen Lachanfall.

Ich weiß nicht, was die Zukunft für mich und Shep bereithält, aber ich fühle mich besser, jetzt, da ich weiß, dass er gegenüber Delia und Zach das Richtige getan hat. Es löscht nicht alle Sorgen aus, die ich hinsichtlich unserer Zukunft habe, aber es ist ein Anfang.

Und ein Anfang ist besser als nichts.

»Was passiert jetzt mit deinem Artikel? Hast du ihn fertig?«

»Fast, aber ich bin nicht sicher, ob ich ihn einreichen kann. Ich habe die Abmachung mit Shep nicht ganz erfüllt, also weiß ich nicht, ob es ethisch vertretbar wäre, ihn zu veröffentlichen.«

»Ich glaube nicht, dass Shep so denkt«, versucht Delia, mich zu beruhigen.

»Hast du damit gerechnet, dass er ein Nacktfoto von dir an das gesamte Baseballteam schicken würde?«

Sie öffnet den Mund, macht ihn wieder zu und schüttelt den Kopf.

»Touché.«

»Er war nicht immer ein totaler Arsch, weißt du.«

»Ich glaube nicht, dass er jemals ein Arsch war. Ich glaube einfach, dass er sich nicht genug Gedanken macht und eher nach seinem Gefühl als nach Verstand handelt. Er muss einfach ... ein bisschen erwachsen werden.«

»Wie kannst du so ruhig damit umgehen?«, frage ich sie. »So verzeihend?«

»Ich habe vor langer Zeit gelernt, dass man negative Gefühle für Menschen haben und sich davon auffressen lassen oder sich diesen Gefühlen stellen und am Ende doch glücklich werden kann.« Sie lächelt. »Ich habe mich fürs Glücklichsein entschieden.«

»Fürs Glücklichsein? Hm. Auch wenn man Angst hat?«

»O Mann, besonders wenn man Angst hat. Das ist normalerweise die beste Art von Glücklichsein.«

»Ich mag dich, Delia. Ich glaube, ich behalte dich noch eine Weile hier.«

»Das habe ich für Allie auf Video aufgenommen! Wag es nicht, mich zu ersetzen, Delia!«

Delia schleudert ein Kissen in Zoes Richtung und schlägt ihr das Handy aus der Hand.

»Monty hat recht, du bist ein Ekelpaket.«

»Ha! Nimm das, du Würstchen!«

»NEIN!«, kreischt Zoe, greift nach ihrem Handy und rennt zurück den Flur hinunter. »Sag es noch mal! Ich habe es nicht aufgenommen!«

»Haben sie auf dich auch die Wirkung, dass du am liebsten ein Nickerchen machen willst?«, sagt Delia.

»Ständig.«

• • •

»Hast du heute die Zeitung gelesen?«

»Ähm, Allie, ich *arbeite* bei der Zeitung.«

»Ja, ich weiß, aber du arbeitest im Sportressort. Hast du den *Rest* der Zeitung gelesen?«

»Nein. Warum?«

Sie seufzt. »Schau in die Kontaktanzeigen.«

»Allie, falls das ein weiterer Versuch ist, mein Interesse an jemand anderem zu wecken, um über Shep hinwegzukommen – es wird nicht funktionieren.«

»Ist es nicht«, verspricht sie. »Tu es einfach. Ich bleibe in der Leitung.«

»Argh«, stöhne ich. »Ich hole mir schnell ein Exemplar.«

»Ich kann nicht glauben, dass du deine eigene Zeitung nicht liest.«

»Sei still, Allie.«

Sie ist nicht still. Sie plappert mir weiter ins Ohr, während ich mich von meinem Stuhl erhebe und die Zeitung aus meinem Fach in der Poststelle hole.

»– und dann hat er mich gebeten, ihn … *da* zu lecken!«

»Oh mein Gott, redest du gerade übers Arschlecken?« Ich lehne mich gegen einen der Tische und balanciere das Telefon zwischen Ohr und Schulter, damit ich die Zeitung mit beiden Händen öffnen kann.

»Hörst du mir überhaupt zu? Mein Mann ist ein *Freak*! Es ist, als hätte er sich diesen ganzen abartigen Mist für die Ehe aufgespart, und ich komme damit nicht klar.«

»Kannst du aufhören, mir zu erzählen, wie du deinem Mann das Poloch geleckt hast?«

Susan, eine unserer Praktikantinnen, blickt mit großen Augen zu mir herüber.

»Hi, Susan, tut mir leid. Meine Freundin ist verrückt. Ich bin nicht die Poloch-Leckerin, das ist sie.«

Ich lache über ihren erschrockenen Gesichtsausdruck und über Allie, die mir meinen Namen ins Ohr brüllt.

»Ich kann das jetzt nicht glauben! Das ist mir so peinlich.«

»Nein, ist es dir nicht.«

»Na schön, ist es nicht. Hast du dir eine Zeitung geholt?«

»Habe ich.«

»Gut, jetzt blättere zu den Kontaktanzeigen.«

Ich suche, bis ich den Anzeigenteil finde, von dem sie

spricht, und überfliege die Seite, aber nichts sticht mir ins Auge.

»Ich sehe nichts.«

»Schau noch mal. Ganz genau.«

»Ich sehe nichts …«

Heilige Scheiße.

Genau da in der Mitte der Seite ist ein sehr großer Kasten, dessen Inhalt eindeutig von Shep stammen muss.

CAPTAIN AMERICA ENTSCHULDIGT SICH: TEIL 1

Bucky,

es tut mir leid, dass ich damals kalte Füße bekommen habe.

Es tut mir leid, dass ich für mein Versagen anderen die Schuld gegeben habe.

Es tut mir leid, dass ich uns keine Chance gegeben habe.

Es tut mir leid, dass ich dich behandelt habe, als wärst du nichts für mich, wo du doch alles warst.

Vor allem tut es mir leid, dass ich nicht an uns geglaubt habe, wie ich es hätte tun sollen.

Schreib mir, Baby, nur noch ein einziges Mal.

910-555-1027

»Was zum Teufel?«, brumme ich laut.

»Das ist für dich, stimmt‘s? Ich liege doch nicht falsch, oder?«

»Ja, das ist definitiv für mich.«

»Ich verstehe nicht, warum er dich Bucky und sich selbst Captain America nennt, aber alles andere deutet darauf hin, dass es von Shep kommen muss. Außerdem ist das definitiv seine Telefonnummer. Ist er dumm, oder was? Weiß er nicht, wie viele Idioten ihm nun schreiben werden?«

»Er ist dumm, so viel steht fest.« Ich lächle. Bucky und Cap waren schon immer unser Ding gewesen. Nur unseres. Nicht mal Allie und AJ wissen davon. »Warum hast du überhaupt die Kontaktanzeigen gelesen?«

»Weil ich neugierig bin. Ich gucke immer gern nach verpassten Gelegenheiten. Wie auch immer, ich hoffe, er bekommt ein ekelhaftes Dick-Pic, mit lauter Warzen oder so.«

Ich lache. »Das ist ekelhaft, aber auch wohlverdient.«

»Also ... wirst du ihm schreiben?«

»Ich ... ich bin mir nicht sicher, Allie. Ich weiß nicht, ob ich schon so weit bin.«

»Ich finde, du solltest ihn zum Schwitzen bringen.« Sie kichert. »Das wäre zu komisch.«

»Du bist heute ganz schön böse.«

»Bin ich das? Oh.« Nur klingt sie kein bisschen bestürzt. »Ich sollte wirklich nicht so zu ihm sein. Ich meine, er hat für unsere Flitterwochen bezahlt und so.«

Mir rutscht das Handy fast aus der Hand.

»W-was?«

»Habe ich dir das nicht erzählt? Shep ist der einzige Grund, weshalb wir überhaupt Flitterwochen *machen konnten*. Er hat den kompletten Urlaub bezahlt und uns in der Woche vor der Hochzeit mit Flugtickets überrascht. Alles, was wir tun mussten, war, uns freizunehmen. Zum Glück waren unsere Chefs wahnsinnig verständnisvoll.«

Ich hatte *keine* Ahnung, dass Shep das für sie getan hat.

»Er hat das in den Wochen vor der Hochzeit nicht erwähnt?«

»Mit keinem Pieps. Ich bin irgendwie ...«

»Schockiert? Ja, das war ich auch. Ich meine, Shep war immer gut zu mir und AJ, aber das hätte ich nie erwartet. Er hat sich richtig ins Zeug gelegt. Das Einzige, wofür wir bezahlt haben, sind die Souvenirs. Er hat an alles gedacht, sogar an eine Getränkeflatrate.«

Allie räuspert sich, und ich weiß, dass ich gleich eine Standpauke bekomme.

»Hör zu, ich finde zwar, du solltest ihn zum Schwitzen bringen, aber ... ich finde auch, du solltest ihm eine zweite Chance geben. Was er Delia angetan hat, war falsch und gemein, und ich möchte ihm dafür in die Eier treten, aber ich kenne Shep auch seit vielen Jahren, und ich habe ihn nie anders als freundlich erlebt. Ein wenig egoistisch und gelegentlich geil, ja, aber nie gemein, nur um gemein zu sein. Er ist ein guter Kerl. Er ist nur manchmal ein Blödmann.«

Ich seufze. »Ich weiß das. Wirklich. Ich will nur ... sicher sein, weißt du?«

»Das kannst du nicht sein, solange du ihm keine Chance gibst, solange du nicht den Sprung wagst.«

»Ich weiß«, sage ich wieder.

»Ich muss los. Die Mittagspause ist vorbei, aber ruf mich später an, ja? Lass uns irgendwann diese Woche zu Abend essen. Ich bin immer noch sauer, weil ich deinen Mädelsabend verpasst habe, wo du Delia deine Liebe gestanden hast und versucht hast, mich zu ersetzen.«

»Das würde ich nie tun.«

»Soso. Sag das zu dem Videobeweis, den ich habe. Ich hab dich lieb, Denny.«

»Ich habe dich auch lieb, Mrs Sutton.«

Wir beenden das Gespräch, und ich nehme wieder die Zeitung in die Hand. Ich lese Sheps Entschuldigung noch einmal.

Und noch einmal. Und noch einmal.

Beim vierten Mal fühle ich es. Das Eis, das sich vor zwei Wochen bei der Hochzeit um mein Herz herum gebildet hat ... es beginnt zu tauen.

Zum ersten Mal seit einer gefühlten Ewigkeit habe ich wieder Hoffnung.

34. Kapitel

CAPTAIN AMERICA ENTSCHULDIGT SICH: TEIL 2

Bucky,

es tut mir leid, für dieses eine Mal, als ich in der Redaktion allen erzählt habe, du würdest schreiben wie in der Vorschule. Du hattest eindeutig schon das Niveau eines Erstklässlers. Oder für das eine Mal, als ich lautstark mit meinen Wochenend-Eskapaden geprahlt habe. Und dafür, dass ich dir den einen Artikel über den Neubau des Parkplatzes geklaut habe. Es war ein blöder Artikel, aber du hattest ihn viel mehr verdient als ich. Aber ich bereue nicht, dass ich mich mit dir zusammen damals für dieses Zeitungsprojekt gemeldet habe, denn das hat bedeutet, dass ich näher bei dir sein konnte. Es tut mir nicht leid, dass ich dich quer durch den Raum angestarrt habe, dass du länger bleiben musstest, weil ich meine Abgabefrist bis zum absoluten Maximum ausgenutzt habe. Diese gestohlenen Augenblicke, in denen es nur uns gab (okay, dieser komische

Typ mit der Brille war auch dabei, aber er war praktisch unsichtbar), machten es mir möglich, das Chaos meines Lebens für eine Sekunde zu vergessen und tief durchzuatmen.

Auch wenn du mich die ganze Zeit gehasst hast, muss ich dir dafür danken.

Also. Ja. Ich danke dir.

Schreib mir.

910-555-1027

…

CAPTAIN AMERICA ENTSCHULDIGT SICH: TEIL 3

Bucky,

es tut mir leid, dass du mir so oft zusehen musstest, wie ich über den Campus ging und die Hand eines anderen Mädchens hielt.

Aber am meisten schmerzt mich, dass du nicht dieses Mädchen warst.

Schreib mir.

910-555-1027

…

CAPTAIN AMERICA ENTSCHULDIGT SICH: TEIL 4

Bucky,

ein sehr großer Teil von mir will sich nicht dafür entschuldigen, dass ich den Kerl geschlagen habe, weil er so über dich geredet hat, aber du hattest recht – ich habe das als Ausrede benutzt für wirklich schlechtes Benehmen. Ich bin ein erwachsener Mann. Ich weiß es besser, als jemanden auf die Art zu attackieren.

So will ich nicht sein.

Ich will besser sein als das.

Ich will deiner würdig sein.

(Übrigens, dass ich das will, das tut mir nicht leid.)

Schreib mir, nur noch einmal.

910-555-1027

• • •

CAPTAIN AMERICA ENTSCHULDIGT SICH: TEIL 5

Bucky,

es tut mir leid, dass ich mich nicht früher entschuldigt habe.

Es tut mir leid, dass ich nicht der Mann war, für den du mich gehalten hast.

Ich schwöre, es gibt ihn immer noch hier drin.

Wenn du mir die Chance gibst, kann ich es dir beweisen.

Schreib mir.

910-555-1027

•••

CAPTAIN AMERICA ENTSCHULDIGT SICH: TEIL 6

Bucky,

die geben mir keinen Anzeigenplatz mehr. (Du solltest wirklich mit ihnen darüber reden.) Ich habe also nur noch einen Versuch. Ich habe mich in den letzten Tagen für viele Dinge entschuldigt, aber es gibt eine Sache, für die ich mich nicht entschuldigen kann und niemals entschuldigen werde.

Dass ich dich liebe.

Ich liebe dich, Buck. Mehr, als du dir je vorstellen kannst. Ich weiß, ich habe es immer und immer wieder vergeigt, dir das zu zeigen, aber das ändert nichts an dem, was ich empfinde.

Ich liebe dich. Ich habe nie aufgehört, dich zu lieben. Ich werde dich immer lieben.

This is the end of the line, Bucky. Das Ende.

Schreib mir, Bucky. Bitte! Nur noch ein einziges Mal.

910-555-1027

PS: Steve vermisst dich.

35. Kapitel

Gegenwart

DENVER: Okay. Du hast meine Aufmerksamkeit.

SHEPARD: Danke, verdammt.

SHEPARD: Es war Steve, nicht wahr?

DENVER: Klar.

SHEPARD: Weißt du, wie viele Dick-Pics ich bekommen habe? So. Viele. Ich will mir nie wieder einen Penis ansehen.

DENVER: Machst du das oft? Dir Penisse ansehen?

SHEPARD: Also – verflixt, jetzt bin ich in die Falle getappt, nicht wahr?

SHEPARD: Ich meinte, na ja, meinen eigenen. Ich will nicht einmal mehr meinen eigenen Penis sehen.

DENVER: Och, deine armen, armen drei Zentimeter.

SHEPARD: Ich vermisse dich.

DENVER: Ich weiß, dass du das tust.

SHEPARD: Das ist der Moment, in dem du sagst: »Ich vermisse dich auch, Shep.«

DENVER: Ach, ja?

DENVER: Na schön. Ich vermisse dich auch, Shep. Sehr.

SHEPARD: Bist du immer noch sauer auf mich?

DENVER: Ja.

DENVER: Und ich glaube nicht, dass das bald vorbei sein wird. Ich denke, ich werde eine Zeit lang sauer bleiben, und das ist okay. Das bedeutet nicht, dass ich alle anderen Gefühle für dich wegschieben kann.

SHEPARD: Ich habe jedes Wort genau so gemeint, wie ich es in der Zeitung geschrieben habe.

DENVER: Ich glaube dir.

DENVER: Woher wusstest du, dass ich es überhaupt lesen würde?

SHEPARD: Weil du bei der Zeitung arbeitest, offensichtlich.

DENVER: Du weißt schon, dass ich nicht das ganze Ding durchlese, oder?

SHEPARD: Tust du nicht?

DENVER: Nein. Hat Allie auch überrascht.

SHEPARD: Hast du durch sie von der Sache erfahren?

DENVER: Ja. Sie liest diese Anzeigen angeblich wegen »verpasster Gelegenheiten«. Jetzt hat sie mich auch süchtig danach gemacht.

SHEPARD: Ich könnte Allie küssen.

DENVER: Kannst du bitte aufhören, Allie küssen zu wollen?

SHEPARD: Würde ich, wenn ich jemand anders zum Knutschen hätte ... *zwinker*

DENVER: Das Zwinkern war überflüssig. Ist schon klar, dass du von dir selbst redest.

SHEPARD: Oh.

SHEPARD: ANHANG HERUNTERLADEN

DENVER: Ich hätte nicht gedacht, dass das möglich ist, aber er ist noch süßer geworden.

SHEPARD: Danke. Das höre ich oft.

DENVER: Ich meinte natürlich Steve.

DENVER: Aber ich finde es nett, dass du versuchst, dich in dieses Bild hineinzuschmuggeln.

SHEPARD: Wollte einfach nur, dass du siehst, was dir entgeht.

DENVER: Ja, ein total süßer Mops. Das sehe ich.

SHEPARD: Ich vermisse sogar deine freche Seite. Ist das falsch?

SHEPARD: Warte, nicht antworten. Ist mir egal.

SHEPARD: Ernsthaft, wann kann ich dich wiedersehen? Die letzten beiden Galas haben ohne dich keinen Spaß gemacht. Penny ist ein jämmerliches Date. Sie erzählt keinem Menschen von meinem kleinen Schwanz. Nicht peinliche Galas, damit komme ich nicht mehr klar.

DENVER: Ich weiß nicht, Shep ...

SHEPARD: Darf ich dich zu einem Date einladen?

SHEPARD: Nicht ins Kino. Offenbar haben wir uns dort nicht unter Kontrolle, wie überhaupt in dunklen Räumen.

DENVER: Ich ... ja. Ich denke, das würde mir gefallen.

SHEPARD: Okay. Sei in 20 Minuten abfahrbereit.

DENVER: 20 Minuten?! Du bist verrückt!

SHEPARD: Nur nach dir.

DENVER: Es ist fast 23 Uhr. Ich gehe NICHT zu einem Date um 23 Uhr.

SHEPARD: Doch.

DENVER: SHEP!

SHEPARD: Ich mache keine Witze. Ich ziehe mir gerade Schuhe an.

SHEPARD: Sei bereit.

DENVER: Und wenn nicht?

SHEPARD: Du wirst es sein.

36. Kapitel

Ein Klopfen an der Tür hat mich noch nie so nervös gemacht, nicht einmal damals am College, als Allie und ich eine verrückte Party geschmissen haben und die Polizei gerufen wurde.

Das ist nichts im Vergleich dazu, als Shep jetzt an meine Tür klopft.

Ich reiße sie auf und bin verblüfft über den völlig unerwarteten Anblick. »Steve!«

Ich schnappe mir den Welpen aus Sheps ausgestreckten Händen und drücke ihn fest an mich. Der Mops leckt fröhlich über mein Gesicht, und ich habe seit Wochen nicht mehr so viel Glück gefühlt.

»Jemand hat mich vermisst«, sage ich zu Steve.

»Ja, das hat jemand«, erwidert Shep.

Zum ersten Mal seit Wochen begegnet mein Blick seinem, und es haut mich fast um.

Sein Kinn ist übersät von Stoppeln, als hätte er sich tagelang nicht rasiert, und ich muss sagen, es steht ihm wirklich gut.

Ich merke gar nicht, dass ich die Hand nach ihm ausstrecke, bis meine Finger mit den rauen Bartstoppeln kollidieren.

Ich zucke zurück und versuche, Haltung zu bewahren.

»Ich, äh, finde es gut. Es passt zu dir.«

»Ja?« Er fährt mit der Hand über den Bartschatten. »Gut. Ich habe darüber nachgedacht, das beizubehalten.«

»Das solltest du.«

Er nickt und lächelt. »Dann mache ich es.«

»Gott, ist das peinlich.«

»Stimmt, aber ich würde es nicht anders haben wollen.« Er lässt den Blick über mich gleiten, betrachtet mein Outfit, das in unheimlicher Weise dem ähnelt, das ich damals im Supermarkt anhatte, nur dass ich dieses Mal tatsächlich einen BH trage. »Bist du, äh, bereit für unser Date?«

»Wenn du sagen willst, dass dir mein Outfit nicht gefällt, erwürge ich dich.«

»Ah, da ist ja mein kleiner Asphyxiophilie-Fan.«

»Shepard ...«, sage ich drohend.

»Was? Ich sage doch gar nichts.« Er presst die Lippen aufeinander. »Komm schon, wir haben hier einen engen Zeitplan.«

»Ein enger Zeitplan für unser improvisiertes Date um elf Uhr abends.«

»Technisch gesehen ...«, sagt er, zieht sein Handy aus der Tasche und wirft einen Blick aufs Display, » ... ist es erst zweiundzwanzig Uhr fünfundvierzig.«

»Du kannst wirklich nerven.«

»Und du magst das. Lass uns gehen.«

Grummelnd folge ich ihm zur Tür hinaus, ohne mir die

Mühe zu machen, nach meiner Tasche zu greifen, denn er wird für das komplette Date zahlen, da kann er sich sicher sein.

Wir verlassen das Gebäude, und ich folge ihm zu seinem Truck.

Draußen bleibt er stehen und dreht sich zu mir um. »Ich weiß, es ist irgendwie ein Klischee, aber das ist alles, was ich so spät in der Nacht finden konnte.«

»Okay …«, sage ich und ziehe das Wort in die Länge.

Er macht die Beifahrertür auf, und auf dem Sitz liegen nicht eine, nicht zwei, nicht mal drei, sondern *fünf* Dutzend rote Rosen.

»Lieber Himmel, Shep? Das ist ein Haufen Geld.«

Er zuckt mit den Schultern. »Ich musste dir ein Dutzend für jedes Jahr schenken, das ich verschwendet habe.«

»Ich … O Mann, ich weiß nicht, was ich sagen soll.«

»Dann sag nichts.« Er nimmt mir Steve aus den Armen und öffnet die hintere Tür, um den Welpen in das Körbchen zu legen, das sich dort befindet. »Du weißt, was sie bedeuten, oder?«

Ich schaue zu ihm hoch. »Ja, Shep, das weiß ich.«

Er nickt einmal. »Gut. Jetzt steig ein. Die Zeit drängt.«

Ich nehme die Blumen und hebe sie an mein Gesicht, atme genießerisch den Duft ein und klettere dann in die Fahrerkabine. Es ist ein bisschen umständlich, mit all den Blumen, aber das ist es wert.

Rote Rosen bedeuten wahre Liebe.

Klischee, aber trotzdem absolut atemberaubend.

Die Fahrt verläuft schweigsam, und zum ersten Mal seit

langer Zeit ist es die angenehme Art von Stille mit Shep, die Art, nach der ich mich immer gesehnt habe, wenn ich an ihn gedacht habe.

Es ist traurig, dass wir so lange gebraucht haben, um an diesem Punkt anzukommen.

»Was machen wir hier? Die schließen in etwa zehn Minuten«, sage ich, als wir bei *Smart Shoppe* auf den Parkplatz fahren.

»Ich habe ja gesagt, die Zeit drängt.« Er steuert den Truck in eine Parklücke, schaltet aber die Zündung nicht aus. »Bleib hier. Als wir das letzte Mal hier waren, musste ich deinen Hintern die ganze Strecke über den Parkplatz tragen, und das mache ich nicht noch einmal.«

»Wie gemein, aber ich werde hier warten – nur weil es nervig ist, mit all den Blumen aus dem Auto zu steigen, außerdem muss jemand auf Steve aufpassen.«

»Siehst du? Ich bin ja so schlau. Bin gleich wieder da.«

Er joggt in den Laden, und ich versuche inzwischen, die Blumen so zu arrangieren, dass ich einigermaßen entspannt sitzen kann.

Shep kommt mit zwei vollen Einkaufstüten zurück, und das Licht im Laden wird schwächer, als er sich dem Auto nähert.

»Geschafft.« Shep wirft die Tüten auf den Rücksitz und klettert wieder hinter das Lenkrad.

»Was hast du besorgt?«

»Eis.«

»Welche Sorte?«

»Unsere Lieblingssorte.«

Unsere.

Auch wenn es nur um Eis geht, mein Herz gerät kurz ins Stolpern.

Mir gefällt, wie es klingt. Mir gefällt, wie Shep und ich zusammen klingen.

Es war nicht gelogen, als ich sagte, dass ich immer noch sauer auf ihn bin, aber Delia hatte recht: Ich kann wütend auf ihn sein und im selben Atemzug mit ihm zusammen sein wollen, und das ist in Ordnung.

Shep fährt vom Parkplatz, biegt links ab, dann nach zwei Ampeln noch mal links. Ich lache, als er zu einem Fast-Food-Restaurant abbiegt, denn ich weiß genau, was er vorhat.

Er steuert den Truck zum Drive-in und kurbelt sein Fenster herunter.

Er zeigt auf mich und sagt: »Wage es ja nicht, eines dieser teuren Menüs zu bestellen. Für dich nur das Dollar-Menü.«

»Ich möchte zweimal scharfe Chicken Nuggets, einmal große Pommes und einen Vanille-Milchshake.«

»Eis habe ich doch schon besorgt.«

»Oh, der Milchshake ist für dich. Es ist süß, dass du denkst, ich würde das Eis teilen.«

Schmunzelnd schüttelt er den Kopf, gibt meine Bestellung auf und fügt einen doppelten Cheeseburger und eine große Portion Pommes hinzu.

Als wir die Schlange hinter uns gelassen haben, parkt Shep auf dem Parkplatz und gibt mir ein Zeichen, dass ich aussteigen soll.

Ich hole Steve und sein Körbchen vom Rücksitz und gehe dann zur Ladefläche, wo Shep bereits eine Decke für uns auslegt.

Wir klettern hinauf – unsere Füße baumeln bequem von der Ladefläche wie nach unserer ersten Gala – und stürzen uns aufs Essen.

Wir reden nicht, während wir essen, wir brauchen das nicht.

Wir sind glücklich.

Nachdem wir fast alle fettigen Köstlichkeiten aufgegessen haben, holt Shep die Eiscreme und stellt unsere Lieblingssorten in einer Reihe auf.

»Sie hatten nur einen Löffel«, sagt er und streckt ihn mir hin.

Ich kneife die Augen zusammen. »Aha. Wie praktisch.«

»Ich schätze, wir müssen ihn einfach ... teilen.«

»Wenn ich nicht sowieso schon deine Läuse hätte, würde ich mich beschweren. Aber ich schätze, da du mir all diese Köstlichkeiten gekauft hast, lasse ich das mal durchgehen.« Ich nehme ihm den Löffel aus der Hand und kratze einen Mundvoll Mint-Chocolate-Chip-Eiscreme heraus.

»Du? Meinst du nicht *wir*?«

Da ist es wieder, dieses Herzstolpern.

»Der Gedanke gefällt mir ... *Wir*«, gebe ich leise zu, bevor ich mir den Löffel in den Mund schiebe, damit ich nicht noch mehr sage.

»Mir auch.« Shep seufzt schwer. »Ich habe alles ernst gemeint, was ich in diesen Anzeigen geschrieben habe, Den.«

»Das sagtest du schon.«

»Ich weiß, aber du sollst unbedingt wissen, dass ich alles ernst gemeint habe. Du hast keine Ahnung, wie leid es mir tut. Du hattest recht. Ich klammere mich an die Vergangenheit. Ich denke nicht nach, ich reagiere nur, und dann entschuldige ich mich. Das sollte ich nicht tun. Es ist nicht fair.«

»Ist es wirklich nicht«, erwidere ich. »Besonders, wenn man dabei so viele Menschen verletzt.«

»Ich will nicht mehr so einer sein.«

»Dann sei es nicht.«

»Ist es wirklich so einfach?«

»Ja«, sage ich mit Nachdruck. »Weißt du, Delia hat gesagt, sie glaubt, dass ich dich zu einem besseren Menschen mache.«

»Das tust du.«

»Finde ich nicht«, widerspreche ich. »Ich denke, du bist immer ein guter Mensch. Du hast nur Angst, die Leute diese Seite von dir sehen zu lassen, weil du Angst hast, dass sie dich mögen … und dich dann verlassen könnten. Also stößt du sie weg, bevor sie dich mögen können, weil du Angst vor Herzschmerz hast.«

»Haben wir das nicht alle?«

»Sicher, aber einige von uns haben die Eier, sich dem zu stellen.«

Er schmunzelt. »Du musst aber auch immer meine Eier ins Spiel bringen, hm?«

»Tja, wenn du sie nur ab und zu mal benutzen würdest …«

Er schüttelt den Kopf und versucht mit aller Kraft, ein Lachen zu unterdrücken, denn er weiß, dass ich recht habe.

Er hüpft von der Ladefläche herunter und stellt sich zwischen meine Beine. Dann hält er mit beiden Händen mein Gesicht fest und fordert meine ganze Aufmerksamkeit.

»Hör zu, Den.« Seine braunen Augen blicken mich zärtlich an. Es ist so viel Aufrichtigkeit darin, dass ich mir nicht vorstellen kann, jemals wieder woandershin zu sehen. »Es tut mir leid. Ich hätte dir sagen sollen, was ich Delia angetan habe. Das war nicht cool von mir, es zu verheimlichen. Ich hätte dir nichts verheimlichen dürfen, ich hätte dir ehrlich von meinen Fehlern in der Vergangenheit erzählen müssen.«

»Sind da denn noch mehr?«

»Nein. Das war's. Ab jetzt Neuanfang.«

»Ab jetzt, hm? Du sagst das, als hätten wir eine Zukunft.«

Zum ersten Mal sieht Shep verlegen aus, und seine Wangen färben sich rot.

Ich habe zuvor gelogen.

Das ist meine Lieblingsversion von Shep – bescheiden, *verletzlich*.

»Ich wünsche mir so sehr, dass es eine gibt, Den.« Er flüstert die Worte, so leise, dass sie kaum hörbar sind, aber ich höre sie.

Mein Herz setzt einen weiteren Schlag aus, oder die letzte dünne Eisschicht löst sich auf – ich kann es nicht genau sagen.

Ich weiß nur, dass ich bereit bin.

Ja zu sagen. Zu einer gemeinsamen Zukunft. Zu uns.

»Ich wünsche mir das auch.«

Shep fängt an zu strahlen. »Ja?«

»Ja.«

Er schließt die Augen, lehnt seine Stirn an meine und stößt einen erleichterten Seufzer aus. »Dieses Mal werde ich es viel besser machen. Ich werde deiner würdig sein.«

»Du bist meiner schon würdig, Shep.« Ich halte seinen Kopf fest und ziehe ihn zu mir heran. »Das bist du schon.«

»Bin ich nicht, Den.« Er schüttelt den Kopf. »Du weißt, dass ich es nicht bin, aber ich werde das ändern. Ich liebe dich.«

Meine Lippen verziehen sich zu einem Lächeln, als er das sagt.

»Sag das noch mal.«

»Ich liebe dich.«

»Bist du sicher?«

Seine Lippen umschließen meine mit dem sanftesten Kuss, den er mir je gegeben hat.

Ich fühle mich hoffnungsvoll. Ich fühle mich gut. Ich fühle, dass wir es diesmal schaffen werden.

Er löst sich von mir, und ich blicke zu ihm hoch. Mit einem schelmischen Glitzern in den Augen lächelt er mich an, und ich weiß, egal, was er jetzt sagt, es wird mich dazu bringen, ihn noch mehr zu lieben.

»Ja, Bucky, ich bin mir zu mehr als neun Prozent sicher.«

Ich lache. »Bei der Wette gehe ich mit.«

»Du weißt, dass ich dich nicht mehr gehen lasse, oder?«

»Ich weiß, aber ich bin nur wegen deines Mopses dabei.«

»Until the end of the line?«

»Bis zum Ende.«

ENDE

Danksagung

Für alle, die es nicht wissen, »Wrong Number, Right Guy« hätte nie etwas anderes sein sollen als einfach nur eine romantische Komödie für meinen Newsletter. Aber nachdem ich einmal angefangen hatte, über Zach und Delia zu schreiben, konnte ich nicht mehr aufhören … ich musste das einfach mit mehr als nur meinen Newsletter-Leserinnen teilen. Ich hatte Angst und war ganz schön nervös, denn auch wenn ich gerne Bücher mit ein bisschen mehr Herz schrieb, wollte ich vor allem romantische Komödien schreiben, weil ich gerne lache. Ich wollte eine Autorin sein, die ihre LeserInnen zum Lachen bringt. Aber ich habe nie geglaubt, dass ich das könnte. Ich hatte nicht das Gefühl, dass ihr meinen Humor »kapieren« würdet; dass ich lustig oder gut genug für euch sein könnte.

Aber ihr … ihr habt mir das Gegenteil bewiesen.

Ihr habt »Wrong Number, Right Guy« nicht nur verschlungen und weiterempfohlen, sondern auch zu etwas gemacht, von dem ich nie geglaubt hätte, dass es das jemals sein würde. Ihr wolltet mehr. Mehr von diesen Charakteren und ihren Freunden. Ihr habt sie angenommen, jeden einzelnen – mit allen Schwächen und so weiter. *Ihr* habt das getan. *Ihr* habt diese Serie zu dem gemacht, was sie ist. Und *ihr* habt mich die Autorin werden lassen, die ich immer sein wollte.

Dafür kann ich euch nicht genug danken.

Also, ich danke euch. Danke dafür, dass ihr Zach, Delia und Marshy eine Chance gegeben habt. Dafür, dass ihr mir erlaubt habt, euch in diese neue und irgendwie verrückte Welt mit diesen funky Leuten mitzunehmen.

Danke, dass ihr mir erlaubt, meinen Traum zu verwirklichen.

Liebe Grüße und ein riesengroßes Dankeschön
Teagan

Band 6 der Baileys-Serie: Verliebt in den Produzenten

Phoenix Bailey hat seit der Highschool nur einen Traum: Sie möchte Sängerin werden. Als der berühmte Musikproduzent Griffin nach Lake Starlight zieht, kann sie ihr Glück kaum fassen. Sie nutzt die Chance, sich zu bewerben, und bekommt eine Zusage. Was sie dabei jedoch überhört hat: Griffin ist auf der Suche nach einer Nanny für seinen Sohn und nicht nach einem neuen Talent. Phoenix beginnt als Babysitterin und versucht, Griffin von ihren Gesangsfähigkeiten zu überzeugen. Aber je enger die beiden zusammenarbeiten, desto näher kommen sie sich. Und es fällt ihnen immer schwerer, Berufliches von Privatem zu trennen ...

Piper Rayne
Desires of a Rebel Girl

Roman
Aus dem Amerikanischen von Cherokee Moon Agnew
Klappenbroschur
Auch als E-Book erhältlich
www.ullstein.de

ullstein